알고 보면 유망직업

속기사로 먹고살기

손효진 지음

왓북

목차

속기사 일기

추천사 ★★★★★

"아는 만큼 들린다"

속기는 사람의 말소리만 따라 적는 게 아니라, 이해를 하면서 정확히 기록해야하는 역량을 필요로 하는 분야입니다.

특히 정책브리핑은 다수 부처가 등록되어 있기 때문에 각각의 브리퍼나 부처의 성향에 따라 영어를 섞어 쓰기도 하고, 특이한 억양의 지방사투리로 말하기도 하며, 목소리가 너무 작은 경우 등이 종종 발생되곤 합니다. 그렇기에 더더욱 고도로 훈련된 전문 속기사들을 필요로 하며 이들의 실력이 실시간으로 드러나는 기록 업무의 현장이기도 합니다.

이 현장의 속기사로서 맡은바 소임을 다하던 손효진씨가 자신의 경험을 바탕으로 책을 냈다니 반갑고 축하를 먼저 드립니다. 손효진씨는 'e-브리핑' 초창기부터 함께 일해 온 속기사로서 수많은 사례를 경험해왔기 때문에 충분히 그 경험을 책에 녹여냈을 것으로 생각합니다. 이 책이 현직에 있는 분 뿐 아니라, 예비 속기사들에게도 큰 도움이 될 것으로 기대합니다.

문체부 소통실 홍보협력과 정성필 e-브리핑 총괄사무관

대한민국 전 부처의 브리핑을 뉴스보다 빠르게 전달하는 속기사의 하루, 두 아이를 둔 속기사 엄마이자 이 시대 진정한 워킹맘의 열정이 담긴 이 책을 응원합니다.

문체부 소통실 홍보협력과 안인엽 e-브리핑 담당

전 세계적으로 우리 모두는 인류 문명사를 통하여 그 어느 시대에서도 경험하지 못한 제4차 산업혁명 시대를 맞이하고 있다. 초지식, 초연결, 초융합, 초기술, 초가치를 특징으로 하는 제4차 산업혁명 시대는 우리의 삶과 관련된 모든 분야에서 급격한 패러다임의 변화를 경험하게 될 것이라고 한다. 이러한 과정에서 수많은 영역과 이에 따른 과제가 산적되어 있지만 그중에서도 가장 중요한 기록의 중요성은 더욱 강조되고, 확대될 것이며 세분화, 전문화, 스피드화 될 것으로 생각된다.

저자는 다년간 정부부처 현장에서 속기사로 근무하고 있는 유경험자로서 위와 같은 배경과 전망 속에서 탁월한 식견과 안목으로 시대의 변화와 함께 날로 폭증하고 있는 기록에 관한 중요성과 이에 따른 정부 각급기관 및 기업체 등 다양한 분야에서 속기사의 수요가 절대적으로 늘어나고 있음을 지적하고, 정부의 기록물 관리에 관한 법률의 강화와 함께 기록에 관한 법안들이 법률로 제정되고 있으며, 기록을 강제하는 분야도 확대되고 있는 추세임을 강조하고 있다.

이에 따라 저자는 이 책을 통하여 오늘과 미래의 유망직업인 속기사에 대한 올바른 이해와 함께 속기사의 입문에 대한 자격증 취득방법에서부터 공무원 등의 취업과정과 활동에 이르기까지 보다 구체적이고 풍부한 정보와 다양한 관련 분야들의 사례 등을 수록하고 제시했다. 속기사에 관심 있고 도전하고 싶어 하는 이들에게 매우 중요한 지침서로서 길잡이 역할을 해줄 것으로 확신하면서 이 책을 적극 추천하고 활용되기를 바란다.

(사)한국AI속기사협회 회장 유주영

속기사가 곧 사라질 직업이라고?

속기사만큼 오해받는 직업도 없을 것이다. 4차 산업혁명 시대 운운하며 속기사를 '미래에 사라질 직업' 쯤으로 예상하는 사람들이 있는데, 아이러니하게도 내가 속기를 시작할 무렵인 10년 전에도 속기사가 곧 없어질 직업이라고 전망하는 사람들이 있었다. 하지만 그로부터 10년이 지난 지금, 정부와 각종 기관의 속기사 채용은 오히려 늘어나는 추세다. 기록물 관리법이 강화됨에 따라 어떤 수단과 방법을 동원해서라도 국가의 기록물들을 남겨야 하는 실정이고, 기록에 관한 새로운 법안들이 속속 국회 본회의를 통과하며 법률로 제정되고 있기 때문이다.

2017년 무렵, '박근혜 전 대통령의 탄핵정국'과 맞물려 장장 92일 84시간 50분의 시간을 거쳐 6만5천 쪽이라는 변론 기록들이 생겨났는데, 이 모두가 속기사의 손을 거쳐 국가 기록물로 남게 되었다. 또한,

2016년 테러방지법을 놓고 무제한 토론 방식을 펼쳤던 필리버스터 회의록은 1만 9천 쪽이 넘는 분량으로, 조정래 작가의 태백산맥 10권 전체 분량인 1만 6천여 쪽을 넘어서는 방대한 기록이 되었다. 속기록은 작게는 개인과 기업, 그리고 크게는 국가 전체의 재산이 되고 있다. 이처럼 다방면에서 기록을 요구하는 수요가 발생하고 있을 뿐 아니라, 아예 법률로 기록을 강제하는 분야도 많아지고 있다. 기록을 요구하는 새로운 법률 가운데 하나로 '중재산업 진흥에 관한 법률 제정안'을 들 수 있다. 이는 새로운 분쟁 및 해결의 패러다임으로 자리잡은 중재산업을 활성화하기 위한 인적 · 물적 인프라 구축의 필요성을 바탕으로 하고 있으며, 더 나아가 회생 전문법원 신설을 통해 국제중재의 연결고리 역할로 발돋움할 수 있는 기반 구축을 위한 것이다.

한편, 재판과정의 투명성 제고, 법률적 약자의 자기 방어권 확보, 재판 과정상의 소모적 갈등 해소를 위해서 공판 · 심리 전 과정을 속기록으로 작성하고 녹음 · 녹화를 의무화하는 형사소송법 개정안도 발의되면서 여러 분야에서 기록 요구는 계속 늘어나는 추세를 보인다. 이처럼 기록의 요구들을 법률로 제정해 뒷받침하는 일들이 늘어나며 속기사의 수요는 더 커지고 있다.

따라서 이 직업만큼 자격증 취득만으로 비교적 쉽게 공무원의 문을 열 수 있고, 또 금수저나 고스펙자가 아니더라도 입법 · 사법 · 행정기관 및 대기업과 공기업, 정부 산하 기관 등에서 일할 기회의 문이 열려 있는 '업'도 없을 것이다. 또한, 나처럼 육아기 근로를 하는 워킹맘, 경력단절 여성, 전업주부들도 자격증을 활용해서 소득을 창출할 수 있는 알짜 직종이기도 하다.

미래에 대한 전망도 마찬가지이다. 속기사의 업무가 방대해지고 있기에 속기사가 미처 수용할 수 없는 업무량을 인공지능을 이용해 보완하려는 시도가 생겨날 것이다. 그리하여 속기계도 관련 지식과 데이터를 축적해가며 속기사의 업무를 지원해 줄 것이다. 릴레이 방식으로 진행되었던 필리버스터처럼 고강도의 업무가 필요한 경우에는 업무 지능화를 통해 생산성을 높여 나갈 수 있을 것이다. 2인 1조가 되어 5~10분씩 교대해 가며 속기사의 밤을 새하얗게 지새우게 했던 작업도 인공지능을 활용해 업무량을 줄여나갈 수 있을 것이다. 힘들고 어렵게 진행되었던 기록물들이 더욱 쉽고 빠르게 작성될 수 있다. 이처럼 속기계와 속기사는 꾸준히 스킬업 하고 있다. 따라서 향후 사양길을 걷기는커녕, 오히려 빅데이터에 기반을 둔 인공지능과 컬래버레이션 되어 4차 산업혁명 시대에 또 다른 유망직종으로 재탄생할 것임을 확신한다. (나는 현직 속기사로서 그 이유와 미래 전망에 대해 7장에서 상세히 설명해 놓았다)

그런데도 불구하고, 수많은 직업안내서 중 유일하게 '속기사'에 관해서는 제대로 된 정보를 알려주는 책조차 없는 게 현실이다. 이에 나는 문체부에서 오랜 기간 정부 기록물을 작성해온 현직 속기사로서의 경험을 바탕으로 이 책을 쓰기로 했다. 속기사에 대한 일반의 오해를 해소하고, 미래 잠재 가능성을 재조명하여, 내가 하는 기록물 작성이란 업무가 가치 있는 미래 유망 직종으로 도약하고 있음을 알리고 싶었다.

이 책의 1장에서는 왜 기록이 중요하고, 또 왜 현대에 그 수요가 폭증해가고 있는지, 그리고 속기사란 직업이 왜 생명력이 강하고 전망을 낙관할 수 있는지 10년 차 선배로서 후배들과 지원자들에게 설명해 주었다. 아울러 속기란 업무가 어떻게 변해왔고, 미래에는 어떻게 변화해 나갈 것인지도 간략히 전망했다. 2장에서는 아는 사람만 조용히 알고 있는, 널리 알려지지 않은 속기사란 직업의 매력에 대해 알려주고자 했다. 3장에서는 속기사들이 활약하고 있는 다양한 분야를 소개했다. 일반인들은 이처럼 다양한 분야에서 많은 속기사가 활약한다는 사실을 알게 되면 놀랄 것이다. 또한, 아는 사람만 안다는 이 직업의 수입, 근로 조건, 복지, 미래 비전의 진솔한 이야기까지 현장의 시선으로 정리하고 요약해 보았다. 4장에서는 여러 분야에서 활약하고 있는 속기사들의 인터뷰를 실었다. 여러 방면의 현직 속기사들의 입을 통해서, 더욱 생생한 현장의 목소리를 들을 수 있을 것이다. 5장에서는 실제로 속기사를 준비하고 입문하는 더욱 구체적인 방법, 그리고 면접 시에 유용한 팁을 아울러 소개했다. 6장에서는 속기사를 지망하는 후배들이 흔히 궁금해하는 질문들에 대해 답변해 주었다. 마지막으로 7장에서는 왜 속기사가 미래에도 살아남을 직업이라 예상되는지 더욱 구체적으로 설명하고, 미래 과학기술의 발전과 어울려 어떻게 진화해 나갈 것인지 전망해 보았다. 다시 한번 말하지만, 속기사는 없어지지 않는다, 진화해 나갈 뿐이다.

이 책은 세월호, 천안함, 국정농단의 시기를 겪은 현직 속기사가 전해주는 현대판 사관들의 속기록에 관한 은밀한 이야기부터, 운지법, 자격증 취득, 취업에 관한 알짜 정보에 이르기까지 속기사에 관심 있고 또 도전하고 싶어 하는 이들에게 훌륭한 정보서이자 좋은 길잡이 역할을 해 줄 것이다.

속기사의 길목에 선 후배님께

직업선택 혹은 진로변경의 길목에서 이 책을 펴신 당신에게 먼저 간단한 편지글을 쓰고 싶습니다. 비슷한 처지에 있던 10여 년 전 저의 모습을 소개하는 것이 조금이나마 도움이 될까 싶어서요.

어쩌면 당신처럼 저 역시 '속기사'라는 직업은 제가 처음부터 희망하던 길은 아니었어요. 내가 하고 싶어 하던 일과 실제로 할 수 있는 일 사이에서 갈팡질팡하던 20대 시절, 직업 선택의 길목에서 우연히 만나 나침반 하나 없이 떠났던 길이었죠. 제가 지금 걸어가고 있는 속기사로서의 여정, 그 시작은 목적지의 이름만 알 뿐, 아무 준비도 없이 떠난 낯선 길처럼 느껴졌습니다. 떨리고, 긴장되고, 등에는 커다란 배낭만한 고민을 한가득 짊어졌음에도 굳건하게 '떠나자' 마음먹은 곳. 그런데 막상 날이 밝으니 한 발짝도 못 움직이고 가만히 서 있는 거예요. 그렇게 시간이 자꾸만 흐르다 보니, 문득 지금이 아니면 이 길을 다시는 못갈 것 같다는 생각이 들었어요. 고민만 하다 아까운 시간이 자꾸 지나가 버리는데, 그러다가 처음에 들었던 좋은 느낌마저 사라질까 싶어, 어느 순간 더는 뒤돌아보지 않고 길을 떠났죠. 돌아올 때 모습은 분명 지금보다 더 근사하리라 생각하면서요.

그런데 막상 발을 들여놓고 나니 겁부터 나는 거예요. 지금 생각해보면 왜 그랬을까 싶습니다. '속기사'란 일을 막상 해보니 그렇게 걱정스러운 일도, 겁부터 먹을 일도 아니었는데, 어째서 그 과정들을 즐기지 못하고 많은 시간 주저주저하며 머뭇거리기에 바빴을까? 돌이켜 보니 그때나 지금이나 속기사에 대한 정확한 정보가 많지 않았기 때문이었던 것 같아요. 아니, 거의 없었다고 말할 수 있겠네요. 그래서 좀 더 빨리 가는 방법도, 같은 목적지에서 누릴 수 있는 더 나은 혜택도, 숨은 명소 같은 꿀팁도 받을 수 없었기 때문에 못내 불안했던 거예요. 그래서 가는 내내 자꾸 뒤돌아보기도 하고, 이런저런 본전 생각도 하면서 인생 경로를 흔쾌히 조정하지 못했던 것 아니었나 생각해 봅니다. 먼저 다녀온 경험자의 말을 통해 미리 머릿속에 큰 그림도 좀 그려 보고, 당시 내 처지와 비교해가며 더 나은 플랜을 세워 볼 수 있었더라면 참 좋았을 텐데, 그랬더라면 지금보다 더 빨리 다양한 곳에서 속기사로서 새로운 일을 더 많이 경험해볼 수 있었을 거라는 아쉬움도 듭니다. 그렇기 때문에 저는 더더욱 속기사를 제대로 소개한 책 한 권이 아직 없다는 사실이 그렇게 안타까울 수가 없더라고요. 많은 분이 이 직업을 알게 되었어도, 또 선택하며 걸어가면서도 그때 내가 들었던 생각처럼 문득문득 이 길이 맞나 의심하고 두렵고 막막하고 그럴 테니까요.

이 책을 위해 현장 인터뷰를 진행하며 만난 여러 분야의 동료 및 선후배 속기사들도, 또 이제 시작하는 예비 속기사님들도 모두 다양한 배경과 전공, 자기만의 사연을 갖고 계셨습니다. 그들도 모두 처음에는 '막막했다'는 표현들을 참 많이 쓰시더라고요. 그렇기에 현직 속기사들이 크게 활약하는 모습을 보여주는 것도 중요하지만, 속기사란 길의 '처음'에 관한 이야기부터 차근차근 적어 내려가는 것도 좋겠다는 생각을 했습니다.

이 책에 제가 속기사로서의 여정을 시작하였던 이야기를 간간이 섞어 소개한 이유도 바로 그것입니다. 속기사에 대한 여러 정보를 알려주는 것도 중요하지만, 선배 속기사의 경험담을 듣고 싶어 하실 분도 많을 테니까요. 그래서 저의 이야기를 각 장 끝에 '속기사 일기'라는 형식으로 소개하였습니다.

그런데 막상 저의 스토리를 정리하며 그 과정들을 곱씹어보니 그 속에는 아프고, 쓰리고, 달고 했던 지난날들이 뒤섞여 있네요. 예비 속기사라는 작은 누에 번데기에서 10년 차 현직 속기사라는 날개를 달기까지 변화무쌍한 계절의 변화처럼 각각의 색깔과 스토리를 엮어가며 여기까지 흘러왔다는 사실을 새삼 깨달았습니다. 그렇게 나의 '처음' 이야기가 속기사라는 직업으로 향하는 많은 분에게 작지만 강력한 핸드북이 되어주면 좋겠다는 기대감과 희망도 품어봅니다.

〈외교부에 견학 온 예비 속기사들과 함께.
중앙이 외교부 조준혁 대변인, 그의 왼쪽에 선 사람이 필자〉

1장

속기사, 어디까지 아니?

역사에 남겨질 기록은 정해진 자격을 갖춘 누군가의 손에 의해 작성되고 그에 대한 책임을 부여받는 고유의 '업'으로 존재해야 한다. 개인적인 사견은 모두 배제된 채, 결과와 사실에 기반을 둔 사실만 작성돼야 진정한 기록이 될 수 있다. 그것이 현재 속기사들이 하는 일이다.

현재, 미래에도 속기사가 필요한 이유

기록에 목숨 건 사관들의 헌신적인 노력으로 현재까지 전해지고 있는 조선왕조실록. 그 양이 아파트 12층 높이에 이르고, 전부 다 읽으려면 하루 100쪽씩 4년 3개월이라는 시간이 걸린다고 한다. 그런데 놀라운 것은 기록의 방대함뿐만이 아니다. 우리 선조들은 전쟁 등의 재난으로 기록이 소실될 것에 대비해 똑같이 네 권을 복사하여 각기 다른 곳에 보관해 두는 선견지명까지 있었다. 실제로 임진왜란으로 인해 세 곳의 사고에서 실록이 불타 사라지고, 단 한 곳만 남아 오늘날까지 전해지고 있다. 만약 이 모든 기록이 몽땅 사라지고 없어졌다면, 오늘날 우리는 과거의 역사와 교훈을 잃어버리고, 뿌리 없는 민족이 되고 말았을 것이다.

하지만 이러한 방대한 기록도 오늘날에 비하면 아무것도 아니다. 조선 시대에는 모든 국정이 오롯이 왕을 중심으로만 이루어졌으나, 오늘날 대한민국은 어떠한가. 청와대를 비롯해 수많은 정부 부처와 그 산하기관들에서 시시각각 진행되고 있는 역사를 기록해야 하는 일이 얼마나 많을지 상상이 가는가. 그리고 어디 행정부뿐이랴. 입법부와 사법부, 그리고 그 수많은 산하기관과 단체는 말할 것도 없고, 지방부처, 공기업, 정부 투자기관 같은 곳에서도 방대한 기록을 남기고 체계적으로 관리해야 한다.

언제 어디서 어떤 일이 벌어졌는지 소상히 기록을 남겨두어야만, 우리 대한민국은 제대로 된 역사 위에서 과거의 실수를 교훈 삼아 과오를 바로잡고 더욱 강한 나라를 만들어 나갈 수 있을 것이다. 이러한 공공부문에 덧붙여 민간기관 및 대기업 등의 민간 부분까지 다 헤아리면, 시시각각 기록으로 남겨야 하는 양은 그야말로 상상 초월이다. 그리고 그 많은 양의 데이터, 기록들을 후대에 전해야 하는 사명을 오늘날 이어가고 있는 사람들이 바로 보이지 않는 곳에서 지금도 묵묵히 헌신하고 있는 속기사들이다.

기록은 왜 속기사가 하나?

조선 시대에는 왕의 일거수일투족을 작성해서 관리하는 춘추관이란 부서가 있었는데, 그 힘이 실로 대단했다. 춘추관 소속 춘추 사관들은 왕의 공식적인 국정 활동뿐만 아니라, 왕과 관련된 것이라면 무엇이든 기록하였다. 예를 들면 산책을 하거나 사냥을 갔을 때조차 그들의 걸음걸이, 행태, 사냥 실적 등 모든 것을 기록해서 남기려 했고, 심지어 왕의 침소까지 들어가서 기록하려는 의지를 보였다.

물론 일부 왕들은 사관들을 거추장스러워하고, 때로는 적대시하기도 했다. 하지만 거대한 권력도 절대 막지 못한 기록의 흐름은 역사에 유례없는 기록물로 발전해 오늘날 세계문화유산으로 지정되기에 이르렀다.

왕정 시대에는 왕의 공적인 영역과 사적인 영역이 백성들에게 미치는 영향과 여파가 엄청났기에, 사관들은 그 맥을 끊지 않고 모든 것을 기록해서 역사화 시키려는 사명감이 있었다. 그들은 왕의 취향,

취미, 사색, 독백, 들숨, 날술, 한숨까지도 모두 역사화 시키려 했다. 그래서 사관들이 소속된 춘추관은 왕이 대단히 견제했던 부서 중 하나였다. 이처럼 붓 하나 들고 24시간 모든 것을 기록했는데, 아무리 왕이어도 흠이 있기 마련 아니겠는가. 그래서 무리하게 기록을 감행하려다 죽임을 당한 사관도 있었다. 누구나 알아야 할 권리, 그 '사실' 하나를 기록하려던 투쟁. 그렇게 죽임을 당하면, 그의 아들이 대를 이어서 했고, 아들까지 죽음에 처하게 되면 친척들이 기록을 보관하려고 애를 썼다고 한다. 붓을 든 진정한 투사라는 생각이 든다.

오늘날 청와대에도 춘추관이 있는데, 대통령의 기자회견 장소와 출입 기자들의 사무실로 사용되는 건물의 명칭이다. 이는 청와대 부속 건물로서 한국 언론사 기자 78명이 상주하는 청와대 내의 프레스센터이다. 그런데 소위 국정농단 사건이 실체를 드러내던 시기에 열렸던 대통령 기자회견은 정확한 기록을 담을 수 있는 수단과 매체가 모두 반입 불허되었다. 컴퓨터와 카메라가 모두 금지되었고, 달랑 기자들의 수첩과 펜 하나가 '허용'된 전부였다. 하지만 기록이라는 건 이러하다. 아무리 첨단화된 도구가 발달한 시대라도 펜과 종이 한 장만 있으면 그 어떤 무기보다 대단한 영향을 가져올 수 있는 것이다. 물론 박 전 대통령의 일방적인 공식회견, 본인의 생각만 일장 연설 후 끝나게 된 것은 매우 유감이다. 기록을 역사로 지켜온 춘추관이라는 이름이 참 불명예스러워지는 순간이었다.

현재의 대한민국은 새 정부가 들어오고 나서도 대통령 기록물을 둘러싼 논란이 끊이지 않고 있다. 임기가 끝남과 동시에 무단 반출, 혹은 임의 삭제 및 수정 등의 오인을 받는 것이다. 이러한 대통령 기록물에도, 또한 다수 부처의 기록물에도 법적으로 유효한 기록물의 신뢰성은 담보되어야 하고, 그 기록의 맥을 잇는 것은 현대판 사관이라 할 속기사가 하여야 한다. 새 정부가 부디 이처럼 기록을 작성하는 속기사의 영역을 크게 확대해 주기를 바라는 마음이 간절하다.

정부뿐 아니라, 기업회의, 국제회의 등 여러 장소에서 입으로 전해지는 공식, 비공식 사항들도 누군가는 기록해야 하는데, 기록의 수정이나 임의 삭제 등의 문제는 늘 논란이 될 수 있다. 관계자들이 각자의 이해관계에 따라 기록을 조작하고자 하는 욕구는 늘 있을 수 있기 때문이다. 만약 오롯이 자동화된 기계에만 기록 작성을 맡겨 둔다면, 기계 조작이나 해킹으로 인해 내용이 완전히 바뀔 수도 있을 것이다. 따라서 역사에 남겨질 기록은 정해진 자격을 갖춘 누군가의 손에 의해 작성되고 그에 대한 책임을 부여받는 고유의 '업'으로 존재해야 하는 것이다. 오늘날은 인터넷의 발달로 인해 가속화된 정보가 길을 잃고 종횡무진으로 활동하고 있는 시대이다. 그만큼 기록의 정보가 많더라도 그 정확성을 검증해 주는 검증체제가 부족하다는 뜻이다. 다시 말해 오늘날 정보의 양은 다양성 확대의 차원을 넘어 이미 방대해졌으나 그 신뢰도는 떨어진다는 이야기이다. 개인적인 사견은 모두 배제된 채, 결과와 사실에 기반을 둔 사실만 작성돼야 진정한 기록이 될 수 있다. 그것이 현재 속기사들이 하는 일이다.

들어는 봤나요, '직업의 파이프라인'

속기사라 하면 첨단 시대에 어울리지 않는 옛날직업, 혹은 '올드잡' 정도의 인식을 가진 사람들이 있는 듯하다. 그런데 속기사란 직업이 올드한 직업이라 인식되는 이유 중에는 '속기사'란 이름이 주는 어감도 한 몫 하는 것 같다. 비슷한 예로, 예전에 어느 대학에서는 '요업공학과'의 신입생 지원율이 저조하여 고민하다가, '무기재료공학과'로 이름을 바꾸자 인기가 치솟았다고 한다. 심지어 어떤 신입생은 '첨단 무기武器'를 만드는 학과인 줄 알고 들어왔다는 우스갯소리도 있었다. 아무튼, 심하게 말해 '요강 만드는 곳 아니냐'는 우스갯소리를 듣던 전공이 사실은 미래 전망이 밝은 소재 산업 분야였음을 알리게 되어 다행이었다. 최근에는 '무기재료 공학과'란 이름도 더 업그레이드되어 '신소재 공학과' 혹은 '세라믹 공학과' 등으로 불리면서 더욱 각광받고 있다. 마찬가지로 '속기사'란 호칭도 시대 전망에 어울리게 언젠가는 근사한 이름으로 바뀌면 세간의 오해를 줄이는 데 도움이 되지 않을까 싶다. 아무튼, 속기사들은 취업자들이 꿈꾸는 좋은 직장에서 맹활약하고 있지만, 그 현황과 장래성에 대해서 잘 알고 있는 사람들은 많지 않다.

요즘 욜로족이란 말이 유행인데, 진정한 욜로잡은 무엇일까? 임금과 여가, 복지 등의 조건이 잘 갖춰진 곳에서 일할 기회를 제공하는 직업이 아닐까 한다. 게다가 고스펙이 아닌 고졸이어도, 혹은 경력단절 여성이어도, 일과 육아를 병행하는 현실이 고달픈 워킹맘도 안정적으로 일할 수 있는 일, 그리고 이제 막 사회에 발 디딜 예비 취준생에게도 속기사의 길은 활짝 열려 있다. 속기 자격증을 취득하고 공무원이 되어 보자. '제일 안정적인 고용주는 다름 아닌 정부'라는 말이 있지 않은가. 오늘날 대한민국에서 공무원 되기가 그야말로 하늘의 별 따기라지만, 의외로 쉽게 접근하는 길이 있다. 계속되는 아르바이트 생활, 혹은 끝날 줄 모르는 공시생 생활을 벗어던지고 속기사에 도전해보는 건 어떨까?

2017년 19대 대통령 대선을 맞이하기 전까지 우리가 마주해야 했던 수많은 사건은 대한민국이 '제대로 된 기록, 신뢰할 수 있는 기록'이 없었다는 것에서 시작된 것으로 볼 수 있다. 따라서 신뢰할 수 있는 기록물, 그리고 이의 체계적인 분류 및 보존을 요구하는 곳곳의 목소리들이 높아지며, 현재의 취업대란 속에서도 오히려 속기사의 채용은 활발하다.

국정농단이나 세월호의 잃어버린 7시간 등의 사건을 겪으면서 대통령기록물이나 정부 기록물 작성은 누가 해야 안전할지 생각해 본다. 빅데이터에 기반을 둔 속기계가 나타난다면 속기사들은 4차 산업혁명 시대에 신뢰도 높은 기록물을 방대하게 작성할 수 있을 것이다. 따라서 속기사는 일반인들의 예상과는 달리 지금과 같은 업무를 유지하는 것은 물론이고 미래에 더욱 도약할 수 있는 새로운 직업으로 급부상할 것이다.

세월호와 국정농단, 손으로 울어본 적 있나요

2014년 4월 세월호 사건이 발생했다. 그리고 2016년 말, 최순실 국정농단사태의 전모가 드러나기 시작했다. 마침내 2017년이 되어서야 이 두 사태의 연결고리를 발견하기 위해 그때의 기록들을 찾기 바쁘다. 아니 그 전까지는 누군가 기록을 숨기기에 바빴었다는 말이 더 맞는 듯하다. 지금 이 글을 쓰는 순간까지도 이 사건에 대한 대통령 기록물의 임의삭제 및 임의수정 논란이 계속 불거지고 있다.

세월호는 아이들과 선생님, 그들의 꿈과 희망, 그리고 이들이 가졌던 모든 미래와 함께 침몰했다. 그 침몰과 함께 '진실'도 계속 흐릿해져 우리에게서 멀어질까 두렵다. 흔히 말하는 '세월호의 잃어버린 7시간', 즉 '세월호' 사건 발생 당시 대통령의 7시간 동안의 행적이 우리와 무슨 상관이 있냐고 반문했던 일부 사람들, 더욱이 속기사와는 더 무슨 상관이냐며 나의 의견을 요란으로 치부했던 사람들도 있었다. 어떤 이들은 '여자 대통령의 사적인 영역'이라 칭하며 기록을 숨기는데 동의하는 모습을 보이기도 했다. 간호장교와 전담 미용사, 그리고 대통령 비서실장은 아이들이 구조요청을 기다리며 조금이라도 남은 숨을 아껴가며 울부짖어 간 사실을 철저히 외면한 듯했다. 이들이 국정감사에서 너무도 느긋하게 했던 '답변'이니 말이다. 머리를 하는데 걸린 시간, 미용 주사를 맞는데 걸린 시간……. 사실 꼭 여자가 아니더라도, 한 나라의 이미지를 대변하는 대통령으로서 공식적인 자리에서 대한민국을 대표할 준비를 한다면, 이 정도는 누구나 이해할 수 있을 것이다. 하지만 수백 명의 국민이 죽어가는 급박한 순간에 이뤄진 이런 행위들에 그들은 '대통령 직무 태만'이라는 이름표를 떼어내고 '여자 대통령의 사적 영역'이란 이름표를 붙이려 했다.

하지만 대통령으로 재임하는 동안, 게다가 직무 시간에 대통령이 과연 온전한 개인이 될 수 있을까? 사생활이 철저히 보장되어야 할까? 누가 어떤 지시와 체계로 제대로 된 명령체계를 갖춰 그야말로 구조작업에 최선을 다했는지는 무거운 추를 단 구명조끼처럼 좀처럼 떠오르지 않고 있다. 떠오르지 않는 걸 보면 아마도 없었던 것 같다. 바꿔 말해 '아무런 노력이 없었다'고 할 수 있지 않겠는가. 달리 보면 대한민국 기록의 부재요, 제대로 된 기록이 없으니 제대로 된 수사 또한 될 리 만무하지 않겠는가.

나는 정부청사 별관 브리핑실에서 해수부 장관 및 예하 장・차관 실무진들의 '세월호 사고 경위 및 향후 추진대책'에 대한 브리핑을 속기록으로 작성하며 눈물을 멈출 수 없었다. '내 자식이었다면…….' 그 해 4월 첫아이를 출산한 나는 이 생각이 제일 먼저 들었다. 이렇게 떠나간 아이가 내 아이였다면……. 정부의 조치와 대처는 그들의 절규보다, 그 눈물보다 늘 한발 늦었다. 한시바삐 바다로 다시 들어가려는 잠수부의 발목을 붙들고, 정부 관계자들이 찍은 사진 한 장은 누구에게 어떻게, 왜 보고가 되어야 했는가.

대한민국의 역사와 기록을 남기는 역할

만일 내가 죽은 다음, 누군가 나에 대한 일거수일투족을 '있는 그대로'로 적어서 후대에 평가받게 한다면 어떨까? 나는 결코 그 어느 것 하나 자유롭지 못할 것이다. 그리고 그 기록을 하는 사람과 절대 편하게 웃으며 지내지는 못할 것이다. 하지만 입장이 바뀌면 어떠하겠는가? 내가 죽어도 이것만은 꼭 후대가 알아야 한다는 절박함, 그 사명감에 불타오를 것이다.

그런데 현재 대통령 곁에는 조선 시대의 사관 같은 역할자가 없다. 그렇기에 이쯤에서 조선 시대 왕들의 이야기를 담은 조선왕조실록과 그것을 기록한 '사관'들의 이야기를 다시 한번 짚고 넘어가야 할 것 같다. 내가 소개하고 있는 이 직업의 근원이 조선 시대 역대 왕조들의 업적과 성찰, 그리고 그들의 생활상이 담긴 모든 것, 행실과 행태, 언행과 선행, 폭동과 선동, 집권 기간 동안 자연현상과 문화까지지도 기록한 그 찬란한 기록 문화와 맥이 닿아 있기 때문이다. 조선 시대의 많은 양의 기록물들과 대비되어 현재의 대한민국은 끊임없이 다시 성찰되고 있다. 조선 시대에는 왕의 일거수일투족을 자세히 기록해 후손에 전했거늘, 오늘날 대한민국은 국민이 수백 명 죽어가는 그 절체절명의 시간에, 무려 7시간 동안이나 대통령이 어디서 무엇을 했는지 아무 기록도 남기지 못했다. 명색이 공화정인데, 이런 면에서는 왕정보다 못하지 않은가.

2017년은 대선과 더불어 정치, 경제, 국방, 사회, 문화 등 모든 분야에서 새로운 패러다임이 등장하는 흐름을 보인다. 우리는 이 모든 변화를 제대로 적을 준비가 되어 있는가. 다음 정권이 들어서면 새로 장악한 정권이 어떤 불이익을 줄지 몰라 '기록에 남겨 좋을 것이 없다'는 이유로 지금껏 기록을 마구 없앴던 것이 현실이다. 우리나라 대통령기록물 관리가 엉망이라는 이야기다. 4차 산업혁명 및 인공지능의 시대를 맞이한 우리가 조선 시대보다 못한 역행을 해서야 되겠는가.

한때 어느 정권에서는 '춘추문예관법'을 도입해 행자부 산하 국가기록원에 '공공기관기록물 관리 법적 개정안을 입법 예고하고, 이에 더해 대통령기록물관리법을 제정했다. 조선왕조실록이 왕의 발언과 뜻을 전할 방법으로 기록을 남겼다면, 이제는 기록물을 전담하는 속기사와 같은 사관들이 제대로 이 모든 것을 수행해야 한다. 이 법은 그 가치를 인정받아 변경되거나 축소되어서는 안 된다. 기록물을 작성하는 속기사를 비롯한 많은 직책의 기록자들은 그 위치와 보직에 대해 국가로부터 '안전'을 보장받을 권리가 있다. 대통령의 옆에서 대통령의 발언을 기록하고 기록물을 수집하고 관리하는 사람은 어느 정권을 막론하고 분명히 있어야 한다는 것이다. 일제 강점기와 군사독재를 거치며 모두 사라진 이 사관제도가 다시 맥을 이어야 할 때가 다가온 것이다.

속기사로서 많은 속기록을 정부 기관의 기록물로 남겨온 나는 지금 이 책을 통해 속기사란 직업에 대해 여러 이들에게 소개하고자 한다.

내가 이 일을 하게 된 동기, 이 일을 수행하며 겪은 온갖 이야기들과 더불어 속기사란 직업의 의미와 사명감에 대해 말하고자 한다.

나는 단순히 들은 대로, 들리는 대로 빨리 문서화시키는 궁극의 타이피스트인가? 아니다. 나는 여태껏 대한민국의 역사와 기록의 한 줄을 남기고 있었다. 나와 함께 하는 동료들, 앞으로 속기록을 작성할 모든 예비속기사는 이 사실을 잊어서는 안 된다.

진실을 기록하다 죽임을 당한 사관 '민인생'. 그가 기록한 이야기가 왕에게는 불편한 진실이었지만, 대한민국의 미래에는 희망이다. 잘못된 역사라도 진실 된 기록이 있기에 다시 바로 세울 수 있는 희망이 있는 것인지도 모른다. 죽임을 당한 아버지를 대신해 그의 아들이 대를 이어가며 지켜왔던 사관들의 노력, 이제 나를 비롯한 대한민국은 모두 제2, 제3의 민인생을 만들고 기록할 준비를 더욱 절실히 해야만 한다.

속기사는 사라지지 않는다, 진화할 뿐이다

아무리 자동화의 물결이 거세다고 하더라고 내가 속기사란 직업의 미래에 대해 낙관하는 데에는 이유가 있다. 첫째, 사회가 지식정보화 사회로 다원화되고 복잡해질수록 기록물을 올바르게 남기고자 하는 수요는 계속 늘어나기 때문이다. 비슷한 예로 비행기 파일럿을 생각해 보자. 현재 조종사의 업무는 대부분 자동화되어가고 있지만, 파일럿의 인기는 오히려 점점 더 뜨거워지기만 한다. 왜 그럴까? 폭발적인 수요 때문이다. 세계적으로 항공 여행의 수요가 급격히 증가하고 있기 때문에 외국 항공사나 저가 항공사에서도 서로 조종사들을 서로 모셔 가려 하는 것이다. 세계 경제가 확장되고 계속 성장하는 한, 항공 여행의 수요는 계속 늘어날 것이며, 아울러 조종사에 대한 수요도 늘어날 것이다. 나는 속기사도 마찬가지라 생각한다. 기계의 발달로 기록 작업의 효율성은 높아지고 있지만, 사회가 복잡해질수록 기록에 대한 수요는 자동화의 추세를 압도하고 있다.

둘째, 기계의 한계 때문이다. 오늘날 음성인식 기술이 발달하고는 있지만, 음성문자송출 방식은 아직 오타나 오류율이 다소 발생하고 있다. 음성이 단어로 송출되는 과정에서 유추되는 단어들의 정확도가 지속해서 높아지고는 있지만 아직 문서화 작업 현장에서는 제대로 정착하지 못하고 있다. 그러기에 다수의 현장에서 속기사의 손을 빌려 기록물을 작성하고 있는 실정이다. 또한, 당장 고도화된 음성인식기가 도입된다고 해도 우리는 그것과 더불어 더 방대하고 질 높은 기록문화를 창출할 수 있을 것이라 확신한다. 또한, 기록이 필요한 건 음성뿐만이 아니다. 조선 시대에 임금의 곁에서 임금의 일거수일투족을 기록하던 사관은 임금의 좌우에서 2인 1조로 활동했다. 각각 좌사와 우사로 불린 이들 중 한 명은 듣는 것을 중심으로 기록했고, 다른 한 명은 보이는 것을 중심으로 기록했기 때문이다. 마찬가지로 속기사의 예를 들어 보자. 현재 경찰청의 아동 및 장애인 성폭행 관련 피해자 조서를 작성할 때 속기사는 실시간으로 조사 영상을 보며 피해자의 행동까지도 그대로 묘사하며 적어낸다. 이것은 재판 과정에서 중요하게 작용되는 범죄여부에 대한 확인, 그리고 형량 여부와도 밀접한 관련이 있기 때문이다. 그래서 속기사들은 그들의 말줄임표나 쉼표, 한숨, 격양된 표현까지도 모두 녹취록에 기록하는 것이다. 물론 이들 기관도 언젠가는 미국연방수사국 FBI와 중앙정보국 CIA가 도입한 '얼굴 움직임 부호화 시스템' [표정에 드러난 감정을 포착, 짧은 순간에 나타났다 사라지는 미세표정과 수천 개의 얼굴 근육을 부호화해 표정에 나타내는 감정과 거짓을 판정해 낼 수 있는 시스템 (출처: 로봇 시대 인간의 일-구본근)]을 도입할지 모른다. 하지만 그런 시대가 오더라도, 속기사는 주요 범죄자에 대한 개인정보 훼손 및 유출을 방지하기 위해, 시스템이 읽고 출력해낸 정보의 언어들이 기록의 흐름과 매끄럽게 '매칭'되는지 판별해 내는 작업을 하고, 이를 다시 암호화 언어로 백업하고 분류해 저장하는 일도 담당해야 한다.

셋째, 아무리 자동화가 되더라도 인간의 관리 감독이 필요한 업무적 특성 때문이다. 이는 인공지능으로는 결코 해결 가능한 문제가 아니다. 이처럼 인간의 직업이 AI와의 협력 연계되는 시점에서 현재 여러 논란이 되는 것은 비단 속기사라는 직종뿐이 아니다.

한 가지 예로 "AI 의사 '왓슨'의 의료사고 발생 시 법적 책임은 인간 의사가 져야 한다는 주장들이 일각에서 강하게 나오고 있다. 지난 2015년 일본에서는 의사와 다른 소견을 보인 왓슨의 진단과 치료법에 환자가 완치된 사례도 있어 이제는 왓슨이 진단을 넘어 치료방식과 투약과정에도 개입되고 있다고 발표했다. 그런데 만약 왓슨이 의료영역에서의 역할수행 과정 중 오류가 발생한다면 이에 대한 책임을 누가 부담하는지에 대한 문제 또한 신중히 고려해봐야 하는 시점이라고 장연화 교수는 말하고 있다. (출처: 인하대 법학전문대학원 대검 계간 논문집 '형사법의 신동향' 6월호) 만약 왓슨의 판단이 잘못돼 환자에게 사망이나 상해 같은 결과가 발생했다면 그에 대한 형사책임을 누가 부담할 것인가는 앞으로도 많은 문제를 양산할 수 있다는 주장이다. 고귀한 생명에 대한 존엄은 아무리 첨단화된 기계라 할지라도 그 오류나 잘못된 해석에서 완벽히 벗어날 수 없고 이때 발생한 분쟁이나 사고에 대해서는 그것의 사용을 유도한 자, 다루는 자, 즉 인간 의사가 책임을 져야 한다는 해석 아닐까.

마찬가지로 한 나라의 귀한 역사가 될 한 글자 한 글자의 기록들에 대한 최종 감수, 기록의 영구 보존 및 보관의 의무, 그리고 누군가의 이해관계에 의한 임의 수정 및 삭제, 외부 해킹 및 입력 오류에 있어서 그것을 결국 누가 책임을 지는가 하는 문제는 속기사라는 직업에도 똑같이 적용되고 있다. 다시 말해 이제 막 도입되고 있는 음성인식기와 AI가 속기사와 상생함에 있어 잘못된 기록의 책임을 누가 져야 하는가가 중요한 포인트라고 본다. 결론적으로 이 책임은 또한 기록을 업으로 삼고 있는 속기사가 져야 할 '몫'으로 남겨지게 될 일 아니겠는가.

앞서 언급한 경찰청의 경우처럼 기록되는 내용이 민감한 사항이거나 사회적 파장을 일으킬 수 있는 경우, 보안 문제가 걸려있는 경우에는 인공지능이 속기사처럼 가치 판단을 내릴 수 없기 때문에 반드시 속기사가 필요하다고 할 수 있다. 이는 비단 검찰과 법원 속기사에게만 해당하는 것이 아니라, 대기업이나 공사, 정부 기관 속기사, 국회 속기사들에게도 필요한 것임이 틀림없다.

따라서 아무리 비행기 조종이 자동화되었다고 해도 파일럿이 없는 민간 항공기를 상상하기 어렵듯이, 인간 의사 없는 왓슨은 있을 수 없고, 또 속기사 없이 역사기록을 오롯이 기계에만 맡길 수는 없다. 오롯이 경제적인 이유만으로 자동화에 모든 기록을 맡겨서는 안 될 일이라는 말이다. 따라서 수필속기, 컴퓨터속기, 디지털영상 속기로 계속해서 발전했듯이 앞으로도 속기의 방식은 계속 더 발전하겠지만, 궁극적으로 그러한 기록을 감독하고 관리하는 전문가의 영역은 계속 남아 진화해 나갈 것이다.

조선의 사관들이 힘 있는 자에 의해 역사가 왜곡되고 훼손되는 일을 늘 걱정했듯이, 미래의 속기사들은 행여 기록을 1차로 담당할지도 모르는 소프트웨어가 누군가에 의해 조작되고 해킹되고 임의 삭제 및 수정되지 않도록 감시하는 기록의 수호자가 될 것이다.

속기사 일기 1

자유로운 예술가를 꿈꿨던 젊은 시절

돌이켜보면, 내가 속기사를 시작하게 된 계기는 남다른 점이 있었다. 그건 바로 나의 전공이다. 나는 계원예술고등학교 연극영화과를 졸업했고, 이후 대학도 당연히 연극영화과를 선택해 상명대 연극영화과로 진학했다.

사실 속기사가 되기 이전에는 이곳저곳 여행을 다니며 보고 듣고 느낀 것들을 글이나 영상으로 표현하는 사람이 되고 싶었다. 이렇게 늘 새로운 곳을 접하며 만난 운명의 남자들과 사랑을 나누고 아주 쿨하게 떠나버리는 남다른 사랑관도 꿈꿔보면서 말이다. 그때는 무조건 순종적이고 착한 여자가 되기보다는, 조금은 특별하고 아주 매력적인 여자가 되리라고 다짐도 하면서……. 결론부터 말하자면 현란하던 그 꿈은 끝내 이뤄지지 않았다. 지금은 아주 정직하고 성실한 한 남자를 만나 두 아이를 낳고, 장기간 여행은 꿈도 못 꾸는, 일과 육아라는 이름의 전차를 타고 전속력으로 달리는 엄마의 길을 가고 있으니까.

비록 나의 첫 번째 꿈, 화려하고, 자유롭고 방탕한(?) 예술가의 뜻은 이루지 못했지만, 이렇게 바른 생활 여성이 될 수 있었던 것에는 속기사라는 직업이 한몫한 것이 틀림없다. 오・탈자와 첨자를 차분히 잡아내고, 있는 그대로의 사실을 적어 내려가는 속기사는 참 단아하고 차분한 성격의 직업이기 때문이다. 그런 성향이 안정적인 결혼이라는 것에도 한몫하지 않았나 생각해 본다.

어쨌거나 지금은 들은 대로, 들리는 대로 사실만 적어야 하며, 사실 그 자체를 문서화시키는 일을 하지만, 예전에는 추상적인 글들을 참 많이 썼다. 예를 들어 산책하며 보이는 시간의 변화들, 탄천 길 아래 쏟아지는 물 폭포, 소나기, 바람 냄새, 나뭇잎의 변화, 개미의 걸음걸이처럼 영감으로 떠오르는 모든 것들을 적어 내려갔다. 하루하루 똑같을 수 없던, 매번 다른 변화들이 내 머릿속 많은 생각과 닿아 있다는 느낌을 받았다. 그래서 한때는 '나는 남들과 다르다. 나는 예술을 해야 하는 사람이다!'라는 생각이 들었고, 그럴때마다 가슴속에 큰 종이 쾅 하고 울리는 것만 같았다.

중학교 3학년이 되자, 시험 성적에 따라 1군, 2군, 3군에 해당하는 고등학교에 진학해야 하는 시기가 다가왔다. 지금은 없어졌지만, 이것을 연합고사라고 했는데, 나는 그 시험을 치르기 한 달 전에 미리 예술 고등학교 면접을 보고 수시로 합격했다. 당연히 부모님 반대가 심했다. 예술 고등학교에 대한 부모님 세대의 인식은 3군, 혹은 기타 등등의 순위보다 뒤에 있는 학교, 그리고 소위 딴따라들만 가는 학교라는 고정관념에 사로잡혀 있었기 때문이었다. 그런데 지금은 어떻게 변했는가? 내가 시험을 치르던 해 즈음해서는 내신 성적 비중을 높게 반영하기 시작했다. 그리고 현재는 예술 고등학교도 이름 있는 대학 연영과 못지않게 아무나 못가는 아주 유명하고 인기 있는 곳이 되었다.

예술이라는 전공에 대한 인식이 그러했듯이, 속기사라는 직업도 내가 시작할 즘에는 인지도나 직업에 대한 비전도 그렇게 크거나 높지 않았지만, 지금은 아주 많은 곳에서 유능하고 젊은 인력들이 속기록을 작성하며 활약하고 있는 모습들을 볼 수 있다. 어쩌면 자신의 꿈이나 직업을 정할 때도, 비전 있고 발전 가능성 있다고 모두가 한목소리를 내는 곳에 자신을 똑같이 구겨 넣고 버티기보다는, 자신이 할 수 있는 일을 좋아하는 일로 바꾸는 전략이 필요하다고 생각한다. 이것이 바로 자신만의 기회를 만드는 방법이라고 확신한다. 나는 고등학교 시절에도 국・영・수, 사탐, 과탐 등 대입을 위해 매진하고 몰두하던 다른 친구들과는 달리, 직접 만들어낸 창작물로 여러 대회에 나가 상도 타고 이름도 드러내면서 수능을 치르지 않고 수시입학으로 대학에 진학했다. 성적 때문에 자살까지 한다는 모의고사, 고입, 대입 등의 문턱을 나는 별다른 걸림돌 없이 넘었다. 남들과 조금 다른 시선과 생활방식으로 별다른 고통과 고난 없이 수월하게 10대를 거쳐 20대를 지나고 있었다. 즐거웠던 시간이었다. 딱딱한 공부가 아닌, 정답이 정해져 있는 단답형 문제지 같은 삶이 아닌 창의적인 발상을 하고 결과물을 도출해 내던 시간……. 입시나 성적에 연연하지 않았던 나의 소중한 10대와 20대는 더할 나위 없이 행복했다. 누릴 수 있는 자유는 다 누렸기에 후회 없던 시간이었다. 우리가 아주 맛있는 음식을 먹거나, 근사한 여행지에 도착했을 때, 혹은 꿈꿔오던 이성을 만났을 때는 마음속으로 쾌재를 부르게 된다. 그럴 때 나오는 감탄사가 무엇이던가? '예술이야!' 그야말로 내겐 정말 예술 같은 시간이었다.

그런데 얼마 지나지 않아 쾌재가 비명으로 바뀌었다. 왜냐하면, 나에게도 취업이라는 큰 산을 오를 시기, 그것을 해내야 할 나이가 다가왔기 때문이었다.

2장

속기사, 그들만 아는 직업의 매력

취업에 대한 생각의 스펙트럼을 넓혀야 한다. 그리고 자신이 할 수 있는 강점을 찾아 도전해보아야 한다. 자격증 하나로 직업의 파이프라인을 만들 수 있는 자격증. 그 경쟁률과 문턱이 아직은 더할 나위 없이 낮은 곳. 속기공무원에 도전해 보는 것은 어떨까?

취업전쟁? 만원 버스 왜 타

거참, 개그맨 먹방 4인방이 참 맛깔스럽게도 먹는다. 아, 그런데……. 그들이 무섭게 섭취하고 있는 음식은 다름 아닌 노량진 '컵밥'.…….

침이 꿀꺽하다 잠시 멈췄다. 환상적인 시각 효과로 줄줄 흘러내리던 침샘의 폭발을 무엇이 막아선 것일까? 왜 나는 이 방송을 보며 감히 말줄임표 몇 개를 머릿속에 집어넣게 되었을까? 그저 맛깔 나는 음식을 아주 더 맛깔나게 먹는 저 순수한 행위를 보면서 말이다.

저곳은 내가 「취업」이라는 단 두 글자의 벽 앞에 아무 무기 없이 몇 날 며칠 해맬 때 「공무원」이라는 세 글자의 목표에 두 계절을 속절없이 보내던 동갑내기 친구를 만나러 가던 장소였다. 친구와 함께했던 몇 분의 빠른 식사가 아쉽고 못내 민망하여 너털웃음으로 마무리하고 돌아섰던, 그 공허한 허기를 달래주던 음식들이었기 때문이다. 가진 나이에 비해 주어진 삶이 너무 무겁게만 느껴지고, 20대 중반의 성인이 감당해 내기에는 아르바이트비가 속절없이 가벼워 야속하기만 했던 우리……. 고작 부릴 수 있는 여유라곤 허황된 농담밖에 없던 시간도 있었다. 마른 가지 같았던 마음에 갑자기 찾아온 봄들이 너무 설레었다 하더라도 하얗게 일어난 피부 트러블이 가슴속에서 버짐으로, 또 짓무름으로 계속해서 올라오던 추억이 무겁게 자리하고 있다.

그래, 그건 저렇게 유쾌하고 호기롭고 여유롭게 먹을 수 있는 그런 음식이 아니야. 시간을 분 단위로 쪼개며 오늘도 자신이 세운 희망의 문턱에서 '육체는 피해자요, 정신은 가해자'인 이들이 삼키는 슬픈 음식이지. 오늘 자신을 고문했다가 내일은 돌연 희망을 주어가며 다독거리는 '희망고문 셀프디스 시대'를 살아가는 공시생과 취준생들이 섭취하는, 맛있지만 슬프기도 한 '웃픈' 음식이란 생각이 든다.

흔히 대한민국 젊은이들은 '회사'와 '공무원' 두 가지 목표에 갇혀있다고 한다. 그 평수가 한 두세 평은 되겠는가? 몸 하나 겨우 들어갈 공간에 앉아 우리는 어떤 스위트룸을 꿈꾸고 있는 걸까? 한때 나도 무엇을 해야 하는지, 전공과 상관없는 일을 해도 되는지, 마음에 맞지 않는 회사와 그 시스템을 탓하며 출근길의 걸음 속에 수도 없이 본전 생각을 했다. 늘 낯빛이 어두웠던 까닭이다. 걱정하시는 부모님 생각도 나고, 안 하던 효도는 왜 그리 하고 싶고, 가진 건 없는데 어쩜 가슴은 그렇게나 뜨거웠는지, 그 들끓는 마음의 온도만큼 연애도 너무 하고 싶었다.

아직도 우리는, 그리고 수많은 청춘은 이런 고민의 수레를 끌고 만원 버스에 올라탄다. 아슬아슬 켜켜이 들어서 있는 사람들, 그 문 앞에서 어떤 이의 일그러진 표정을 모르쇠로 일관하고 넓적한 등으로 열심히 밀어가며 정해진 규격의 네모 버스가 터질세라 취업이라는 공통 목적지까지 도달하려고 말이다. 내 경쟁력보다 높은 경쟁률, 다 갚지 못한 등록금에 더해 2017년 대한민국은 국가 채무 700조 원 시대에 멋지게 들어섰다. 정부 재정난이 자금줄을 묶고 규제마저 발목

잡고 있는 상황에 창업은 또 웬 말이란 말인가. 현재 가진 무기로는 창업이든 취업이든 이곳저곳 문전박대당하기 일쑤다. 그 때문에 꿈이나 선택일랑 모두 접고 대기업과 연금 주는 공무원의 문 앞에서 우리는 죽어라 노트를 암기하며 여전히 서성이고 있는 것은 아닐까?

상황이 이런데 "아니, 왜 다 똑같이 만원 버스를 타야 하는 겁니까?"라는 이상한 소리를 내지르는 누군가가 있다. 그렇게 긴 줄 끝에 서 있던 나는 의문을 품고, 노선이 다르나 목적지는 비슷하거나 같은 버스를 두리번거리기 시작했다. 근사한 수입차는 아니어도 보기보다 안전한 국산차는 없나 둘러도 봤다. '그 목적지가 과연 파라다이스일까?'라는 의문보다 당장 한 치 앞도 모를 인생의 변수가 직업 선택에는 왜 없을까 싶었기 때문이다. 꿈을 위해 달려가는 길목에 어떤 이유든 잠깐 이탈을 할 수도 있고, 좁디좁은 대한민국의 취업전선 어디 직진만 할 수 있겠는가. 잠깐 커브 돌아 알뜰주유소 같은 데서 기름도 넣고 커피도 한잔할 수 있을 텐데 말이다.

내가 10년째 '유지'하고 있는 이 일이 당신을 스칠 때, 매일같이 훔쳐보던 짝사랑의 가슴앓이보다, 혹은 질긴 시간의 끈을 앞세워 이어간 연인보다 더한 감동이 있을 수도 있는 일이다. 우연히 지나친 옆모습에 반해 몇 달 만에 결혼에 골인한 어떤 커플처럼 이 일이 당신과 평생을 약속할지 누가 알겠는가.

명품가방 필요 없어, 직업이 명품이거든

어느 봄날, 20대였던 나와 내 친구가 한적한 커피숍에서 만났다. 문을 열고 들어선 나에게 친구가 물었다. 그렇게 풍족한 형편도 아니면서 왜 굳이 명품을 들고 다니냐고. 나는 대답했다.

"이 가방은 나를 대신하는 또 다른 나야." 그리고는 되물었다.

"너는 무슨 자신감으로 화장도 안 하고 다니냐?"

"화장? 그까짓 거 좀 안 하면 어때." 친구가 대답했다.

이날의 잔상은 꽤 오랜 시간 내게 남아 있었다. 그래서 곰곰이 생각해 보았다. 그날의 우리 둘에게는 각각 무엇이 있고, 무엇이 없었을까? 기억을 다시 떠올려 보건대, 내 친구는 직업이 있었고 나는 아직 취업을 못 한 상태, 아르바이트생이었다는 쓰라린 열등감의 작은 불씨가 있었다. 주말에 만난 우리가 서로를 돋보이려고 내놓은 카드는 각자 다른 '자신감'이었다. 얼핏 누군가 들으면 '된장녀'니 '사치녀'니 하는 말 시작하나 보다 싶어 한숨을 내쉴지 몰라도, 명품과 직업 그리고 자신감은 밀접한 상관관계가 있다는 생각을 떨쳐버릴 수 없다.

어느 정도 나이가 들어 성인이 되고 나면, 흔히 자신을 대변할 자신감 하나씩은 장착해 외출에 나서게 된다. 직장이 없거나 수입이 변변치 않아서, 남자친구나 여자 친구가 없어 외로울 때면, 우리는 '그럼에도 나는 걱정 없이 잘살아'를 대변해줄 무언가를 찾는다. 그 무언가가 사람에 따라서 다이어트이거나, 색다른 취미거나, 남다른 스펙 등으로 다양하겠지만 말이다. 나에게는 그것이 어리석게도 명품 소비였다. 처음 사회생활을 시작하면서도 명품이라고 불리는 물건 한두 가지는 소장하고 있는 것이 가끔 아무 노고 없이 나를 대변한다고 생각할 때가 있었다. 웃기는 사실이지만, 이것은 여성 수다의 중심에서 그날 하루 충실히 잘난 척을 할 수 있게끔 해주는 유용한 수단이라 생각했다.

안타까운 점은 이것의 유효기간은 상당히 짧았다는 사실이다. 한정판이니 신상이니 마구 사들일 형편은 못 되었기에, 그럴 때면 식욕이 없거나 흥미를 잃거나 시든 꽃처럼 자신감이 바닥난 '아웃 오브 자존감'의 상태가 되기도 했다. 그러면서 어느 순간 이렇게 나를 대변하던 것에도 관심이 가지 않게 되었을 때는 더는 자신을 스스로 다독거릴 힘조차 없이 방치된 상태라는 것을 알게 되었다.

하지만 이후 속기사로 근 10년의 시간을 지내오며 나는 서서히 그때의 그 친구를 만나 내 진짜 민얼굴을 드러내 보일 수 있게 되었다. 화장을 안 한다거나 명품 소비를 아예 하지 않는다는 얘기가 아니라, 이 모든 것을 대신해 '직업'으로 또 다른 자신감을 되찾았다는 것이다. 물질이 채워주지 못한 마음속 허기와 허전함을 남들에게 드러내지 않고 다른 것으로 시선을 끌어 당당함을 보이고 싶을 때, 명품을 대신할 다른 것이 있는가? 그것은 분명 사람마다 다르겠지만 나에게는 남들과는 다른 이 '직업'이 있었다.

대한민국 뉴스의 한복판에서

한때 나는 뉴스나 신문을 봐도 무슨 얘기인지 몰랐다. 아니, 모르는데 아는 척을 했다는 말이 더 맞는 말 같다. 사회적인 이슈들은 어쩜 연예인 사건, 사고 빼고는 이렇게 다 재미없는 한글들일까? 같은 한국말이 어찌 외계어처럼 들리고 좀처럼 귀에 박히지 않는 것일까? 알지 못하는 만큼 내가 가진 세상이 작을 때, 나에게 달랑 자격증 하나가 생겼다. 그 자격증 하나로 속기사라는 직업에 때때로 누를 끼쳐 가며, 들은 대로, 들리는 대로 적어 내려가던 시간……. 그렇게 수없이 적어 내린 기록들의 오 · 탈자들과 함께 나는 근 10년 동안 스스로 속기사라는 브랜드로 성장해왔다. 본의 아니게 전공과는 다른 이 직업으로 대한민국의 정책과 현상, 이슈들을 열심히도 필사해 가는 동안, 나의 또 다른 세상도 열리기 시작했다.

2017년 3월에 열린 한미 외교장관회의에서 틸러슨 미국 국무부 장관이 한국을 방한했다. 북한의 핵 위협에 대비한 한미 간 공조와 대응체계 마련, 사드 배치 문제, 한일중과 긴급 회동을 통한 북한 도발 억제 차원에서 성사된 만남이었다. 이날 정부서울청사 외교부 회의실은 이른 아침부터 보안 검색대를 들이고, 브리핑 시스템을 사전 점검하는 등 분주했다. 회의 시작 한 시간 전, 상주 기자 및 취재기자들은 좋은 취재 자리를 선점하기 위해 카메라 위치 및 기자석의 위치를 탐색하는데 바빴지만, 나를 비롯한 동료는 신속히 보안 검색대를 통과한 후 외교부 직원의 안내에 따라 지정된 속기사 자리에 앉아 여유롭게 시스템을 점검할 수 있었다. '오늘도 잘 부탁드린다.'는 외교부처의 부탁에 힘입어 긴장감을 털어내고 속기 업무에 임했고, 현장에서 일어나는 모든 내용을 기록하기 시작했다. 이 기록들은 바로 해당일 뉴스 속보로 발표되고 게재되었다. 가슴이 두근거리고 벅차오른다는 것, 화제의 뉴스 현장에서 내가 함께 숨 쉬고 있다는 것이 이 일을 하면서 경험하게 되는 참 뿌듯한 감정이다. 뉴스에 비친 속기사들의 모습은 실로 비장했다. 누군가는 캡처된 사진을 보내주기도 한다. 집에 돌아와서는 이러이러한 일을 했다고 맥주 한잔에 자랑삼아 가족들에게 이야기하기도 하며 지친 심신을 달랜다.

사건・사고는 쉬지 않고 매일매일 생겨난다. 이러한 모든 내용은 신문과 뉴스에 속속 등장하며 오늘도 세상과 세계는 끊임없이 변화해 가고 있다. 그중 '핫이슈'라 불리는 사건들이 터질 때마다 사람들은 내게 문자를 보내온다. 하필 이런 것들이 모임이 있는 날에 터지기라도 할 때면 나는 단연 들어서자마자 '주인공'이 되어 있다. 보통 사람들이 모이면 안부를 묻지 않던가? 그런데 내가 받는 안부는 좀 거창하다. 국가의 안보와 안위, 환경과 바이러스에 대한 성찰, 글로벌 이슈에 관한 사항들을 물어보기 때문이다. '야 지금 북한은 어떻게 되는 거야?', '누가 김정남을 살해한 걸까?', '닭 먹어도 돼?' '수능 이번에 쉬웠다며?' '최순실 사태에 대해 너는 아는 것 좀 없어?' 나는 다소 피곤하다는 듯 그들의 관심 어린 눈빛을 못 본 척 여유를 부린다. 그리고 그 궁금증을 최대한 증폭시키기 위해 숨을 고르며 '가만 있어

봐…….'라는 손짓을 취하며 장난스럽게 웃는다.

이제 내게는 신상이나 한정판 상품 같은 '기사'들이 매일 같이 쏟아진다. 유명 디자이너의 작품처럼 정치・경제・사회・문화 등 다방면의 이슈들이 내가 작업하는 장소인 광화문 정부 서울청사 e-브리핑 런웨이를 통해 속속 등장한다. 나는 이것에 누구보다 신속하고 빠르게 접근할 수 있다. 왜냐하면, 나는 이 모든 사항을 기록으로 남기는 '속기사'이니까. 어떤 때는 이 일들을 기록하며 마치 시즌마다 론칭되는 유명 디자이너의 신상들을 가장 잘 보이는 자리에 앉아 관람하는 VIP가 되어 있는 듯한 기분을 느낄 때도 있다. 사안이 중요하거나 긴급할수록 빠르고 신속하게 작성해서 올려달라는 정부 각 부처의 당부 전화를 받을 때마다 이런 생각도 든다. '아 오늘도 득템하겠구나.'

나를 대변해줄 뭔가를 찾기 위해 명품을 사야 했던 삶은 분명 채워지지 않은 가슴 속 빈자리 때문에 다시금 상심에 빠질 수밖에 없었다. 그리고 잠시나마 명품이 주는 기쁨이 있더라도 그것만으로는 나의 본질적인 허기를 채울 수는 없다는 것을 안다. 내가 삶을 살아가며 자랑할 만한 두 가지 큰 결정이 있었다면 그건 바로 속기사라는 직업의 선택과 결혼이었다. 결혼과 직업, 이 두 가지는 살아가는 내내 자신의 선택이 옳았는지 끊임없이 묻고 확인하게 되는 것들이란 생각이 든다. 결혼도 그러하거니와 직업 역시 자신의 인생에 비추어 계속 살펴보게 된다.

오늘도 지옥철에 자신을 싣고, 똑같은 발걸음 속에 개성을 감추며,

시키먼 응어리를 가슴에 안은 채 '좌와 우' 두 갈래로 물밀 듯이 밀려가는 사람들……. 그 속에 내가 있었다. 하지만 어느 순간 그 속에서 홀로 웃고 있는 나 자신을 발견하는 참으로 신기한 경험을 했다. 속기사로 일하며 힘든 날, 만만치 않은 날, 허무한 날, 미래가 잘 보이지 않는 날이 왜 없겠냐만, 나는 오늘도 이곳 정부서울청사에 출근했다. 검찰, 법원, 대기업, 공사에 있는 동료들과 메신저로 그들이 작성한 이슈들을 힐끗거리며 마음을 나눈다. 누군가가 장롱 속에 몇 개의 명품과 화장대 안에 얼마만큼의 고가의 액세서리를 가졌는지는 몰라도, 이 직업은 성인이 된 나를 대변해 지금까지 날 버티게 해준 힘이다. 이 직업은 억대 연봉을 주지는 않더라도 분명 직업적인 행복을 주었다. 그건 무언가 또 다른 가치, 내가 가지고 있는 진짜 자신감, 그리고 나의 민얼굴이다.

〈사드 배치 관련 한미외교장관 공동기자회견장에서 속기 자판을 앞에 두고 기다리던 모습〉

N포세대도 포기 못하는 이 직업

수억만 개의 별이 떠 있는 밤하늘을 매일같이 바라보면서도 마음이 고독할 때는 별이 아닌 드넓은 암흑만 보인다고 했던가. 취업이 안 돼서 연애를 할 수도 없고, 헛된 희망을 품는 것도 감정의 사치로만 느껴질 때, 혼밥, 혼술하며 이런 감정을 SNS에 열심히 푸념하고 있는 우리 젊은 세대들. 그들이 이렇게 한두 개씩 포기하다가 점차 몇 개를 더 포기하고, 그러다 무한정 'N'을 분모로 넣게 되었을 때 가슴에 반짝이던 별들이 하나둘 빛을 잃어간다. 그 별은 포기라는 단어가 베어낸 수많은 이들의 '꿈'이다. 이처럼 요란한 포기 퍼레이드가 펼쳐지는 와중에 내가 감히 그 무엇도 포기하지 말라는 말을 어떻게 할 수 있을까. 그런데 그 포기, 할 때 하더라도 내가 들어놓은 속기사란 보험에 대해 한번 들어보면 어떨는지…….

직업이 있든, 없든 시간은 언제나 흘러가기 마련이다. 그 시간 속에서 힘들게 손잡이 하나 잡고 서 있을 때는 누군가 가방 하나만 들어줘도 살 것만 같은데 행여 그런 일은 어디 없을까? 예를 들어 '정보 · 자격증 · 실행력'만 있다면 할 수 있는 일, 그리고 평생 공무원까지는 아니더라도 이 직업으로 인해 입법, 행정, 사법 분야에서 잠시 안락을 취할 기회를 잡을 수 있는 것들 말이다.

나는 이러한 기회를 속기사에서 찾았다. 자격증 하나로 직업의 파이프라인을 만들 수도 있으며, 그것이 취업 시장에서 그토록 원하는 '스펙과 경력'이 되어주었다. 이로 인해 나는 다양한 곳에서 여러 분야의 사람들과 일하며, 또 다른 인성과 창의성을 키우는 동시에 안전한 이탈을 할 수 있었다.

타인과의 실제 만남에서 공감을 형성하던 이전 세대와는 달리, 주로 소셜네트워크라는 가상의 공간에서 의논하고 소통하는 나 같은 젊은 세대는 단체생활과 단합의 환경이 주를 이루는 회사 시스템에 낯설기 마련이며, 그런 곳에서 자신의 역량을 드러내는데 취약할 수밖에 없다. 그런데 속기사란 직업은 타인과의 공감과 소통을 통해 조직 단위로 행동하기보다는 듣고, 적고, 감수하고, 기록하는 일에 주로 역량을 집중하기 때문에 타인과의 마찰이 적다고도 할 수 있다.

포기가 희망보다 익숙함으로 다가온 세대, 취업과 아르바이트라는 전쟁터에 '속기사'라는 보험 하나 들고 가는 건 어떠할는지……. 평생 직업 찾는 길에도 만일에 대비한 안전장치나 비상식량 하나쯤은 있어야 안심할 수 있지 않을까? 언제 불어 닥칠지 모르는 취업난의 재난재해 속에 문 앞에 잘 포장해둔 대피 가방처럼 마음이 든든해질지도 모를 일이니까.

고졸 취업, 바늘구멍으로 들어갈 것인가, 바늘이 될 것인가

대한민국 경제활동인구 2,700만 명 중 1,000만 명이 고졸 취업자들이라는데, 이러한 통계를 비웃기로라도 하듯 현실에서 고졸 취업은 힘들기만 하다. 대한민국에서 학력 중심 사회 풍토가 아직은 만연한데다, 어린 나이에 사회생활이라는 처음 겪어보는 벽에 부딪혀야 하는 어려움, 직종 선택의 제약, 승진 및 연봉 등에서 제도적 차별로 인해, 고졸자에게는 현미경으로 들여다봐야만 하는 취업의 작은 문만 존재할 뿐이다.

속기사로 취업문을 뚫은 고졸 학력 속기사들 역시 이 직업을 만나기 전까지의 고충은 비슷했다. "이곳저곳 서류를 내서 지원한 경험이 있었는데요, 떨어질 때마다 항상 이런 생각이 들었습니다. '왜 나는 안 되지?', '내가 고졸이라서?', '내가 너무 나이가 어려서?' (중략) 사람에게는 다 자신에게 맞는 자리가 있기 마련이라고 하는데, 아마 떨어졌던 곳은 제 자리가 아니었나 봅니다." (네이버 카페 '속기홀릭' 2016년 공군 제8호 속기 군무원 최종합격 후기)

최종학력이 고졸인 속기사가 취업 때마다 겪어야 했던 고충을 적은 글 일부이다. 진짜 고졸이기 때문에, 혹은 나이가 어리기 때문에 취업 불합격 결과를 통보받았던 것일까? 물론 실상은 그렇지 않았을 수도 있다. 면접 준비가 부족했을 수도 있고, 해당 기관에서는 그녀가 가진 이력이 필요충분하지 않았을 수도 있다. 하지만 그녀는 사회나 기관이 먼저 고졸에 대한 선입견을 품기 전에 자신이 깨지 못한 마음의 벽이 있었다고 한다.

그런데 막상 속기사로 해당 기관에 합격하고 나서 보니, 자신이 대학을 다니지 않았던 덕분에 갖추게 된 기회비용 최소화, 빠른 경력 시작이라는 장점을 자신만의 경쟁력으로 내세울 수 있었다고 한다. 남들이 대학에서 학업을 이어나가는 시간에 속기 자격증을 따고, 여러 현장에서 실무 경험을 쌓으며, 스스로 취업의 문을 뚫는 뾰족한 바늘이 될 수 있었던 것이다. 이렇게 그녀는 당당하게 20대 초반의 어린 나이에 군사법원 속기사가 된 후, 실무와 경력을 자신의 경쟁력으로 무장하여 자신이 가진 취업에 대한 열등, 즉 마음의 벽을 우회하는 법을 배웠다.

인사를 담당하는 많은 이들은 '업무의 효율 면에서 볼 때 좋은 학력보다 실무 경험'이 더 높은 역량을 발휘한다고 말한다. 2014년 〈하버드 비즈니스 리뷰〉는 '대학 졸업장이 과거처럼 유용하지 않다.'는 글을 실었다. 최근 우리의 고등교육 시스템은 파괴적인 변화를 겪고 있고, 교육 수준과 업무 능력을 동일시하지 않게 되어가면서 학위의 의미를 줄여나가고 있다. 이들은 사람을 학위로 평가하는 시대는 끝나가고 있다고 말한다.

취업, 특히 고졸 취업의 벽이 높다는 현실의 목소리가 많이 들려오지만, 그 높은 벽을 굳이 '넘어서' 갈 필요가 있겠는가? '취업=바늘구멍'이란 인식에 매몰된 분들께 감히 조언을 드려보자면 스스로 '바늘'이 돼라'고 말해주고 싶다. 좋은 대학을 나와야만 좋은 직장에 간다는 고정관념을 버리고, 자신이 남들보다 먼저 선점한 경력을 꿰어 경쟁력을 갖춘, 작지만 끝이 뾰족한 바늘이 되어보자는 말이다. 그러기 위해서는 직업 선택에 있어 유연한 시각을 키워야 한다. 무엇을 시작도 하기 전에 의심하고 고민만 하지 말고, 그 시간에 이런 고민과 갈망을 해결해줄 실무형 인재가 되길 모색하는 것이 바람직하다고 본다. 그런 의미에서 속기사는 이런 갈증을 해결해 줄 수 있는 길목에 있다. 정말 취업 때문에 취하고 싶을 때, 나를 옥죄고 한탄하게 만드는 독주가 아니라 취업에 목마른 가슴에 맺힌 응어리를 풀어줄 시원한 맥주, 한여름 덥고 지친 귀갓길에 시원한 에어컨 바람이 부는 곳에서 안주 없이도 먹을 수 있는 단숨에 삼킬 수 있는 생맥주의 터짐이 있는 직업이다. 직업 선택에 있어 우선 목 좀 축이고 고졸 취업을 시작해 보자.

2016년 통계청 사회조사에 의하면 많은 대학생이 대학진학의 이유로 다음과 같은 것을 꼽았다고 한다. '좋은 직업을 갖기 위해', '자신의 능력과 소질을 계발하기 위해', '주위의 기대 때문에', '결혼과 친구관계 등 사회적으로 유리해서' 등. 하지만 이런 이유로 대학만 가면 밝은 미래가 있을 것으로 생각했던 이들이 적성과 마음에 맞지 않는 전공 때문에 헤맬 때, 대학 대신 취업을 선택한 이들은 누구보다 먼저 자신을 어떤 그릇에도 담아낼 수 있는 유연성을 갖출 수도 있다. 자신이 어떤 직업을 가질 것인가에 대한 방향을 좀 더 구체화 시켜 나가고 계획적이고 체계적인 준비를 좀 더 일찍 시작할 수 있는 것이다.

정부도 이러한 장점들을 고려해 '고졸 취업 확대' 정책들을 속속 내놓고 있다. 직업에 관심이 생긴 10대 중후반부터 준비했다면 이미 학력과 학벌 위주의 고용이 이뤄지고 있는 닫힌 고용시장, 즉 바늘구멍에 들어가려는 힘겨운 겨루기를 할 게 아니라 학력과 학벌을 스스로 파괴하고 열린 고용시장으로 자신을 찔러 넣을 수 있는 바늘이 될 수 있을 것이다.

신(新)사임당, 일이 있어 행복한 엄마

대한민국에서 여성으로 산다는 것은 여러 갈래의 의미가 있지만, 결혼과 출산을 한 여성이라면 다시 '독박육아'와 '워킹맘'이란 운명을 피해가기 어렵다. 물론 본인의 상황이나 능력에 따라 각기 의미는 다르겠지만, 분명한 것은 환하게 웃음 지을 만한 단어들은 아니라는 것이다. 서른다섯에 두 아이의 엄마인 나는 '엄마라서 행복해요'는 순간이요, 나머지는 '엄마라는 일그러진 영웅'이란 자화상으로 계속되는 날을 보냈었다. 순간순간의 기쁨과 긴 하루의 비명, 이것은 오늘을 살아가는 모든 엄마의 동전의 양면과 같은 현실이다. 일과 가정, 혹은 오로지 가정에만 매여, 약간의 정신분열과 우울증, 대책 없는 고민에 대한 분노, 배우자와의 대화 부재, 생활고까지는 아니더라도 금전적 부담으로 다가오는 현실, 변해버린 생활 패턴과 변해버린 외모……. 어찌 이뿐이랴, 셀 수 없이 많아진 이유, 결국 모든 것은 전혀 현대스럽지 못한 어중간한 엄마라는 자책으로 나의 어제들을 괴롭혔다.

그런데 속기사로서 나의 오늘은 조금 다르다. 일하는 엄마에 관해 이야기 하는 것은 엄마가 시간을 얼마나 효율적으로 사용할 수 있는지, 그리고 그 임금이 적절하여 생활을 좀 더 윤택하게 할 수 있는지에 초점이 맞춰질 수밖에 없다. 이 두 가지는 아주 중요하다. 나는 첫 아이가 4살이 될 때까지 출산휴가와 육아휴직을 받은 수혜자이며, 이 글을 쓰는 현재 둘째 아이의 육아휴직을 앞두고 있다. 물론 두 번째 아이인 만큼 회사와 육아휴직을 사용하는 시점 및 기간에 있어서 조율이 더 필요한 것은 사실이지만, 승낙이 되어 육아휴직에 들어가더라도 혹은 피치 못할 사정으로 사직에 들어가게 되더라도 나는 경력 단절 없이 속기사로서 프리랜서 활동이 가능하다. 녹취사무소의 의뢰를 받아 속기록을 작성할 수도 있고, 경찰청 프리랜서 근무에 지원할 수도 있다. 직업교육을 하는 곳에서 강의를 할 수도 있으며, 장애인 학습지원센터에서 강의록을 작성할 수도 있다. 자격증과 경력만으로 나는 시간을 조율할 수 있게 된 것이다. 그 말은 돈을 벌면서도 아이와 함께 보낼 수 있는 시간이 좀 더 확보된다는 뜻이기도 하다. 물론 출산휴가와 육아휴직 그것만으로는 아이와 보내는 시간이 충분치 않다는 생각을 하고 있지만, 그마저도 허용되지 않는 현시점의 대한민국에서 이 혜택을 누렸다는 것에 감사하고, 이 일을 선택하길 잘했다는 생각을 한다. 이런 제도마저 없었다면 일하는 엄마인 나와 아이의 정서는 이 세상에서 분열되고 점차 망가져 버렸을지도 모르기 때문이다.

이 모든 것은 속기사에게 근로 시간의 유연성이 있고 여러 혜택이 있었기에 가능했다. 물론 오늘날 모든 직장이 이처럼 혜택을 제공하는 것은 아니다. 출산과 육아에 대한 정부의 보호조치가 강제가 아닌 권고이고, 벌금 또한 얼마 되지 않기 때문이다. 혹시나 이직을 해야 하는 입장에서는 회사와의 충돌이 자칫 다음 회사의 불합격 통지서의 원인이 되기도 한다. 하지만 나는 달랐다. 그것은 속기사라는 업무의 특성, 즉 무리하지 않고 일을 할 수 있는 여건과 적절한 대체인력의 포진, 속기사라는 자격증이 가진 흔하지 않은 가치와 그 업무를 행하는 곳이 정부 기관이었기에 모두 가능한 일이었다. 공무원이 아니더라도 공무원 조직에 속해 있는 속기사들이 많고, 또한 속기사들은 프리랜서와 녹취사무소를 제외하고 공공기관이나 법원, 검찰, 경찰청, 군대, 시군구 의회 및 시청, 도청 등에 속기보로 소속이 되기 때문이다. 즉, 정부의 직접적인 규제와 실행 그리고 감시하에 있는 곳들에서 속기사들이 주로 일하고 있다. 그런 곳에서 보장을 안 해준다면 이 법 자체가 잘못 시행되고 있다는 반증 아니겠는가.

나는 주변에서 월 100만 원, 아니 월 50만 원만 주면 어디든 나가겠다고 하는 엄마들을 많이 보았다. 그들은 일하는 여성으로의 탈출이 필요한 것임이 분명했다. 자신을 더욱 사랑하기 위해, 나를 사랑해서 아이에게 부모로서 더 보답하기 위해 그런 하소연을 하는지도 모르겠다. 그 돈은 본인을 위해 쓰일 수도 있고, 아이를 위하거나 다른 가족 구성을 위해 쓰일 수도 있다. 배우자에게 받는 1만 원조차 공짜가 아니다. 마음 편히 쓰라는 말, 그것은 거짓말이다. 왜냐하면, 마음 편히 쓰기에는 배우자의 삶 또한 만만치 않게 지쳐 보이기 때문이다. 또한, 연애 시절 '일부분' 나 자신의 희생과 순종을 당연시하며 이런 헌신이 곧 당신을 사랑하는 증거라며 어필했던 나와 같은 성향의 여성일수록 더욱더 그러하지 않을까. 그래서 나는 말한다. '여보, 당신이 버는 돈은 당신을 위해 쓰세요.'라고. 물론 일정한 경제력을 갖고 있고, 속기사라는 경쟁력이 있기에 가능한 말이었다.

그렇다고 돈 잘 버는 남편을 두면 다를까? 그 돈은 어찌 편하겠는가. 수입이 많은 배우자가 하는 말일지라도 그 말은 결코 참이 아니라고 말해주고 싶다. 그들이 돈벌이에 그만큼의 시간을 할애하는 동안 아이의 삶과 교육을 간접적인 시각에서 바라볼 수 없기 때문이다. 이에 더해 가져다주는 금액의 크기만큼 자신의 내조에 온갖 정성을 기울여 주기를 기대한다. 결국, 모든 엄마는 홀로 육아와 가사라는 이 직접적인 모든 일에 책임을 지고 질타와 자책을 받아낼 마음가짐을 준비해야 하는 것이 현실이다.

진짜 신(新)사임당이 된다는 것은 율곡 이이를 재탄생 시키고 예술과 문예로서 자신을 발전시켰던 여성이 되는 게 아니라, 자본주의 사회에서 스스로 사회인으로 활동했던 엄마가 다시 효율적인 일을 함으로써 행복한 엄마가 되고자 하는 것이다. 일이 있어 행복한 엄마란, 일하는 시간과 더불어 아이에게 할애할 수 있는 여유가 얼마나 더 확보되었느냐가 더욱 중요한 관건이 되었다. 거기에 임금체계까지 잘 갖춰져 있다면 더할 나위 없지 않겠는가.

자신감을 얻고 이로써 삶의 활력을 얻은 이가 아이의 자존감과 사회성에도 깊이 관여할 수 있다. 이 시대의 진짜 신(新)사임당, 일하는 엄마가 행복하게 일할 수 있는 시간과 그 일이 무엇인지에 주목해야만 한다. 이미 여러 분야에서 활약하고 있는 이 직업이 어쩌면 당신을 역사에 남을 '위대한 어머니로' 기록하게 해줄 거란 기대를 해봄이 어떨까.

공무원 되는 지름길

여기저기 취업 때문에 걱정이 이만저만이 아니다. 걱정한다고 인생이 해결된다면 매일 같이 책상머리에 앉아 기꺼이 뇌 용량을 한껏 초과해 가며 사색쯤 못하겠냐만, 이러고 있는 사이 분명 주변의 누군가는 수단과 방법을 가리지 않고 직업을 찾아 도전하고 안락과 상승을 추구하려고 발돋움할 것이다. 곁눈질로 이런 이들을 지켜보다 보니 마음은 점점 더 바빠지고 불안해져만 간다. 그 마음을 잠재우려 하는 일이라고는 고작 인터넷 검색으로 안정적인 직업과 미래 유망 자격증 따위를 검색해 보는 정도뿐. 그나마 거기에서도 자신이 할 수 있는 분야와 할 수 없는 분야로 갈린다. 수많은 직렬과 직종에서 나름의 짐작과 짧은 고민으로 이내 고개를 떨궈 생각해 보지만, 연신 '공무원'이라는 세 글자만이 맴돌 뿐이다. 나와 상관없다고 생각했던 공무원, 하면 좋지! 그런데 과연 내가 그것을 하는 날이 오기나 할까? 월급 받는 꿈, 목에는 이름 대면 누구나 알만한 사원증을 걸고 구내식당의 반찬 맛을 운운하며 짧은 점심시간 테이크아웃 커피를 들고 동료와 내뱉는 농담들을 위안 삼아 자리로 돌아서는, 일상적이고 단조로운 삶. 반복되는 야근과 거의 없는 거나 다름없는 보너스. '그래도 괜찮아, 그래도 좋으니 회사원 한번 되어 보고 싶다. 직장을 갖고 싶다!' 가슴속에서 방망이질하는 말들이 야수처럼 포효하다 결국 짧은 한숨으로 소멸하기를 수십 번. 인터넷 검색창은 이내 연예인 가십거리로 뒤범벅되는 하루하루가 켜켜이 먼지처럼 쌓여 간다.

그런데 누군가 공무원 하란다, 공무원만큼 좋은 게 없다며 툭 던지고 가는 말에 경쟁력 없는 개구리는 눈만 끔벅거릴 따름이다. '아, 그거 누가 몰라, 공무원 좋은 거. 국가가 가장 안정적인 고용주라서 고용, 복지, 노후 삼박자를 갖춘 보장형 패키지를 받는 직업 아니냐. 그런데 내가 쳐다볼 수 있는 산인가? 에헤, 그런 소리 하지 말자. 요새 서울대, 연대, 고대 출신자들이 9급 지방직 공무원에도 한껏 몰린다던데, 지방대나 고졸이 무슨 공무원을 한다고 그래, 찬물에 얼음물을 끼얹는 소리를 하고 있네.'

그러다 문득 의문이 생긴다. '공무원 어렵지, 근데 다른 직렬은 봐도 뭔지도 몰라, 근데 기술직 같은 것도 있잖아. 자격증 따고 면접만으로 될 수 있다는 것도 있다는데? 자격증만으로 공무원 되는 법이라……. 이거 분명 과대 · 과장 광고일 거야, 거봐 그럴 줄 알았어…….' 하면서도 이미 그 문턱을 넘어선다. 그렇게 살짝 넘은 문턱이 바로 '속기사'라는 이름의 전차.

검색을 거듭할수록 이런 생각이 몰려올 것이다. '어? 자격증 따볼 수 있겠는데?', '나 타이핑 진짜 잘 치는데, 빨리 치면 한 600타 정도 나올걸?', '이거로 일도 하고 돈도 벌 수 있다고……. 흠, 거기다 속기사는 법원, 검찰에도 있고, 국회나 지방 의회에도 있고, 입법, 사법, 행정부에도 다 포진되어 있네, 오~좀 때깔 나겠는데?', '9급, 7급 속기 공무원이라는 게 있구나, 이거 옛날 직업이라고 생각했는데 속기계도 종류가 다양하구먼…….', '기계가 발달하면서 컴퓨터속기라는 자격증도 생겼고 말이야.', '그런데 자격증 따려면 어떻게 해야 하지?' 여기까지가 흔히 직업을 찾고 있거나, 이직을 꿈꾸는 사람들이 속기사를 알게 된 경로라고 짧게 요약할 수 있을 것이다.

현재 대한민국은 성장을 멈추고 경쟁은 가속화되었다. 타이어를 갖고도 달릴 수 있는 길이 없어 엔진가동만 계속되고 있는 공회전 상태라고나 할까. 달리고 싶다는 뜨거움으로 한층 가열되어 타이어가 맨땅에 헤딩하며 타들어 가고 있다. 우리나라 구직 희망자들의 가슴에 피어오르는 연기 같은 것 아닐까 생각해 본다.

그런데 빠른 공무원의 길, 다양한 취업 분야, 필기시험 없이 공무원 진출이라는 좀 쉬운 공무원의 길이 있다. 이러한 강점으로 인해 '속기 공무원'에 대한 관심을 꾸준히 이어지고 있는 실정이다. 속기사가 곧 없어지는 것 아니냐는 질문을 내게 한다면, 사실 속기사뿐만 아니라 그 어떤 직업의 존폐에 대해 내가 미래 예측을 할 수 있는 예언자는 아니라고 우선 말할 것이다. 하지만 지금 당신이 걸어갈 수 있는 길, 자신의 삶을 영위할 수 있는 일이 분명 가까이 존재함에도, 모르고 지나치거나 아예 접하지 못하는 시간이 아쉽게 지금도 당신을 스쳐 지나가고 있다고는 분명히 말해 줄 수 있다.

속기사는 국회, 법원, 지방 의회 및 각종 관공서의 속기공무원이 될 수 있다. 여러 직렬 중에 기술직 공무원에 포함되어 있고, 이것은 특정기술이 필요한 공무원이므로 자신의 적성에 잘 맞는다고 생각하면 한번 도전해볼만하다. 국회와 의회를 제외하고는 모두 서류전형과 면접만으로 채용기회가 주어진다. 이것만으로 경쟁의 문턱이 조금 낮아진 것 아닌가. 일반 공무원의 경우, 필기시험을 치고 면접을 본 뒤 합격을 하게 되어 있으니 말이다. 속기공무원은 9급부터 6급까지 다양한 급수에 채용되고 있다. 복지카드, 공무원 및 연금수급자의 후생복지를 지원받고, 이름만 들어도 알만한 여러 기업체와의 제휴를 통해서 숙박, 여행, 스포츠, 건강검진, 상조, 쇼핑몰 등 20여 종의 다양한 서비스를 시중 가격보다 저렴하게 이용할 수 있다.

취업에 대한 생각의 스펙트럼을 넓혀야 한다. 그리고 자신이 할 수 있는 강점을 찾아 도전해보아야 한다. 자격증 하나로 직업의 파이프라인을 만들 수 있는 돈 되는 자격증. 그 경쟁률과 문턱이 아직은 더할 나위 없이 낮은 곳. 바로 속기공무원에 도전해 보는 것은 어떨까? 오늘날 고용시장에서 사람들은 기존의 인간들 사이의 경쟁 구도에 더하여 인공지능과의 경쟁에까지 내몰려가고 있다. 우리가 직업으로서 장수하고 싶은 속기사의 일터에는 '지속해서 주어진 일', '안정적인 급여', '연금', '각종 혜택', 더 들여다보면 복지카드라는 꿈의 카드에서부터 사회적 보장과 혜택까지 존재한다. 이렇게 대한민국 공무원이라는 꿈을 한 번쯤 실컷 꾸고 도전해 봐도 좋을법하지 않겠는가.

속기사로서의 보람

한가로운 주말, 우리는 '속기사 브리핑 상시 대기'라는 문자를 받았다. 이것도 낯설지 않은 것이 이미 주간 내내 브리핑해왔던 내용이 재난 및 인명 피해 사건들의 연속성을 드러냈기 때문이다. 전혀 어색하지도 또 서운하지도 않을 일이다. 주말에 써 내려갈 그 기록들이 어디에 쓰이겠는가. 특히 재난과 재해에 관한 것이라면 대한민국 국민 안전과 직결되는 숫자와 통계, 향후 대책이나 위기대응요령 등의 발표일 텐데, 내 손을 통해 어떤 속보가 지상파와 종편 뉴스에 내보내질지 심장이 쫄깃해지는 주말을 몇 해째 보내고 있다. 그렇게 작성된 주말 작성 속기록들은 구제역, AI, 사스, 에볼라, 메르스, 신종플루, 천안함, 세월호, 태풍, 지진 등 다양한 주제들에 관한 것이었다.

이러한 정부 기록물을 작성하며 생각건대, 대한민국은 재난재해에 대한 대응이 미흡하고 신속하지 못하다. 이것은 자칫 국가적인 위기를 초래할 수도 있다. 글로벌 세계경기의 흐름에 뒤처지지 않기 위해 우리는 많은 자본을 유치하고 투입하며 애써 성장을 이어가고는 있지만, 작은 구멍처럼 사소하게 시작된 재난과 재해는 자칫 거대한 싱크홀로 확대되어 경제를 몽땅 집어삼킬 수도 있다.

태풍과 해일, 지진과 같은 자연재해에 대한 대응은 흔히 선제적 조치보다는 추후 수습 차원에서 다뤄지고 있는 실정이다. 제대로 된 경보 시스템도 작년에서야 기상청으로 일원화해 통합 관리하게 되었다. 하지만 경주 지진 때에도 정부의 대응은 신속하지 못했다. 신종

바이러스의 유입 및 차단 대책도 보완해야 한다. 구제역, AI 등 동물 간 전염 바이러스 유입에 대한 대응은 골든타임을 수차례 놓쳤으며, 사스, 메르스, 신종플루 등 인간 간 전염 바이러스에 대한 정부의 위기 대응 능력 역시 많은 부분에서 미흡한 점을 드러냈다. 바이러스 유입 알림, 차단 및 확산 방지, 사후 경과보고 및 미 확진자들에 대한 행동강령 등 모든 부분에서 대국민 상황전파보다 확산이 늘 빨랐던 것 같다. 현재 대한민국의 재난재해 중심축이라 할 중앙재난안전대책본부조차도 내진 설계가 안 되어 있는 것 아니냐는 의심을 받는 터라, 우리의 안전을 책임지고 신속히 대응해야 할 컨트롤타워 핵심축의 정비도 시급한 실정이라 생각된다.

오래전부터 논란이 되어온 노후 원전 상시 모니터링 체계는 더욱더 세심하고 면밀하게 점검되어야 한다. 만일의 사태에 대비한 인력들은 상시로 운영되어야 하며, 원전 재난 시 핫라인을 통한 긴급 복구도 그 어떤 것보다 신속히 이뤄져야 한다. 속기사와 대한민국의 위기관리 컨트롤타워가 무슨 연관이 있냐고 말할지 모르겠지만, 재난과 재해에 대한 속기록들이 실시간 속보로 송출될 때마다 이마저도 신속히 이뤄지지 않는다면 대한민국 국민의 안전은 이미 벼랑 끝에 서 있는 것과 다름없다는 생각이 든다.

인명피해 숫자를 기록할 때마다, 피해를 줄이기 위해 재난 대응 핵심인력들이 부족한 재원과 인력을 이끌고 밤샘 작업과 회의를 하며 도출한 결과물들을 볼 때마다, 기록에 대한 의지가 더욱 굳어지는 것을 느낀다. 그 어떠한 재난과 재해에도 이것을 기록하고 전파하는 일은 매우 중요한 가치가 있다. 이런 기록을 작성하는 속기사들은 장소와 시간을 불문하고 항시 대기하고 있으며, 뜨거운 브리핑실의 취재 열기에 부응해 신속 정확한 속기록의 송출을 위해 오늘도 온 정신을 모아 정확한 정보기록물을 창출해 내고 있다. 신종플루 확산 때 출근 시간을 조정하자는 정부와 기업의 공고에도 꿋꿋이 마스크 하나 쓰고 자신의 일터로 출근했던 속기사들은 메르스 사태 당시 각 병원 응급실이 민간인 통제 불허로 폐쇄될 때 통풍도 안 되는 열악한 PPE(개인보호장구)를 착용하며 그 안에서 땀을 뻘뻘 흘려가며 환자의 경과를 지켜보는 의사처럼 비장하고 삼엄한 분위기에서 일했다. 우리는 이런 일을 한다. 대한민국의 다른 많은 직업도 각기 직업의식과 소명, 사명감 같은 것이 있겠지만, 우리는 재난재해의 중심에서 꼭 필요한 인력이자 핵심 인재들이라는 것, 그 기록들이 국민의 안전을 지키는 데 일조하고, 그것을 기반으로 좀 더 튼튼한 대한민국이 될 수 있다면 그 어떤 바이러스도 우리의 출근길을 막지는 못할 것이다.

속기사 일기 2

취업 몸살, 그리고 갑자기 닥친 불행

나는 특이한 전공을 했던 관계로 속기사로 아르바이트나 취업을 위해 갔던 면접장에서 다음과 같은 질문을 자주 받았다.

"연극영화과는 연예인 하려고 갔나요?"

의심이 한가득 든 눈초리로 쳐다보면서 말이다. 그리고는 내가 대답을 시작하기도 전에, 면접관은 웃으며 이렇게 덧붙인다.

"뭐, 요새는 개성이 우선이니까요."

그래서 나는 항상 이렇게 준비된 대답을 하곤 했다.

"저는 시나리오 작업이나 극작에 대한 애정이 매우 높았고요, 대학에서도 그 분야를 집중적으로 공부했습니다. 어릴 때부터 글 쓰는 것을 좋아했고 독후감, 글짓기, 극작 등의 분야에서는 타 과목보다 월등히 성적이 좋았습니다. 고등학교, 대학교 성적표나 생활기록부에 나타나 있듯이, 글 쓰는 분야에 강점이 있다는 사실을 조심스레 증명해 보이고 싶습니다. 조금 달리 생각을 해주신다면, 제가 두각을 나타냈던 소질들이 타이핑으로 기록하고 문서화시키는 속기사의 업무와 어느 정도 맥이 닿아있다고 생각해볼 수 있지 않을까요?"

뭐, 결과는 좋았다가 안 좋았다가 오락가락했다. 아무튼 내가 예술이란 전공을 떠나 속기사의 길을 걷게 된 건, 취업의 문턱에서 겪은 심각한 취업 몸살 때문이었다. 학창시절에 마냥 즐거웠던 시절도 지나고 졸업시즌이 되자,

마음이 영락없이 쫓기고 쪼들리기 시작했다. 결국 '아, 나 이제 뭐 해 먹고 살지?'라는 걱정이 엄습했다. 하필 그때 가정 형편도 조금씩 기울어졌다. 서서히 내가 꿈꿔오던 방탕한(?) 예술가의 길에서 조금씩 하산해야 했던 시기도 그쯤부터가 아닌가 생각된다. 그래서 내 용돈이라도 스스로 벌어보자 해서 영화사, 드라마 제작부 일들을 시작했다.

아, 그런데 이게 웬일인가? 실제로 해보니, 못 하겠다는 생각이 들었다. 매 순간 '당장 때려치우고 싶다!'는 생각이 들기 일쑤였다. 삼일 밤낮을 씻지도 못해, 잠도 못 자, 혼나고 굴욕당하고 무시당하는 일들의 연속이었다. 사실 영화나 드라마 제작 현장을 잘 모르는 사람들은 그 모든 환경이 멋지고 근사할 것으로 생각할지 모른다. 하지만 제작 스텝들의 근로 강도는 매우 세고 거기에 비해 복지나 여건은 매우 열악했다. 내가 경험한 영상제작 현장들은 매우 삼엄하고 딱딱한 분위기인 데다, 혹독한 열정페이를 강요받았다. 위 · 아래 수직적인 분위기가 강한, 아주 경직된 문화 속에서 훌륭한 창작물들이 나온다는 것이 믿기지 않을 정도였다. 그러다 보니 웬만한 정신력과 체력으로는 버틸 수 없는 상황들의 연속이었다. 그야말로 매 순간 비명이었다.

그러던 어느 날, 부모님의 도움을 받아 조그맣게 차린 편집실에서 함께 일했던 선배의 이불빨래를 갖고 터벅터벅 집으로 걸어가고 있었다. 그런데 아뿔싸, 하필 그 모습을 아빠가 보시고 말았다. 근사하게 도약하라고 도움을 주셨는데, 잠도 못 자고 남의 이불빨래를 든 채 좀비처럼 걸어가던 내 모습에 아빠는 엄청 크게 화를 내셨다. 부모님의 큰 그림과 기대에 부응하지 못한 나는 당시 내가 꿈꾸던 직업에 대해 부모님이 작게나마 갖고 계시던 신뢰를 몽땅 잃었다. 그 자리에서 이불이 갈기갈기 찢겼고, 내 꿈의 일부도 뜯겨 나갔다. 현장에서 적응을 못하는 시간도 길어졌고 그만큼 내 마음과 육체의 건강도 악화하였다. 두통이 심해졌고, 순간적으로 몸에 마비가 왔다 풀리기도 했다. 병원에 가니 '스트레스다', '쉬어라' 했지만 그럴 수는 없었다. 친구들이 나를 부러워했던 시간, 그동안 내가 좋아했고 사랑했던 시간 때문에 쉽게 포기할 수 없었다.

나는 늘 특별하고 남달라 보이길 좋아했다. 소위 말하는 '간지'나는 모습을 포기할 수 없었다. 그리하여 가정형편을 무시하고 중국 청도로 건너가 청도 소재 대학에 입학준비를 하고 있었다. 그런 어느 날, 거기서 그만 일이 벌어지고 말았다. 아침에 눈을 뜨니 한쪽 다리와 팔이 뜻대로 움직여지지 않는 것이었다. 급하게 비행기를 타고 인천공항으로 후송된 뒤, 앰뷸런스에 실린 채 신촌 소재 대학병원에 입원하게 되었다. 그리하여 이제 막 사회에 진출을 시도해야 할 시기에 닥친 불운의 그늘에서, 나는 단 한 발짝도 벗어나지 못한 채 어두운 젊은 시절을 보내게 되었다.

3장

속기사는 어디에서 활동하나?

속기사들이 활약하고 있는 분야는 다양하며 점점 더 확대되고 있다. 입법 · 사법 · 행정부의 여러 부처, 대기업, 공기업, 군대, 그리고 각종 정부 산하 기관 등 속기사들은 곳곳에 포진해 활약하고 있다.

문체부 속기사: 정부 기록물을 책임진다

'문화체육관광부'는 우리가 흔히 알고 있는 다수의 문화행사, K-POP, K-Food, K-Culture를 비롯해 한국 고유의 문화와 관련된 각종 정책을 만들고 시행하는 기관이라고 소개할 수 있다. 정부에서는 이러한 시책들을 국민과 언론사, 기자들에게 보다 선진화된 방법으로 공개 및 취재 지원하자는 취지에서 '취재지원 선진화' 방안을 발표했고 이후 'e브리핑 시스템'을 도입하게 되었다. 그 후 중앙 서울청사와 세종청사 그리고 이전 과천청사에 다수의 브리핑실을 만들고 문체부뿐만 아니라 정부의 부처, 청, 위원회가 정책을 발표할 수 있도록 시설을 확충했다. 이것은 향후 공개취재의 장을 마련한 계기가 되었으며, 국민과 국가가 서로 정책을 공유하고 소통할 수 있는 정보 공감대의 창구로서 큰 역할을 할 수 있는 계기가 되었다.

정치. 경제. 사회. 문화의 다방면 이슈들이 각 실・국장과 장・차관 등 브리퍼의 입을 통해 발표되면, 정부 부처 속기사는 e-브리핑 시스템을 통해서 이 모든 현장에 원격으로 접속, 속기계와 연동되는 '타임머신프로'로 연결하여 영상과 함께 녹화를 진행하며 속기록을 작성하게 된다. 이 기록들은 모두 실시간 속기시스템으로 이어지며 발언이 시작됨과 동시에 속기가 시작되고, 끝남과 동시에 속기록이 마무리되는 원스톱 기록시스템 형식을 갖추고 있다.

지난 속기록 중 중요한 이슈들을 예로 들어보자면, 작게는 기상청 기상 예보부터, 크게는 제19대 대선과 맞물려 있는 여러 사건을 들 수 있다. 60개가 넘는 부처 및 청, 위원회에서 많은 양의 정부 공식 정책들이 발표 및 기록되고 있으며, 또한 각 부처 장・차관들의 공식 일정을 비롯해 관련 실・국장들의 공식행사, 공개참석 일정 등이 일일 정례브리핑 형식과 주제별 이슈로 나뉘어 기록되고 있다.

앞서 말했던 것처럼 문체부 속기사는 정치,경제,사회,문화 등 다방면의 속기록을 작성한다. 그런데 무릇 잘 알지 못하는 것은 잘 들리지도 않는 법인지라, 제대로 된 기록을 하기 위해서 속기사들의 지식은 폭넓어야 한다. 이는 실시간 기록물 송출 방식 때문에 더더욱 그러하다. 송출기록의 정확도를 높이기 위해서는 속기를 단순한 타이피스트 개념으로 생각해서는 안 된다. 정부 기관 속기사들이 작성하는 주 속기 업무 내용의 예를 들어보면 수긍이 갈 것이다.

첫째, 경제 분야를 살펴보면, 우선 거시적 측면으로는 분기별 금리 인상 및 인하정책, KDI 전망, 내수활성화 관계 장관 회의, 투자 활성화 대책 논의, 업무보고 사전 사후 브리핑 등을 들 수 있다. 또한, 미시적인 측면의 관측 보고 및 결과에서부터 금융개혁, 가계부채관리, 실물경제 지원방안, 자본시장 제도개편, 무역안건, 에너지 분야, 실물경기 4차 산업혁명기 미래 경기 예측 등 경제와 금융의 주요 현안에 대한 브리핑을 하고 기록한다.

둘째, 사회 분야에서는 불공정 거래나 담합행위, 자살통계나 출산통계, 복지 관련 안건 사항, 취업과 실직, 고용통계 등 분야별 통계로 보는 사회 현상들을 비롯하여 매년 수능 출제 경향 및 국 검정 교과서 채택 및 혼용에 있어서의 논란, 국정농단 사건으로 비추어본 정유라의 이대 부정입학 비리 등 사회 전반에 관한 내용에 이르기까지 기록 범위가 방대하다.

셋째, 환경 분야에서는 미세먼지 저감 대책, 각종 위해 성분 표시, 가습기 살균제 사건 관련 사전 사후 브리핑, 천연기념물지정 동식물의 생태 현황 및 사후 관리, 폐자원 활용 및 신재생 에너지 분야, 신소재 및 신물질 발견 등을 기록하고 있으며, 미세먼지, 기후변화, 온난화, 탄소 저감 대책이나 환경영향평가 등 다양한 환경 변수에 대비한 대한민국의 대책들이 매주 화요일마다 발표되고 있다.

넷째, 통일 · 외교 · 안보 분야에서는 통일부, 외교부, 국방부의 사드 관련 외교정세 및 정상회담, 위안부 문제부터 일본 교과서 독도 표기 문제, 북한의 동향 및 정세, 무기체계 고도화 등 핵과 미사일 발사 상황, 국방부의 군수체계와 국방정책 기록들, 외교 정세 및 테러 관련 속보 등을 기록하고 문서화하는 작업을 한다.

다섯째, 농식품 분야에서는 농축산, 농진청, 복지부 등에서 발표되는 미래먹거리, 농산물 신품종 개발 및 보급, 신약개발, 바이오 헬스케어 등의 기록들도 속기가 된다. 태풍, 해일, 지진, 산사태와 같은 재해 및 재난과 관련한 사항도 긴급브리핑 형태로 등록되어 뉴스 보도 이전 상황보고, 이후 진행 상황, 예상피해, 피해복구, 최종 점검 등 체계적으로 발표되는 사항들을 기록했다. 또한, 사스, 신종플루, 메르스, 구제역, AI 등 기존 및 신종 바이러스 유입 경로 및 감염 추이 피해 현황 등 바이러스 관련 재난 등도 모두 e브리핑을 통해 발표되었다.

이처럼 국민에게 알 권리를 제공해주고 있는 기자와 언론사, 신문사, 방송사에 신속하게 정보를 제공할 수 있는 정확한 창구에 정부 속기사들이 일하고 있다. 이 일은 현재도 그리고 훗날에도 매우 가치 있는 일이라고 말하기에 전혀 손색이 없다.

국가기록물의 공적 영역과 사적 영역의 기록은 아무나 해서는 안 된다. 그렇기에 속기사 및 속기록에 있어서만큼은 전문 시스템을 만들어 그 어떤 권한과 권력에도 무너지지 않을 하나의 기구로서 기록의 기능이 작동해야 한다. 특히 정부 기록물들은 더욱이 그러하다. 발언이 바뀌거나 수정될 때 그것은 '이러이러한 이유에 의해 발언이 수정되었으니 양해 바랍니다.'하고 원본 영상과 같이 공개되기도 한다. 영상의 임의 편집이나 속기록 삭제 요청이 와도 이것은 정부 기록물이기 때문에 불가능하다는 부처의 굳건한 의지가 있었다. 이것은 전 부처의 기록물을 작성하고 관리하던 문체부만의 투명하고 확고한 신념 같은 것이었다는 생각이 든다.

정부 기관 속기사는 파견직, 무기 계약직의 형태부터 5급~7급까지의 보수체계를 부여받고 있으며, 복지도 호봉과 급수에 따라 모두 동일하게 적용되고 있다. 또한, 일반 계약직의 경우라도 상시 지속적 근무의 성격이 있기에 자동으로 계약이 연장되고 있는 실정이다. 오전 브리핑 업무를 끝내고 오후에는 자기계발에 힘을 쏟을 수 있을 만큼 시간적 여유도 주어진다. 정부 기관 속기사들은 직급이나 계약 시스템과는 상관없이 국가 기록물을 관리하고 있다는 자부심이 상당하고, 이들을 대하는 다른 기관들로부터 신뢰와 존중을 받고 있다. 단순한 타이피스트가 아닌 역사와 기록의 한 줄 한 줄을 작성하는 정부 기관 속기사들은 현재 정의를 요구하는 올바른 역사의 길 위에서 대한민국과 함께 달리고 있다.

국회 속기사_ 대한민국 정치 1번지에서 일하는 보람

대한민국 민주주의의 전당이라 불리는 국회에서는 우리나라를 움직이는 수많은 안건이 회의를 통해 결정된다. 국가의 주요정책이 결정되는 이곳에서 본회의, 상임위원회, 소위원회, 국정 감사 등 모든 기록업무를 담당하는 사람들, 그곳에서 국회의원의 발언을 가감 없이 적어내리며 생생한 대한민국의 역사를 기록하는, 의정기록과 함께하는 사람들이 바로 국회 속기사들이다.

속기사를 처음 채용했을 당시 국회에는 4명의 수필 속기사가 기록을 담당하는 속기과가 있었는데, 직제가 개정되면서 의정의 전반을 기록한다는 업무의 성격과 사명감에 맞춰 '의정기록과'로 개명되었다. 현재 조직은 크게 의사국 산하에 의정기록 1과와 의정기록 2과, 총 16개 담당이 구성되어 있고, 의정기록 1과는 회의록 총괄, 위원회 담당, 전자회의록 담당 등을, 의정기록 2과는 본회의와 7개의 각종 위원회를 담당하고 있다.

국회 속기사가 되려면, 이론시험과 실기, 최종 면접의 3단계를 거쳐야 하며, 대한상공회의소에서 주최하는 한글속기 국가자격증(1급 이상)을 먼저 취득해야 한다. 1차 필기시험(국어, 영어, 한국사, 헌법, 행정학개론)을 시작으로 2차 속기실기시험, 3차 면접으로 최종 합격 여부를 결정짓게 된다. 국회 속기공무원직은 1년에 한 번 공개채용 공고가 나오고 있으며 현재는 속기계를 쓰는 속기사가 90%를 차지한다.

합격했다면 이제부터 장점 퍼레이드. 합격 후 9급 속기서기보로 임명되고, 10년 근속 시 6급 주사까지 빠르게 무시험 진급이 가능한 장점이 있다. 또 국정감사를 위해 해외로도 가다 보니 출장 겸 여행을 공짜로 누리게 되는 찬스가 있고, 만약 결혼하게 된다면 결혼식장 대관료가 공짜다. 거기다 국회 내에 국회의무실이라는 곳이 있어서 속기사는 물론 가족까지 이용 가능하며, 기본 진료는 무료이다. 또한, 국회 내에 유치원도 있기 때문에 취업의 문턱에서 3포, 5포, N포 세대들이 '출산, 육아, 내 집 마련' 등의 고민을 모두 해결할 수 있는 최고의 파라다이스라 하겠다.

다만, 정기회의와 임시회의 등 특정 시기에는 업무의 강도가 집중적으로 높아지니만큼 이 시기에는 야근할 각오를 단단히 해야 한다. 특히 2016년 국회 선진화법 통과로 40년 만에 도입된 필리버스터는 국회 속기사에게 직업적 폭력 아니냐는 우스갯소리가 생겨났을 만큼 업무 강도가 셌다는 후문이다. 이로 인해 필리버스터 최고 피해자는

'속기사'라는 말이 나올 정도였으니, 밤낮없이 총 192시간 27분의 속기록을 작성하는 진기록이 세워지기도 했다. 이런 일을 거침없이 해낸 국회 속기사들의 자부심 또한 대단하다.

각 과의 업무를 좀 더 세분화해 나열하자면, 의정기록 1과는 '본회의 · 위원회 회의록 작성 후 편집 및 발간'을 맡고 있으며 이 사안들에 관해 일주일에 한 번씩 담당 계장이 모두 모여 전체회의를 진행하고, 과의 공식일정과 운영 방향 등의 회의내용을 기록한다. 총 8담당으로 구성되어 있으며, 제1 담당은 회의록 총괄, 제2 담당부터 제7 담당까지가 위원회 담당, 제8 담당은 국회 전자회의록을 올리는 전자회의록 담당이다. 제1 담당부터 제8 담당까지 구성원들은 소속된 각 담당에서 회의록 관련 업무를 전달받아 진행하며, 회의 속기 업무는 초보 속기사가 업무 숙지가 잘 될 때까지 몇 년간 2인 1조로 운영된다. 회의 속기는 현장에서 실시간으로 이뤄지지만, 100%는 아니고 추후 감수와 담당 계장의 검토를 거쳐 최종본이 완성되어 나오게 된다. 이런 시스템이기 때문에 더 첨단화되고 진화된 속기계를 사용하는 것이 업무 역량 고도화와 밀접히 관련된 곳이기도 하다. 회의 속기가 이뤄지는 장소는 발언대 바로 앞 회의장 한가운데이며 일반인들이 출입할 수 없는, 속기사 지정석까지 바로 연결된 전용통로를 이용해 원활히 교대를 지원한다.

의정기록 2과는 행정안전위원회를 포함한 7개 위원회를 담당해서 회의록을 발간한다. 대국민 서비스의 일환으로 옛날 회의록을 디지털화하는 작업도 병행하고 있으며, 이미지 회의록으로 된 책자 형태의 옛날 인쇄본을 한글 문서화하여 국회 홈페이지에 등록하는 작업을 맡고 있다. 국회의 모든 이목과 관심이 집중되는 본회의를 진행하는 2과에서는 회의 시작 15분 전에 속기의 첫 팀이 내려가서 준비하며, 회의장에 도착하면 혹시 모를 사태에 대비해 속기 환경을 점검하고 제대로 된 기록을 할 준비를 한다. 이후 토론 내용, 투표를 통해서 결정되는 법률안의 가부 결과 등의 사안을 실시간으로 신속하게 속기 진행한다. 위의 업무 내용은 면접 시 국회 속기 업무에 대해 얼마나 알고 있느냐는 질문을 받았을 때를 대비해 숙지하고 있으면 좋을 면접 준비용 상식이기도 하다.

담당 계장은 녹음파일을 직접 들어가며 기록이 제대로 되었는지 확인하는 속기록 최종 감수를 한다. 회의록 원고의 검토 · 보정작업이 마무리되면 전자기록 담당에게 전송한다. 이후 국회 정보시스템으로 국민에게 이를 모두 공개하는 방식이며, 국회 전자회의록 경우는 별도의 자구 정정 등의 절차를 걸쳐서 인터넷에 공개하는 방식을 취하고 있다. 회의록 편집은 20년 차 이상 베테랑 의정기록과 속기사가 담당하고, 의사 발언 외에도 표결내용 및 회의 사항 등 전반적인 내용이 게재된다.

똑같이 9급 공무원을 준비하고 있다면, 시험커트라인도 다른 직렬에 비해 비교적 낮고 전공과 상관없이 자격증으로 9급 공무원이 될 기회, 그리고 이왕이면 속기사로서 인정받는 최상위 기관에 속하는 국회에서 공무원의 꿈을 펼쳐 보는 것도 생각해 보았으면 좋겠다.

요약팁

9급 속기서기보(일반직), 다른 직렬 일반직 공무원과 보수체계 동일.

연 1회 채용, 5과목 시험.

다른 공무원보다 승진이 빠름. 최소 1년 6개월 근무 후 자동진급. 6~8년 뒤 6급까지 승진. 최고 3급까지 진급

결혼, 출산, 내 집 마련 관련 문제들을 남녀 모두 가능하게 해주는 속기공무원의 꿀 보직. 대한민국의 중심이라 불리는 국회에서 근무.

결혼 후 육아를 병행할 수 있는 시스템이지만, 중차대한 사안을 많이 다루는 곳이니만큼 출퇴근 시간이 정해져 있지 않고, 특정 기간에는 업무의 강도가 엄청나기도 하다. (필리버스터 같은 릴레이 연설 때는 속기사라면 잠이 들어도 손은 좀비처럼 움직여야 한다) 말도 많고 탈도 많았던 2016년 말~2017년 초를 거치며 이곳이야말로 실시간 속기가 간절하고 정말 진화된 속기계가 필수라는 것을 알게 되었다.

관계에 있어서 선후배 간 직급과 보직이 업무에서 확실히 드러나는 만큼, 존경과 공손함은 국회 속기사로 살아남기 위해 항시 지녀야 할 사회생활 필수 아이템이라는 팁.

국회 신규채용 나이제한은 없다.

법원 속기사_ 법이 존재하는 한, 나도 존재한다

2005년부터 속기 직렬이 신설되어 전국 70여 개 법원 및 지원에서 속기사를 채용, 법원마다 재판내용을 속기하고 있다. 전문계약직의 경우 자리가 나는 대로 100% 속기서기보로 전환, 현재 700여 명의 법원 속기사가 활동 중이다. 일부 법원에서는 이미 법정에 들어가지 않는 원격속기를 시범적으로 시행하고 있기에, 갈수록 속기사에게 요구되는 것이 많아지고 있어 컴퓨터 속기사들의 디지털영상속기 재교육이 필요한 시점이라고 할 수 있다.

법원 속기사는 필기시험 없이 속기 자격증만 갖추면 서류와 면접만으로 채용이 가능하다. 속기서기보 직렬이 신설되면서 법원 속기사 채용 종류는 9급 서기보, 임기제, 기간제(대체) 세 가지로 분류된다고 볼 수 있다.

법원 속기사 채용에는 상시 채용과 일반 채용이 있다. 채용이 임기제일 경우 우선 임기제를 시작으로 해서 필기시험 없이 정규직 속기공무원 9급이 될 수 있기 때문에, 속기사 자격증을 갖추고 있는 사람들 가운데 선호도가 높은 편이다. 대한상공회의소 속기사 자격증 2급 또는 3급 이상을 갖추어야 한다. 주요 업무는 재판에서 이루어지는 문답과 법정 진술, 변론 등을 속기해서 녹취서로 작성하는 업무를 담당하고 있다.

주 근무지는 판사실(부속실)과 민사과, 형사과로 나눠진다. 법원은 1판사 1속기사로 배치되어 있다. 그래서 판사실 속기사가 같이 배속

되어서 일하는 부속실 속기사가 있다. 그중 형사과 업무가 주로 많은 편이다. 민사소송은 개인 간 다툼을 다루는 재판이기 때문에 정형화된 틀이 있어서 질문과 답변이 짧게 왔다 갔다 하는 방식이지만, 형사소송은 검사가 원고가 되어서 변호사와 공방을 벌이기 때문에 형량을 적게 받기 위해서 법정 내에서 엄청난 설전이 벌어진다. 통상 배석판사가 있는 합의과에 업무가 더 많이 편중되는 편이다. 민 · 형사과 소속 속기사는 재판을 일주일에 2~3번 정도 하고, 부속실 속기사는 주1~2회 재판에 속기업무와 함께 판사의 업무지원을 병행한다. 실제로 법원 속기사 채용 공고를 보면, '속기 및 사무보조'라고 담당 업무가 적혀 있다.

업무형태는 재판장에서 속기록을 100% 작성하지 못하기 때문에 녹음이 필수이다. 전자소송시스템 도입으로 깨끗한 음질의 녹음파일이 서버로 공유되어 제공되며, 재판이 끝난 뒤, 녹음파일을 다시 듣고 번문작업까지 마무리하여 속기록을 완성하는 새로운 업무형태가 도입되었다. 이렇게 전자법정이 도입되면서 실시간으로 속기록 작성 화면이 판사 모니터에 같이 공유되기 때문에 법원 속기사들이 작성하는 속기록은 판사가 해당 판결을 내릴 때 판단을 돕는 역할을 한다고 한다. 이 모든 내용은 배석한 판사가 실시간으로 모니터링을 하고 있다고 하니 속기사의 실력이 그대로 드러나는 곳이기도 하다.

기존에는 속기록을 완성하고 프린트하여 직접 제출하고 간인과 도장을 받고 했으나, 전자결제시스템이 도입되면서 따로 프린트할 필요 없이 '제출과 결재'를 전자라인으로 원스톱 처리한다. 이처럼 보안을 중시하는 법원 시스템이 새롭게 바뀌면서 법원 속기계들도 많이 변화하고 디지털화되고 있는 실정이다. 참고로 법원 속기사 합격자들의 성비 비율을 보면 과거에는 여성이 남성보다 우세했으나, 최근에는 검찰의 남자 속기사들이 대거 합류되면서 법원에서도 남자 속기사들을 선호하는 사례들이 많아지고 합격한 사례 또한 늘어나고 있다.

앞서 언급했듯이 필기시험 없이 9급 공무원이 될 수 있는 곳이며, 재판부마다 속기사가 배치되어 있는 까닭에 평생에 한 번 볼까 말까 한 유능한 판사들과 인맥을 쌓을 기회가 많이 생긴다. 실제로 판사나 변호사랑 결혼한 속기사도 있을 정도이다. 속기서기보의 경우 타 지역의 배우자와 혼인 시에 해당 지역으로 이동할 수 있는 제도가 마련되어 있어서 타 지역으로의 전출도 가능하다.

또한, 재판이 없으면 속기사 개인정비시간이라는 여가도 있으며, 재판이 아예 없는 7월, 12월 말 이렇게 1년에 두 번의 약 2주~3주 정도 휴정 기간에는 휴가를 써 비교적 오랜 기간 해외여행을 가기도 하는 호사를 누릴 수도 있다. 때때로 재판부 회식과 속기사들 전체회식이 있고, 휴게실, 침실 같은 시설도 갖춰져 있어 휴식을 취할 수 있는 공간도 대부분 마련되어 있다.

임신과 출산에서도 제도적인 혜택을 많이 누릴 수 있는 곳이다. 공무원 근무시간 유연제가 적용되면서부터 개인사유가 있으면 탄력적인 근무(일찍 출근하고 일찍 퇴근)도 가능한 곳이니 어쩌면 모두가 원했던 선진국형 근무환경이 갖춰진 곳이라 할 수 있겠다. 대한민국 공무원으로서, 그리고 속기사로서 자신을 발전시킬 수 있는 곳이기에 더할 나위 없이 좋은 곳이다.

보수 지급 명세서

2015년 10월분

소 속	성 명	직급,호봉
		속기서기, 08

실 수 령 액 : 2,357,940

보 수		공 제	
보수계	**2,752,330**	**공제계**	**394,390**
봉급	1,978,500	**일반공제계**	**314,390**
정근수당가산금	50,000	소득세	30,050
가족수당(배우자)	40,000	지방소득세	3,000
시간외수당	348,830	일반기여금	185,300
정액급식비	130,000	건강보험	96,040
직급보조비	105,000		
민원수당	30,000		
재판업무수당(속기원)	70,000		
		기타공제계	**80,000**
		여직원회비	5,000
		바이올린동호회	55,000
		푸른해	10,000
		대전법원속기사회	10,000

위는 2015년 10월 기준 속기서기의 월 보수 사례이다. 가족수당 시

간외수당 정액급식비, 직급보조비 등이 매달 똑같이 발생한다. '민원수당'은 부속실에 근무하면 발생하며 재판업무수당도 있다. 소득세, 지방소득세는 연말 정산해서 돌려받는 항목이고, 일반기여금은 공무원연금이다. 명절휴가비는 1년에 2번 기본급의 60%가 발생하며 성과상여금이라고 등급별로 금액이 좀 다르게 상여금(약 100만 원 정도)이 발생한다. 근무처는 대법원, 서울고법, 서울지법, 사법연수원, 서울남부지법, 동부지법, 서울지법, 수원지법, 대전지법, 부산지법, 청주지법, 광주고법, 울산지법, 창원지법, 가정법원, 특허법원 등 70여 곳이 있다.

검찰 속기사_ 수사상 수요가 늘어나고 있는 곳

검찰청은 수사과정에서 피의자 인권침해방지 및 투명성 확보를 통해 국민의 신뢰를 얻기 위한 목적으로 조사 과정 영상녹화 조사제도를 도입했다. 이 방식을 통해서 조사과정의 모든 심문 내용을 실시간 속기록으로 기록하는 업무가 생겨나자, 많은 속기 인력들이 대거 채용되기도 했다.

검찰 속기사에게는 수사 현장에서 조사자와 피의자, 참고인 등 여러 사람의 진술 영상을 실시간으로 전송받아 신속하게 속기록을 작성하는 능력이 요구된다. 조사과정이 실시간으로 이뤄지는 만큼 순간순간 정확하게 대처하지 않으면 제대로 된 기록이 나올 수 없으므로, 높은 레벨의 자격증과 다양한 실무경험을 우선 요구하는 곳이기도 하다. 그렇기에 면접 준비와 더불어 수사속기 자격증, 그리고 경찰, 법원 등에서의 경력을 우선 쌓는 것이 중요하다.

현재 대검찰청을 비롯한 전국 지방검찰, 지청 등에서 근무하고 있으며 채용 방식은 공무원 7호(임기제)와 기간제 속기사이다. 기간제는 2년만 근무하면 정년이 보장된 무기계약 직원으로 전환된다. 여러 관공서와 비교해 급여가 높은 만큼 실시간 속기의 실무 능력이 많이 요구되는 곳 중 하나이며, 사회적 이슈가 될 만한 사건이 자주 일어날수록 야근 업무의 비중도 높아지고 그만큼 야근수당도 책정된다. 속기록 작성이 많은 청은 등급별로 분류하여 인센티브를 받으며 명절마다 떡값이 나온다고 한다.

중앙지검이나 대전지검 같은 곳은 속기사들의 방이 따로 있는데, 대부분은 검사와 함께 사무실을 사용한다고 한다. 주요 업무로는 실시간 조사속기, 영상물 녹화 조사속기, 녹취록 작성 등의 업무를 배정받아서 하고 있으며, 배정받은 업무가 마무리되지 않았는데 추가로 배정이 되는 경우도 있어서 속기사 추가 채용의 요구가 있는 분야 중 하나이다.

채용방식을 보면, 경력과 면접으로 채용되기 때문에 지원 전에 속기협회 등을 통해 모의 면접이나 예상 질문 자료를 받아서 연습하는 등의 방법을 동원하는 것이 좋다. 또한, 법원과 마찬가지로 검찰 속기사는 대검찰청에서 결혼식이 가능하며 대관료로 30만 원만 내면 된다고 한다. 결혼식장에는 검찰총장님의 화환도 도착한다고 하니 친지와 가족들에게 자랑할 만한 결혼식이 될 수 있지 않나 하는 생각도 든다.

경찰 속기사_ 피해자의 표정과 행동까지 기록한다

8세 여아를 성폭행해 장기가 파손되게 만든 끔찍한 사건이 2008년에 발생했다. 이 사건을 조두순 사건이라고 하며, 경찰에서는 이 사건을 계기로 전국 33개 성폭력 통합지원센터를 만들었다. 이곳은 조사와 기록이 동시에 완성되는 원스톱 서비스를 갖추고 있어서 아동·장애인 피해자 진술 녹화 시, 속기사가 외부 모니터실에서 진술 내용을 속기함으로써 조사관은 진술조서 작성을 병행하지 않고 대화하듯 진술을 유도할 수 있고, 피해자에게 편안한 조사환경을 제공할 수 있다는 장점이 있다. 속기록이 추후 수사 및 재판 절차에서 기초 자료로 활용되며, 진술 분석 전문가가 진술의 신빙성에 대해 분석할 때도 해당 속기록이 사용되고 있다. 따라서 피해자 진술 내용을 왜곡 없이 정확히 속기하는 동시에 피해자의 침묵·표정·행동까지 자세하게 속기해야 할 필요성이 있다.

속기사가 지원되는 주요 사건은 19세 미만 및 장애인 대상 성폭력, 13세 미만 및 장애인 아동학대 피해자를 대상으로 한 사건이며, 속기사는 진술녹화 시행 시에만 참여한다. 지원 요청 시 경찰청 속기사는 최대한 피해자 일정에 맞춰 조사 장소로 방문하며, 조사관으로부터 피해자 특성을 청취하고, 속기 시 유의사항 등을 사전에 체크해야 한다. 조사 시에는 모니터실(진술 녹화실 외부)에서 실시간 속기를 하고, 조사 후에는 정정 사항 확인 후 속기사 간인 후 서명 또는 날인, 이후 피해자 조사관 서명 날인을 거쳐 조사관에게 속기록을 전달하는 방식을 갖추고 있다.

정부가 규정한 4대악 가운데에서도 악질로 분류되고 있는 성폭력 사건에 대해 조사와 처벌을 강화하려는 조치이며, 그중 아동 및 장애인 성폭력 피해자 조사를 집중적으로 지원하기 위한 것이다. 이에 전문 조서를 작성할 수 있는 속기사 인력에 대한 수요가 지속해서 늘어나고 있으며 더 많은 인력이 충원되어야 할 것으로 전망하고 있다.

2012년도에 속기사 지원제도가 처음 도입되었을 때만 해도 원래는 프리랜서 속기사를 고용하는 방식이었는데, 조사 건당 금액을 받다 보니 예측 불가한 면이 있어서 2014년부터는 급여제로 바뀌어서 매달 안정적으로 급여를 받을 수 있게 되었다. 매년 사업자를 정하는데 2014년부터 디지털영상 속기사 소리자바에서 연속적으로 사업을 맡아 진행하고 있다고 한다. 경찰청 속기사는 한글속기 2급 이상으로 협회추천을 받아 근무할 수 있는데, 대신에 장비는 소리자바를 쓰는 속기사가 채용된다는 점을 참고하기 바란다. 근무시간은 오전 9시~저녁 6시인데 매일 출근하는 게 아니고, 사건이 발생해서 요청이 있는 경우만 출근해서 일한다. 그 외의 근무 시간에는 사후 속기 업무를 하는데, 근무시간 외에 급한 사건이 생기면 별도의 추가수당을 받는다. 그 이외에도 경찰서에서 녹취록을 의뢰받아 진행하는 경우도 있고, 여유 시간도 많은 편이라 투잡도 가능해 수입이 쏠쏠하다는 후문이다.

장점이 있다면 단점도 있는 법, 속기사가 주로 다루는 사건이 아동이나 장애 여성 성폭력 사건이기 때문에, 이 기록 업무의 특성상 속기사가 피해자의 고통스러운 상황을 기록하고 자주 접하게 되므로 심리적으로 스트레스를 받는 경우도 있다. 이건 법원이나 검찰 속기사분들도 비슷하겠지만, 속기협회에서 심리전문가를 통해 심리치료 강의를 하고 있다고 하니 이런 고충을 겪고 있는 사람은 문의 후 이용하기 바란다. 업무적 스트레스 해소의 창구로써 이용하면 좋을 것이다.

어떻게 본다면 속기사 수입 측면에서는 좋을 수도 있지만, 사회적인 측면으로는 안타깝게도 관련 사건이 점점 늘어나는 추세여서, 경찰조직 역시 조만간 검찰이나 법원처럼 속기사를 정규직으로 채용하지 않을까 예상된다. 현재 전국 33개 성폭력통합지원센터에서 메인과 서브 속기사가 일하고 있고, 한국AI속기사협회 직무 교육 후 성폭력통합지원센터로 투입되는 시스템으로 이루어져 있다. 경찰청에서 작성되는 속기록들은 들리는 그대로를 작성하는 것에 그치지 않고 피해자의 표정과 행동묘사까지도 상세히 속기록에 작성해만 한다. 장애인이나 나이가 많이 어린 경우에는 발음이 부정확해서 기록의 난도가 높은 만큼 속기사들의 기록 실력이 좋기 때문에 검찰 속기사뿐만 아니라 의회, 법원 속기사로 많이 채용되는 구조이다.

의회(지방의회) 속기사_ 가까운 곳에서 일하는 특권

지방자치제를 칭할 때 흔히 풀뿌리 민주주의라 한다. 풀을 뽑아보면 흰 뿌리가 무수히 많이 붙어 있다. 이 뿌리는 물과 양분을 흡수하여 위쪽으로 보내 식물이 클 수 있게 해주는 없어서는 안 될 존재로서, 매우 중요하고 식물 성장의 원천이 되는 부분이다. 이와 마찬가지로 국가를 더욱 건재하고 튼튼하게 하기 위해 국가 사무의 일부를 지방자치 정부가 분할해서 맡는데, 그 근간을 바로 세우는 작업을 하는 곳이 바로 대한민국 지방의회이다. 이곳에서는 그 가치를 실현하기 위해 행정 사항들을 하나하나 기록하고 있는데, 그 중심에는 의회 속기사들이 있다.

지방자치 제도는 1961년 5.16 군사정권 때 중단되었다가 1990년에 부활했다. 그리하여 260곳의 시/도/군/구 의회가 개원하게 되었고, 이 때문에 속기사가 대거 채용되었다. 처음에는 지방의회의 급속한 출발로 3급 이상 속기 자격증만 있으면 1급, 2급은 9급 공무원, 3급은 10급 등급의 기능직으로 출발했지만, 2014년도에 지방공무원법이 개정되면서 속기 직렬로 신설이 되어 의회 9급 속기직, 임기제, 기간제, 시간선택제 등 다양한 유형으로 채용하고 있다. 현재는 약 700여 명 이상의 속기사가 활동 중이다.

응시자격은 한글속기자격증 3급 이상 지방직 공무원으로 채용하고 있으며 1차 필기시험에서는 국어, 영어, 한국사 3과목 필수에 행정법, 행정학개론, 사회, 과학, 수학의 5과목 중 선택과목 2개를 택해야 한다. 필기시험 합격 후 2차 면접시험을 거쳐 최종합격 여부를 결정한다. 또한, 경력경쟁채용이 있는데 필기 과목 2가지(사회, 행정학개론)와 2차 면접시험만으로 의회 속기직 공무원을 채용한다.

속기사가 들어가는 의회 회의는 임시 회의와 정례 회의로 나뉘는데, 의회마다 기간이나 횟수는 조금씩 다를 수 있다. 예를 들어 경상남도 의회는 임시회의를 1년에 8번, 정례회는 1년에 2회이며, 번문(속기에서 부호로 적힌 내용을 글자로 옮겨 쓰는 것)기간은 회기가 끝나는 날로부터 한 달 이내이다.

속기사의 주 업무가 회의록 작성이기 때문에 회의가 있을 때는 정신없이 바쁘지만, 회기가 아닐 때는 독서 및 자기계발, 기타 보조업무 등을 하며 비교적 여유를 즐길 수 있어서 너무 좋다는 소문이 파다하다. 의회 속기는 실시간 속기는 아니고 회의장마다 녹음시설이 있어서 관리하는 직원이 녹음을 따로 하거나, 아니면 속기사가 직접 따로 녹음하기도 한다. 녹음에 있어서 보통 3중, 4중으로 안전장치가 필요하기 때문에 회의장에 설치된 장비로 녹음도 하고 속기사도 따로 녹음한다고 한다. 영상이나 음성 녹음녹화 기능이 한꺼번에 탑재된 속기계가 있다면 의회에서 활용하는 의사 중계시스템 활용에도 손쉽게 적용할 수 있다.

보통 자격증 취득 후 필기 준비를 하면서 의회 속기 아르바이트를 해볼 것을 강력히 추천한다. 그렇게 의회에 들어가 한번 두 번 얼굴을 익히면서 업무를 충실히 해낸다면, 필기가 준비되어 면접을 보게 될 때 의회 면접장에서 온기를 느끼게 될 것이다. 지금 별정직 7급이었으나 속기 직렬이 생겨 6급까지도 가능한 곳이기도 하다.

또 하나 꿀팁을 알려주자면, 실무 경력을 쌓기 위한 의회 아르바이트나 임기제 채용 역시 대부분 거주지 제한이 있어 집이 가까우면 유리하다. 가까운 곳에 있는 사람이 기동력이 뛰어나기 때문에 이 원칙을 많이 선호한다고 한다. 출퇴근 지옥철, 만원 버스 날아 차기 해버리고 훌쩍 가벼운 마음으로 일하러 떠나볼 참이라면 어서 서둘러 준비하기 바란다.

무엇보다 지방 의회도 인터넷 의사 중계시스템을 도입해서 디지털 영상속기 능력이 필수가 되어 가고 있다. 디지털 영상속기는 전국 의회에서 활용되고 있어서, 서울 양천구 의회, 노원구의회, 구로구의회, 강동구의회, 광진구의회, 수원시의회, 경기도의회, 성남시의회, 안양시의회, 평택시의회, 광명시의회, 오산시의회, 안양시의회, 하남시의회, 양평군의회, 인천 부평구의회, 대구시 중구의회, 부산시 남구의회, 대전시의회, 춘천시의회, 제주시의회, 전라북도의회, 경상북도의회, 경상남도의회, 충청북도의회, 충청남도의회, 전라남도의회, 제주도의회, 청주시의회, 충주시의회, 옥천군의회, 진천군의회, 계룡시의회, 음성군의회, 영동군의회, 전주시의회, 담양군의회, 무안군의회, 강원 고성군의회, 홍천군의회, 예천군의회, 경남 고성군의회, 남해군의회, 김제시의회, 창원시의회, 동래구의회, 해운대구의회, 경산도의회, 창녕군의회에서 근무할 수 있다.

요약팁

시군구 의회 속기공무원 (현재 기준)

– 9급 속기서기보(일반직) 150만 원

– 임기제 공무원(라급 8급 상당) : 인천광역시(시간제 라급 최저 연봉 약 2,700만 원), 서울특별시(최저 연봉 약 3,000만 원), 제주특별자치도(최저 연봉 약 3,000만 원)

» 임기제 공무원(9급) / 기간제 : 최저 월 130만 원부터 175만 원(9급 7호봉)으로 지급.

(공주시 연봉 약 1,600만 원, 인천 동구 연봉 약 2,000만 원, 증평군 연봉 약 2,100만 원)

– 무기 계약직 : 연봉 2,100만 원(세전) → 포천시, 익산시, 보령시 등

– 대체 or 알바 : 정례회(11~12월) 기간 중 15~30일 일함. 일 8시간 근무 5만~6만(일급)

» 의회의 속기는 실시간 속기는 아니다. 대화자를 구분해가며 회의록을 100% 완벽하게 작성해야 하기 때문에 녹음한 걸 다시 듣고 완벽하게 속기록을 완성하는 시스템으로 속기록 작업해 완성하면 홈페이지에 회의록이 올라갈 때까지 약 한 달 정도가 소요된다.

» 의회는 본회의, 상임위원회, 특별위원회 등의 회의를 속기록으로 작성 관리 하는 업무를 한다. 매일 회의가 있는 게 아니고 임시회의 정례회의로 나뉘어 임시회의는 1주일 정도 5회, 정례회의는 한 달 정도 연 2회 일한다. 업무량이 그리 많지 않다.

» 예산 관련 회의하고, 조례법 제정하고, 공무원들 관리하는 걸 속기록으로 작성한다.

» 회의가 없을 시는 거의 회의록 관리하고 개인 시간이 많이 있다.

» 9급 속기사이고, 연금 나오고 회의 많지 않고 최고의 보직이다. 강추!

» 번문 기간도 있어 업무의 강도가 매우 적다. 본회의 및 상임위 회의와 각종 위원회 속기록을 작성한다.

» 회의장에 2명이 같이 들어가서 의회마다 20분 30분 50분씩 교대해가며 하거나, 한 명씩 들어가서 계속 치는 방법이 있다. 2인 1조로 들어가 20분씩 교대해가며 하는 작업이 제일 좋다.

» 회의장에서 100퍼센트 완성하는 게 아니다. 녹음을 하므로 일단 들리는 대로 치고, 자신의 자리로 돌아와서 녹음한 걸 듣고 완벽하게 속기록을 마무리한다. 특히 대화자 구분이 중요하기 때문에, 초안에서는 내용보다 대화자를 잘 구분해야 하는 경우가 많이 있다. 녹음이 안 되면 끝이다.

※속기공무원 요약문 (2016~2017) 예시이며, 매년 선발인원 및 응시자격, 과목은 변경될 수 있음

공기업·위원회 속기사_ 복지의 갑, 신의 직장 속기사

» 한국은행 – 직원복지만큼은 '갑'

은행에서 근무하지만, 속기사이기 때문에 민원인 상대나 실적 관계 없이 관리 업무만 담당하므로, 직원들 간에 트러블 없이 편하게 일할 수 있다. 주로 은행 총재와 부총재 장관 등이 포함된 회의의 준비, 실시간 속기 업무, 총무 업무 지원 등이 업무 내용 되겠다. 주요 회의 내용은 기준금리 인상 혹은 인하에 관한 내용이거나, 국내외 통화 정책 사업과 관련된 중요 정책들이 결정되는 내용이다. 이러한 중차대한 기록을 담당하고 있는 만큼 회의 때 들은 정보를 이용해 투자하거나 개인 부당이득을 취하는 것은 금지되며, 보안각서 작성은 매번 필

수이다.

한국은행은 복지도 소위 '빵빵'하다는 소문이 자자하다. 예를 들어 국내외 학술연수 파견, 해외 중앙은행 및 국제기구 파견, 다양한 단기 내외 연수제도가 갖춰져 있다. 이 말은 굳이 연월차를 눈치 보며 내지 않고도 일하며, 해외 여행할 기회가 꽤 제공되고 있다는 얘기이다. 직원들의 스킬 업을 위하여 각종 자격증 취득 지원 및 사이버 연수를 도모하고 있다.

또한, 육아복지 차원에서는 한국은행이 따로 운영하는 어린이집이 있어서 출근할 때 어린이집에 아이를 맡기고 퇴근할 때 아이랑 함께 퇴근할 수 있는 혜택도 있다. 직원 자녀 학자금도 지원된다. 본인 및 가족 의료비 지원은 물론이고, 동호회나 취미활동도 지원되고, 건강 증진을 위해 체력단련실도 운영된다. 사택 대여 및 주택자금 지원, 독신자를 위한 공동숙소도 운영해서 거주지까지 지원을 해주고 있다고 하니 입이 떡 벌어질 만하다. 이만하면 역시 금융권의 일인자 '한국은행'답다.

공기업이나 공사의 경우 학벌이나 스펙을 점차 안 보는 '탈스펙' 분위기가 조성되고 있다고 한다. 각자 자기 영역의 전문성을 요구하며 이를 적극적으로 활용해서 업무에 적합한 효율적인 인재로 육성하는데 중점을 두는 경향이 있는 곳이다. 면접과 실기를 통해서 채용되고, 국가공인 한글속기 자격증 취득이 필수다.

» SH공사 – 5~6급 상당 보수체계

서울시민의 주거복지 향상을 위해 설립된 주거복지, 도시재생 전문 지방공기업으로 이곳 역시 속기사를 채용하고 있다. 사무기술 전문가로 구분되어 회의록 녹취 · 속기 업무와 함께 각종 회의 관련 사무지원 등을 하고 있으며 본사 기획부에서 2년 계약직으로 채용된다. 한글속기 1급 자격증 소지자와 속기업무 경험자를 우대해서 채용한다.

〈SH공사 채용 공고의 예〉

4. 근무조건

분 야	처 우	근무지	계약기간
주거복지	4급 상당	본사 주거복지부	임용일로부터 2년
식물	4급 상당	본사 조경사업부	임용일로부터 2018.09.30까지
속기사	5~6급 상당	본사 기획부	임용일로부터 2년
해외사업	3급 상당*	정책수출사업단 (서울시 종로구)	임용일로부터 2017.12.31까지

구분	분야(부서)	인원	담당직무
합계		4	
사무기술 전문가	주거복지	1	- 주거기본법상 '주거복지센터' 운영(지원) - 개량상담 등 상담시스템 구축
사무기술 전문가	식물	1	- 식물 이력관리 전산프로그램 등록 및 관리 · 식물위치도 작성 · 관리번호, 반입시기, 반입경로 등 관리 - 식물식별 표찰설치 및 관리(학명, 국명 등 명칭관리 포함) - 식물종(3천 종류) 분류 확인 - 주요 식물 수급계획 및 현지 확인 - 온실 및 주제정원 기획전시공간 계획 수립 - 식물특성별 식재기반 관리 - 전시식물 모니터링
사무기술 전문가	속기사	1	- 회의록 녹취 · 속기 및 각종회의 관련 사무지원 등

» 개인정보보호 위원회, 공정거래위원회, 금융감독위원회

계약직 또는 기간제로 채용할 경우 자꾸 속기사가 바뀌는 것을 우려하여 무기 계약 전환 확률이 매우 높은 곳으로 간주된다. 공공기록물 관리법 개정으로 위원회 및 각 정부 기관에서의 속기사 채용이 늘어날 전망이다. 기업경영의 투명성이 갈수록 강조되기에 빠른 정보공개 및 속기록 작성이 필수가 되고 있다. 주주총회, 이사회, 임시회의, 강의록 작성, 연설문 작성 업무를 담당할 속기사를 채용하는 곳이 점점 늘어나고 있다.

자막방송 속기사: 장애인 차별금지 '법'이 만든 직업

청각장애인들에게도 일반인들과 차별 없이 '미디어를 통한 편리한 정보 접근 및 시청 권리'를 보장하기 위해 정보접근보장법이 시행되었다. 선진국에서는 거의 모든 프로그램에 자막방송을 하고 있으나, 우리나라에서는 청각장애인을 위한 자막방송을 포함한 장애인 방송이 보급 수준에 불과한 실정이다. 2011년 방송법 개정 이후 장애인차별금지법 조항으로 2016년까지 자막방송 전면 확대시행이 이루어져 있다. 그뿐만 아니라 방송사업 중 지정된 사업자가 2016년까지 자막방송 70%로 장애인 방송물을 제작 · 편성해야 하므로 앞으로 장애인복지 관련한 자막방송의 수요가 꾸준히 증가하고 있고, 이로 인해 앞으로 속기사가 대거 채용될 분야 중 하나라고 할 수 있다.

작업방식은 '실시간 작성'과 '사전제작'으로 나뉜다. 보통 지상파와

홈쇼핑, 보도 채널, 스포츠 채널 같은 경우에는 대부분 실시간 위주로 폐쇄자막을 송출하고 일반 케이블(드라마, 영화, 어린이)은 미리 영상물을 받아 사전제작해놓는 방식을 취한다. 실시간 작성은 음성 신호를 TV 화면에 자막으로 표시하는 서비스로서, 청각장애인을 위해 TV 프로그램의 청각 메시지를 전자코드 형태로 변환 전송하여 미디어의 화면에 해설자막으로 나타나게 하는 기술형태이다.

두 번째 사전제작 방식은 말 그대로 방송 시작 전에 녹화된 영상을 미리 받아서 '자막을 제작'하는 것이다. TV를 보면 'LIVE'라고 적혀 있는 것을 제외한 모든 자막방송은 모두 이 사전제작 방식으로 진행된다. 방송국에서 영상을 미리 받아서 하는 작업으로, 소요시간까지 고려한다면 보통은 2시간 전에 영상을 받아서 작업을 진행한다. 여러 명의 속기사가 적절히 분배된 작업량을 균등하게 나눠서 자막속기를 진행하는데, 텍스트를 다 만든 후에는 하나로 합해 영상에 타임코드를 작성한다. 타임코드는 영상의 특정 장면에 특정 텍스트가 송출되게 하는 방식이다. 그렇기 때문에 사전제작 방식은 실시간 작업 방식보다 더 효율적인 작업이 가능한 것이 장점이라고 할 수 있다.

방송통신위원회는 현재 방송사들에 대해 자막이나 화면 해설, 수화 통역 등 장애인방송을 일정 비율 이상 제공하기를 의무화하도록 권고하고 있는 추세이며, 이를 매년 전년도 이행실적평가와 비교하여 공개하고 있다.

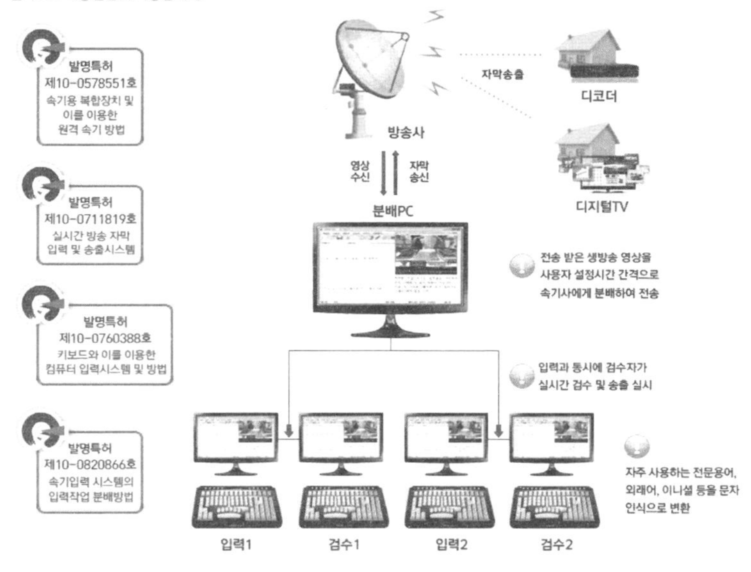

〈출처: 소리자바 자막방송센터 홈페이지〉

자막방송 속기사 부문에는 실력파 속기사들이 대거 포진되어 있으며, 어디를 가든 '자막방송 속기사'라고 하면 그 실력을 인정받는다. 자막방송 속기사가 되기 위해서는 각 방송사에서 모집공고가 나게 되면, 지원하여 자막방송 속기사로 일을 할 수 있게 된다.(자막방송 연수생 모집 및 자격은 4장 소리자바 김지성 자막팀 과장 인터뷰 참조)

근무는 자막방송의 특성상 주5일(월~금) 출퇴근이 아닌 스케줄 편성에 따라 2일 근무 2일 휴무, 혹은 3일 근무 2일 휴무, 혹은 4일 근무 2일 휴무 등의 스케줄로 일하게 되는데, 주 5일제보다 휴무일이 많아 여가활동이나 취미 생활을 더 할 수 있는 장점이 있다. 그리고 쉬는 날을 이용해 다른 속기 아르바이트를 할 수 있어서 투잡 효과까지 노릴 수 있다. 참고로 관리자급이 되면 근무 스케줄이 주5일제로 바뀌기도 한다. 자막방송에서의 경력은 국가기관에서 알아주기 때문에 법원, 검찰 등의 기관으로 지원할 시 우리가 모르는 플러스 요인이 있다고 하는데, 실제로 자막방송 출신 속기사들이 검찰에 많이 합격하고 있다고 한다. 협회에서 자막방송 속기사로 투입되어 직원이 되면, 출산, 육아휴직과 더불어 다른 분야와 차별화된 장점이 있어서 편안한 근무 복장으로 경직되지 않는 분위기에서 자유롭게 일할 수 있다는 장점이 있다. 평소 TV 보는 거 좋아하거나 미디어와 친숙한 성향이라면, 협회 및 방송사의 자막방송 속기사를 추천한다.

〈영등포 자막방송 센터 풍경〉

학습지원 속기사_ 나는 선생님으로 불려요

학업에 있어서만큼은 장애와 비장애의 장벽이 없어야 한다. 대한민국이 복지국가로 나아가기 위해서 장애인들의 편의시설 확충, 대중시설의 이용 및 편의 증진 등의 사업을 지속해서 추진하고 있는데, 그중 장애 학생 교육 및 학습지원 분야는 이들에게 당장의 생활편의 차원이 아닌 미래를 위한 지속 · 발전 사업으로 중요하게 대두되고 있다. 그 때문에 관련된 다수의 법이 매년 재 · 개정을 통해 속속 등장하고 있다.

이중 청각장애인들에게 학습지원을 해주는 사업이 활발히 시행되고 있는데, 장애인차별금지법의 일환으로 시작된 자막방송을 시작으로 미디어의 시청권 보장을 확대했으며, 1990년대 기계식 속기의 발달로 인해 실시간 문자 자막 서비스를 여러 방송사에 대거 보급할 수 있게 되었다. 이 법은 사회적으로 소통하기 어려운 학령기 이전 청각장애인 아이들과 그 부모들에게 긍정적인 영향을 미쳤다. 흔히 말하는 아이들의 대통령인 뽀통령 등 다수의 여러 애니메이션 및 학습 영상물들을 자막을 통해 시청할 수 있게 된 청각장애 아이들이 타인과 언어로 소통이 어려운 영역에서 시야를 넓힐 수 있는 계기가 되었다. 다행스럽게도 이를 지속해서 노출한 결과 이들이 앞으로 문자 인식을 함에 있어 심리적, 언어적 발달에 더 좋은 효과가 나왔다는 연구 보고도 있다. 이러한 변화의 영향은 중고생과 대학생 청각장애인 학습지원 분야에까지 이어지게 되는데, 이로써 '학습지원 속기사'라는 분야로 속기사들이 새롭게 진출할 수 있는 계기가 마련되었다고 할 수 있다.

예를 들어 초 · 중고 시설 내내 소위 '귀머거리'로 책상에 앉아 있을 수밖에 없었던 한 여성은 성적 경쟁이 치열한 중고등 학교 시절에 친구들이 노트 빌려주는 것을 꺼리는 바람에 학습을 따라가는 데 애를 먹었다고 한다. 그녀는 우여곡절 끝에 대학에 들어가게 되었고, 그 대학에서 수업 내용을 실시간으로 타이핑해주는 속기사의 학습지원을 받게 되었다. 그녀는 이때부터 본격적으로 '지식의 새로운 세상을 접할 수 있게 되었다'며 좀 더 빨리 이런 속기지원 시스템이 있었다면 자신을 비롯한 많은 청각장애인의 삶의 질이 더 향상될 수 있었을 것이라고 아쉬워했다. 그녀는 속기사의 학습지원 도움으로 대학을 졸업하고 서울대 QoIT 산업기술지원센터에서 지원하는 장애인 산업인력양성과정을 이수하고 있다고 한다. 이전에는 이들에게 제공되는 입 모양 대필 서비스(구화) 방식이 있었으나, 이것은 여러 면에서 애로사항이 많았기에 교육의 혜택이 적었고 청각장애인들이 모두 구화를 사용할 수 있는 것도 아니었기 때문에 그마저도 이용이 불가한 청각장애인들이 많았다.

최근 들어 음성을 문자인식화 해주는 기계들도 많이 나오고 있지만, 아직은 해당 교수들의 사투리, 억양, 말의 속도에 따라 오타나 탈자들이 많이 발생해서 의미 자체가 아예 재해석되거나 이해가 불가한 경우가 많아 현재 방식의 속기 시스템이 청각장애인 학습지원에 적합한 실정이다. 학습지원 속기사는 주로 대학교에서 교수님들의 강의 내용을 실시간 속기록으로 작성하고 있다. 또한, 국립특수교육원과 복지대학교 같은 곳에서도 중고생 등을 대상으로 화상 강의로 실시간 속기록 작성을 중계하는 업무를 맡는다. 대학수업은 지속해서 있는 것이 아니기 때문에 시간표대로만 속기록을 작성한다. 보통 일주일에 3~4일만 수업하며, 보통 직장인들처럼 9시부터 6시까지 근로시간이 책정된 것이 아니므로 시간적 여유가 많다.

이들은 수업 시 교수가 진행하는 수업방식을 그대로 속기록으로 작성해 가며 노트북을 놓고 중요한 문구는 색깔을 칠한다든가 해서 청각장애인들에게 포인트를 인식시켜주는 '보조교사' 같은 역할을 하고 있다. 정말 다양한 과목을 다루기 때문에 속기 실력 향상은 물론 속기를 하며 또 다른 전공의 습득이 가능하다. 중고생 학습지원 속기사들은 다시 수능을 봐도 될 것 같다고 말을 할 정도니, 속기를 하며 자동 학습이 되는 지식의 범위는 속기사와 학습자 모두에게 무시할 수 없는 영역이 되었다.

그들의 노력에 속기사의 노력이 더해져 한 학기 동안 속기 학습지원 서비스를 받고 성적이 오르거나 실력이 향상되어 실제로 본인이 원하는 곳의 합격통지서 혹은 자격증을 취득해내는 결실을 얻기도 한다. 그들이 더할 나위 없이 기쁜 모습으로 '속기사 선생님 감사합니다.'라고 할 때는, 수많은 속기사 진출 분야 중에 학습지원 속기사로서 일하기 정말 잘했다는 생각이 들기도 한다고 한다. 이렇듯 청각장애인이라도 타인과 충분히 소통할 수 있기 때문에 이들과 소통하는 방식을 터득하고 공감하면서 일을 하다 보면, 어디에 가서도 남들과 공감하고 소통하며 일할 수 있는 '함께 일하고 싶은 속기사'로서의 자질을 갖출 수 있다고 한다. 또한, 이들이 자신의 환경이나 역경을 딛고 개척하는 모습을 지켜보며 자기성찰의 시간도 가질 수 있었다고 한다.

아울러 속기사로서 장애인을 돕는다는 의미에서 법원 등 9급 공무원 면접 시에 플러스 점수가 되기 때문에, 속기사 면접에서 주로 등장하는 '봉사활동 경력이 있느냐'는 질문에 자신만의 재능을 살린 속기 봉사 이야기를 하면 면접관님들의 눈빛 또한 달라질 것이다.

학습지원 속기사로서 좋은 점을 또 하나 들라면, 중간 · 기말고사, 그리고 휴강 시에 속기사도 같이 쉰다는 점이다. 이 시기는 시급으로 인정되며 계약형태는 학기마다 150만 원~200만 원의 급여로 계약이 갱신되거나, 시급 2만 원에서 5만 원 등으로 책정된 보수를 받는다. 2017년 기준 최저임금 6,470원에 비하면 자격증을 준비하며 같은 아르바이트생의 신분으로 동일 시간을 할애하고도 남들보다 3배에서 최고 7배의 시급을 받는 셈이다. 그야말로 아르바이트, 실무, 자격증, 이직 모두 얻어 갈 수 있는 1석 4조의 속기사 활동 분야라 하겠다. 법으로 규정되어 진행되고 있는 학습지원 속기사가 더 많이 배출되었으면 하는 마음이 간절하며, 또 실제로 매년 채용도 늘고 있다.

〈서대문 한국농아인협회에서 청각장애인에게 학습 지원하는 모습. 오른쪽이 필자〉

속기 특기병_ 군 복무하면서 경력도 쌓는 기회

2004년 8사단 수색대에서 내 친구에게 편지가 한 통 도착했다. 가끔 오던 전화로는 무엇이 좀 모자랐던지 아무 장식 없던 편지지 줄 위로 이런저런 심경이 빼곡히 들어차 있었다. 적당한 시기 별다른 준비 없이 입영통지서 한 장 딸랑 들고 건강한 신체 무기 삼아 들어간 곳이지만, 엄격한 군대 환경이나 몇 차례씩 행해지는 훈련들이 낯설고 힘들고 고되었나 보다. 그보다 과외와 아르바이트로 부모님 생계에 작은 보탬을 드리곤 했던 자신으로서는 이 공백으로 인해 졸업과 취업이 한 발짝 더 멀어진 느낌이라 괴롭기까지 하다고 쓰여 있었다.

결국, 편지의 반 이상은 혼자 두고 간 자신의 여자 친구이자 내 단짝의 근황이었지만, 이런저런 심경에도 불구하고 그 무엇으로도 채워줄 수 없는 어린 청년의 공허함이 고스란히 담겨 있는 듯해서 다시 봐도 참 눈물겹기만 했다. '고생스러운 오늘은 또 다른 내일의 희망을 가져다줄 것이다'라는 편지의 마지막 문구는 우리가 동기 모임에서 만나 헤어질 때 장난스럽게 던지며 깔깔 웃음 짓는 단골 마무리 멘트가 되었지만, 십 년도 넘게 지난 그 시간, 그 추억 속에 혈기왕성한 내 친구의 24개월 복무기간은 제대 후 사회에 나와 정말 또 다른 희망이 되었는지 의문이다.

그에 비해 여기 또 다른 사례가 하나 있다. 위의 내 친구가 유격훈련, 혹한기 훈련, 대대 전술훈련, 공수 지상훈련, 동원훈련 등 특수훈련에 동원되어 온몸이 진흙 범벅이 되어가고 있을 때, 군 계급 중 최고라는 대통령, 그 별 중의 별을 만나 발언을 기록하고, 소속 부대의 지원업무와 보안 관련 업무를 작성하는 '특기병'으로서 군 생활을 멋진 추억의 한 페이지로 장식한 사례가 있어 소개해 보려 한다.

그는 학교를 졸업하고 여러 가지 직업을 알아보던 중 속기사에 대해 알게 되었고, 자격증 하나로 취업과 프리랜서를 동시에 행할 수 있다는 직업 특성과 비전을 보고 재빠르게 자격증을 취득했다고 했다. 이후 대한민국 남자라면 피할 수 없는 입대와 마주하게 되었는데 그때 든 생각이 어떻게 하면 조금 더 편하고 전문적인 군 생활을 할까? 군 특기를 살려 제대 후 직업적으로 도약해 볼 수는 없을까?'라는 고민이었다. 그러던 찰나 병무청 홈페이지에 뜬 특기병에 대해서 알게 되었고, 자신이 보유한 자격증으로 실기와 면접을 거쳐 특기병 중에 최고 보직이라는 '속기병'이 되었다.

그렇게 시작된 군 생활, 그중에서도 가장 기억에 남는 것은 국군의

날 행사에 당시 대통령이었던 이명박 전 대통령의 훈시를 현장에서 실시간으로 작성하는 것이었다고 한다. 기록의 정확성을 위해 원래는 녹취해서 수정해야 하지만, 군에서는 보안을 위해 녹취조차 허용되지 않았던 상황에서 오로지 속기사로서의 역량에만 집중해서 실시간 속기를 했다는 후문이다.

이렇게 떨리지만 잊을 수 없는 색다른 경험을 한 그는 훈시가 끝나고 담당 장교에게 '정말 완벽한 기록'이라는 칭찬을 받았을 때 속기병이 된 자신이 자랑스러웠고, 더불어서 이 기록이 육군의 귀중한 기록 자료로 남아 있을 것이라는 사실에 자부심을 느꼈다고 말했다. 누군가는 진흙 범벅된 여러 장의 훈련 사진으로 군 복무 시절 영광스러운 추억을 남기기도 하지만, 다른 한편에서는 군대 계급 중 최고인 대통령님의 말씀을 정갈하게 기록하며 업무를 보는 사진 한 장 남길 수 있는 좀 특별한 영광을 얻기도 한다.

그의 말에 따르면 속기는 특성상 시간이 지날수록 경력이 쌓이는 직업이라 군대에서 2년 내내 속기 업무를 봄으로써 당연히 경력이 2년 추가된 셈이 되었고, 그렇게 군 복무와 함께 경력까지 쌓았으니 이보다 더 좋을 수 없다는 생각이 든다고 말했다. 그는 이렇게 이력서 한 줄에 '병역필'이라는 간략 항목에 동그라미를 체크하는 수준이 아니라, 특별한 이력 한 줄과 자신만의 경험을 자신 있게 어필할 수 있게 되었다. 이처럼 군대가 열린 기회로 다가온다면 많은 이들에게 조금 다른 의미로 해석될 수 있지 않을까?

국방부 시계는 민간인의 시계와 다르다고 했던가, 힘든 만큼 더디게 지나가는 국방의 시계를 좀 더 활기차고 보람 있게 보내기 위해서, 그저 흘러가 버리는 병영 생활을 특기병의 업무로 붙잡는다면 자신을 좀 더 전문적으로 발전시킬 수도 있을 것이다. 앞서 말한 군대 최고의 보직으로 뽑히고 있다는 속기병, 그 채용의 시작과 지원 자격, 방법 등은 어떻게 될까 궁금하지 않을 수 없다.

속기병이 되려면 자격증 2급 이상을 반드시 보유해야 하고, 면접과 실기가 3:7 비율인 시험을 통과해야 한다. 지원 나이는 18세 이상 28세 이하, 신체등급 1~3급 현역병 입영대상자이고, 중학교 이상의 학력이 되어야 한다. 틈틈이 병무청 홈페이지를 통해 속기병 선발 여부를 확인하여 준비에 차질이 생기지 않도록 하는 것이 좋다.

김광석이 부른 이등병 편지의 노랫말처럼 집 떠나와 열차 타고 훈련소로 가는 날, 부모님께 큰절하고 대문 밖을 나설 때 가슴속에 무엇인가 아쉬움을 품고 한 포기 친구 얼굴 모든 것이 새롭겠지만, '이제 다시 시작할 수 있는 진짜 젊은 날의 생'을 군대에서 전문적으로 실현해보는 것은 어떨까.

군무원 속기사_ 채용이 늘어날 것으로 전망되는 분야

군의 속기사 채용은 2009년 고등군사법원에서 처음 시작됐고, 그 후 국방부와 육군 본부, 1 · 2 · 3군 사령부에서 속기사 채용이 이어졌다. 군에서 군인과 함께 군무원으로 혹은 군인 신분으로 근무를 하면서 군의 후방 지원 업무와 군의 관리 사무 업무를 수행하고 있다. 채용 초기에는 공군과 해군에는 속기사가 없어 육군 속기사가 파견을 나갔지만, 2016년 공군 군사법원에서도 처음 속기사를 채용했다. 2017년 기준으로 해군에는 속기사가 아직 없으나, 육군과 공군에서 파견된 속기사가 있으니 이곳도 곧 공고를 낼 가능성이 상당히 높다는 전망이 나오고 있다.

이처럼 본래 군무원 채용의 목적은 현역 인력을 대체하고 보완하기 위한 단순한 보조 인력 개념이었으나, 안보 환경이 변화함에 따라 전문화가 이뤄지는 과정에서 비전투 부문의 기능이 증대되고 이에 따라 현역 군인으로서 이들을 획득하고 양성하여 활용하기 위해 점차 채용 영역을 넓히고 있다. 이중 속기병은 현재 군 기록과 부대에서 발생하는 형사재판 내용을 속기하는 업무를 맡고 있고, 이에 대한 전문성과 지속성 유지 및 군의 경제적 운용을 위하여 활동과 채용을 더욱 넓혀 나가고 있으니 그로 인해 영역이 점차 증대되고 있는 추세이다. 4차 산업혁명의 자동화 물결도 이곳에서만큼은 크게 출렁이지 못할 것이 녹취조차 허용되지 않는 군의 특성 때문이다. 소프트웨어에 바로 기록을 맡긴다는 것은 국가의 안보에 크게 비상이 걸리는 문제이기 때문이다.

속기사와의 인연, 불행 속에서 시작된 기회

결국 제대로 따라주지 못한 몸 상태와 건강악화 때문에, 나는 중국으로 건너간 지 6개월 만에 한국으로 돌아와야 했다. 그 당시 내 나이는 스물다섯. 한창 다른 친구들은 '회사에 취직했다', '어학연수를 갔다', '유학을 갔다'는 얘기들을 주고받을 때 나는 병원에서 만 두 해를 보내게 되었다. 주변 친구들이 각기 다양한 분야에서 일하며 뭔가를 하나씩 이뤄 나가는 삶을 시작할 때, 나는 온전치 않은 몸으로 내가 할 수 있는 것과 할 수 없는 것들을 구별하며 하루하루를 보내고 있었다. 그리고 하고 싶지만 할 수 없는 일들이 많아질수록 매 순간 좌절을 맛보았다.

회복에 24시간이 모자랄 만큼 많은 노력을 할애한 탓에 차차 건강은 회복되어 갔지만 불규칙한 일상생활을 감수해야 하는, 매우 강하고 독창적인 성향을 지닌 영상매체 분야의 업무에 내가 다시 몸담기에는 이미 육체와 정신이 감당할 수 없는 상태였다. 그동안 꿈을 실현하기 위해 들였던 등록금이며 쏟아부었던 모든 노력이 아까웠다. 그렇다고 포기도 못한 상태로 마냥 '버텨내기'에 돌입하기는 그야말로 역부족이었다.

그냥 겉모습으로만 볼 때는 내가 아프다는 사실을 남들이 눈치채기 어려웠지만, 사실 영상 분야에서 계속 버티기에 더는 역부족이란 것을, 밤을 새워가며 매번 고뇌하는 작업을 수행할 수 없게 되었다는 사실을 나 자신은 잘 알고 있었다. 내가 처음 사랑한 예술, 그 첫사랑을 결국 떠나보내야 했다. 전공을 바꿔 다른 배움을 찾아야만 했고, 다시 말해 안정적인 직업이라는 두 번째 사랑을 찾아 떠나야만 했다.

이렇게 이십 대 중반을 지나, 서른이 다가오자 나의 큰 숙제는 내 삶을 다시 시작할 용기와 함께 새로운 직업을 찾는 것이었다. 그 고민의 무게가 너무 무거워서 다시 부모님 둥지로 도망쳐 숨고 싶었지만, '이제 나만의 수레를 끌고 내 삶을 찾아야 할 때가 온 것이구나!'란 사실을 직감했다.

입원 기간 동안 바라봤던 신촌은 참 화려하고 즐거운 곳이었다. 반면 자유로운 생활을 하다 작은 주삿바늘, 링거 하나에 묶여버린 내 시간은 모든 즐거움과 삶의 의미가 상실된 채로 덧없이 흘러가고 있었다. 내 청춘은 반짝이던 신촌의 수많은 네온사인을 바라보며 눈물짓기에 바빴다.

그런데 시련은 또 다른 스승을 보내준다 했던가. 전공과는 전혀 무관한 속기사를 내 업으로 전환하게 된 인연은 이처럼 절망에 빠져 있던 시기에 시작됐다. 간호를 해주던 엄마가 이런 말씀을 하셨다.

"너, 여기 나가면 영화 그거 더 할 생각하지 마. 네가 살려면 안정적인 삶, 안정적인 직업, 그런 게 필요해." 그리고는 이렇게 덧붙이셨다.

"근데 너, 혹시 속기사라고 들어봤니?"

당시는 흘려들었지만, 며칠 뒤 어느 날 병실 TV를 보던 중 시각장애인 속기사가 나오는 프로그램을 보게 되었다. 그녀는 한 정부 기관에서 장애인 채용으로 입사해 기록물을 전담하며 회의록 음성을 듣고 기록하는 일을 하고 있다며 자신을 소개했다. 병간호를 해주던 엄마는 본인도 예전에 속기사를 알았고 그때 한번 해볼까 호감이 있었던 직업이라고 하셨다. 2007년, 나는 그렇게 속기사라는 것을 처음 알게 되었다. 엄마는 그때나 지금이나 내게 명약을 처방해 주는 날개 달린 천사, 수호천사 같은 존재다. 물론 늘 번개 같은 호통으로 정신 번쩍 들게 해주는 우리 아빠도 내 인생에 있어 영원히 든든한 파수꾼이지만 말이다.

부모님, 이 두 분이 계셨기에 지금의 내가 또한 앞으로의 나의 모든 것이 웃을 수 있는 것인지도 모르겠다.

4장

분야별 선배들 인터뷰

입문자에게 가장 유용한 정보는 해당 분야의 선배한테서 듣는 생생한 조언에서 나온다. 다양한 분야에서 취업해 맹활약하고 있는 선배 속기사들로부터 현업에서 겪은 여러 가지 경험과 취업 노하우를 들어보자.

문체부 속기팀장 **이연화**

〈문체부 속기팀 이연화 팀장〉

1. 나이 : 36세
2. 성별 : 여자
3. 속기경력 : 12년
4. 근무지 : 정부서울청사
5. 직책 : 문체부 정책브리핑 속기팀장

» Q. 저도 정책브리핑 속기사였고, 잠시나마 팀장직을 맡아보았던 속기사로서 이렇게 다시 사원의 위치에서 팀장님을 인터뷰한다는 것이 낯설기도 하고 흥미롭기도 합니다. 그런데 함께 일해 오며 제가 알지 못했던 업무적 견해나 의견을 들어볼 기회이기에 오늘 이 자리를 대하는 마음이 사뭇 진지하네요. 우선 문체부 정책브리핑 자랑 한 번 해주세요!

우선 정책브리핑 사이트에 들어 와 보지 않은 분들은 꼭 한번 들어와 보시라고 말씀드리고 싶습니다. 세계에서 유일하게 실시간으로 정부 기록물이 업데이트되고 있어요. 이곳에서는 정부 정책 사항들에 대한 속기 · 영상 서비스가 제공됩니다. 모두 대국민 공개용입니다. 이 기록들은 현재 대한민국 역사의 어제이고 오늘이며 가히 예측할 수 있는 미래입니다. 그 가치는 그 옛날 팔만대장경의 기록물들처럼 훗날 우리 대한민국의 뿌리 뽑을 수 없는 깊은 정신이 되고 정서가 될 것입니다.

» Q. 우리 정책브리핑 속기사들은 정부의 부, 처, 청, 위원회 등 다방면의 속기록들을 방대하게 기록하고 있습니다. '눈과 손과 귀'가 삼위일체 되어야 한다는 속기사들의 기본 소양에 더해 정책브리핑 속기사가 더 갖춰야 할 소양이 있다면 어떤 것이 있을까요? 속기 능력 외에 어떤 것을 필요로 한다고 생각하세요?

속기사는 단지 들리는 것을 빨리 기록하는 것만 중요한 게 아닌 것 같아요. 빨리 입력하는 것도 중요하겠지만, 그 단계를 넘어서면 '정확히 송출'해야 하고, 그보다 한 단계 더 넘어서면 앞의 문장을 듣고 '뒤의 문장을 유추할 수 있는' 정도의 능력까지도 갖춰야 한다고 생각해요.

오래 일하다 보니 '진짜 속기사는 무엇일까?' 이런 의문이 들더라고요. 요새는 빨리 타이핑하는 사람도 많잖아요. 더불어서 음성 인식기들도 점점 발달하고 있고요. 그럴 때 진정한 속기사는 신속 정확한 기록을 해가며 전체 흐름까지도 유추하고 파악할 수 있는 능력을 갖춘 자라고 생각해요. 특히 정부 기록물을 작성하는 우리 정책브리핑 속기사들은 '신속-정확-유추(확신)-송출'이라는 4단계의 실력을 모두 갖췄기에 그 많은 사안에 대한 실시간 속기록을 무리 없이 진행하고 있는지도 모르겠어요. 물론 '유추' 단계에서 절대 짐작으로 쓰면 안 되고요. 오래 일을 하다 보면 그 유추에 대한 확신들이 서기 때문에 막힘없이 적어 내릴 수 있는 것 같아요. 이 느낌은 오래 일한 사람만이 가질 수 있는 확신이죠.

또 한 가지는 속기사들끼리 지겹게 하는 소리지만 '아는 만큼 들린다.'라는 얘기가 있어요. 말 그대로 우리가 아는 만큼 상대방이 하는 말도 잘 이해되기 때문인데요. 따라서 다방면의 지식을 늘 습득하려는 자세가 무엇보다 중요하다고 생각해요. 속기계로 빨리 타이핑하는 것만이 능사가 아니라, 최종적으로 완성도 높은 기록물을 남기는 것이 우리 속기록들이 갖춰야 할 가장 중요한 덕목이고 소양이라고 생각해요!

» Q. 문체부 e브리핑 속기경력이 만 9년이 되어 간다고 들었습니다. 그래서 어쩌면 이연화 팀장님께 속기는 빼놓을 수 없는 인생의 커다란 일부 아닐까 짐작해봅니다. 이 시간 동안 한곳에서 속기사로서 업을 유지해온 비결이 있을까요? 장수비결을 알려 주세요.

장수비결은 딱히 없고요. 그냥 성실한 자세로 한자리에 있었던 것 같아요. 꼭 능력으로 인정받기보다 조직의 구성원으로서 그 자리에 충실히 하려고 노력했던 게 이렇게 길게 이어져 온 것 같습니다. 제가 절대로 다른 직원들보다 월등히 실력이 높아서 이 자리에 있는 것도 아니고요. 그냥 꾸준함이 정답인 것 같아요. 시간이 지나면 속기 실력은 모두 일정한 궤도에서 서로 만나요. 그럴 때 오랜 시간 남들보다 더 현업을 유지할 수 있는 것은 어찌 보면 동료 간의 우애, 협력, 상사와의 원만한 절충 이런 것들이지 않을까 생각을 해보네요.

그리고 저는 이 속기사라는 직업을 우연히 알고 시작하게 되었지만, 많이 좋아하고 지내온 것 같습니다. 어찌 보면 내가 좋아하는지도 모르는 사이에 사랑하게 되어버린 직업이랄까요? 그래서 솔직히 언젠가 '훌훌 털고 미련 없이 떠날 수 있을 것 같다.'라는 생각을 했었는데 이제는 저와 완전한 하나가 되어있네요. 은근 매력 있는 직업이에요!

» Q. 만 9년을 정부 기록물을 작성해 오며 기억에 남는 일들이 있다면 어떤 것이 있을까요? 참고로 저는 천안함, 세월호 같은 사건, 사고가 가장 기억에 남습니다. 그들의 죽음이 안타까워 아직도 많은 여운이 남습니다. 속기록을 하며 많이 엄숙해지기는 처음이었죠. 팀장님은 어떤 속기록이 제일 기억에 남으세요?

효진 씨도 우리 직원들도 다 똑같겠지만 우리나라의 대소사를 저희가 제일 먼저 접하고 속속들이 알게 되지요. 그중 가장 기억이 남는 일이라면 노무현 대통령님 서거를 들 수 있어요. 우리 직원들만의 에피소드가 있었거든요. 기억나죠? 그날은 저희 직원 중 한 명이 결혼하는 날이어서 결혼식장으로 가던 중에 이런 비보를 접했지요. 다들 말한 사람 바보 취급하며 '만우절이냐.', '누구 결혼식 망칠 일 있냐.' 서로 농담하다가 핸드폰에 찍힌 긴급 브리핑 일정을 보고 모두 아연실색했어요. 잠깐 할 말을 잃었죠. 그 정적을 깨고 사무실에서 비상대기 중이시던 사무관님으로부터 '가능한 인력 바로 돌아오라.'는 전화를 받고 부랴부랴 몇몇 직원들이 회사로 달려갔습니다. 결혼 당사자도 정말 깜짝 놀랐대요. 자기가 주목받아야 하는 식장에서 사람들이 핸드폰을 들고 웅성거렸으니까요. 이후 그 직원의 결혼기념일은 온통 노란 물결로 늘 일렁였다는 후문이 있죠. 정말 날짜도 잊히지 않아요. 너무 급작스러웠고 안타까웠습니다.

그리고 저도 효진 씨와 마찬가지로 천안함, 세월호 같은 큰 사건들로 인해 아직도 마음 한구석이 착잡해요. 특히 세월호 같은 경우는 제가 마침 휴가였는데 이런 사고가 발생했다고 해서 '아 오늘 나 없는데 바쁘겠구나.'라고 생각하면서도 '전원 모두 무사 구조'라는 속보를 보고는 금방 처리되겠지 싶었어요. 그런데 지금까지도 해결되지 못한 숙제로 남아 있잖아요. 그래서 세월호 사건을 기록하는 내내 제 마음이 더욱더 아팠는지도 모르겠어요. 흔히들 '세월호의 잃어버린 7시간'이라고 하잖아요. 옛날 같았으면 사관들이 그 시간을 속속들이 다 채워낼 수 있지 않았을까, 그게 어찌 보면 우리 속기사들의 몫인데…. 제대로 된 기록물이 갖는 힘은 모든 진실을 밝혀주잖아요.

이 사건들을 밝혀내다 보니 이후 박 전 대통령 탄핵 재판이 있었죠. 이때 우리 근무지가 정부청사인지라 광화문 한복판의 생생한 현장들도 많이 목격했잖아요. 증인들의 증언도 속기록 작업을 했었고요. 뿌듯하기도 하면서 참 씁쓸하지 않았나요? 그래도 마지막에는 우리나라에 정의가 살아있다는 사실을 몸소 체험했습니다. 탄핵 당일 점심에 우리 구내식당에서 (잔치) 국수가 나왔던 것 기억하죠? 아마 본 메뉴는 아니었던 것 같은 느낌이 들어요.(웃음)

근래 겪었던 가장 핫한 경험은 바로 문재인 대통령님과의 대면이었습니다. 새 정부가 들어서고 정부서울청사에서 각 부처 업무보고를 대통령님께서 직접 주재하셨는데 그 회의실이 저희 사무실 바로 앞이었거든요. 저희는 대통령님 회의가 끝나고 각 부처가 업무보고를 하면 속기록 작업을 해야 해서 야근을 해야 했던 차였습니다. 그런데 뜻하지 않게 회의가 끝나고 나오시는 대통령님을 보는 것은 물론 악수까지 하고 각자 한 명씩 사진도 찍을 수 있었어요. 아, 진짜 너무 감격스러웠습니다. TV에서 보는 모습이나 현장에서 보는 모습이나 똑같아서 놀랐지요. 매우 피곤하셨을 텐데도 함박웃음을 지어 보이시며 일일이 사진을 찍어주시는 모습에 팬이 되었습니다.

» Q. 팀장님은 처음에 속기사를 어떻게 알고 시작하셨나요?

친구의 권유로 시작하게 되었어요. 그냥 '쉽게 공무원이 될 수 있다 보다.' 하는 생각으로 상담 차 발을 들여놓았던 것이 계기가 되었습니다. 아무런 정보도 없는 상태에서 가벼운 마음으로 협회를 찾아갔는데, 그 자리에서 학원 등록을 했어요. 그리고 바로 다음 날부터인가 학원에서 연습을 하는 저를 발견했지요.(웃음) 그렇게 시작은 쉬웠는데 얼마 지나지 않아 '아, 이 길이 그렇게 호락호락한 길이 아니구나.' 라는 것을 느낄 수 있었습니다.

» Q. 무엇 때문에 그런 생각이 들었을까요?

시작할 때는 정말 가벼운 마음으로 '그냥 운지법 익히고 자격증 딸 수 있겠지.' 싶었는데 막상 해보니 꽤 고난도 훈련이더라고요. 배열도 새롭게 다시 익혀야 하고 약어 습득도 해야만 했으니까요. 조금 자만했던 생각이 수그러드니, 어느 날 문득 약간의 두려움도 엄습해 오더라고요. '아, 이거 언제 따서 언제 취업하지?' 이렇게요.(웃음)

» Q. 그러면 자격증 취득까지는 얼마나 기간이 소요되었나요? 그리고 취득하는 과정 중에 애로사항 있었다면 어떤 것들이었을까요?

저는 한 번에 자격증을 취득하지는 않아서, 자격증 취득까지는 한 3년 정도 걸린 것 같아요. 중간에 일을 좀 하면서 따려고 하니 취득까지는 좀 시간이 걸렸네요. 속기 관련 아르바이트를 하며 소정의 급여는 생겼지만, 업무를 보면서 쓰는 손과 공부할 때 쓰는 손이 달라 그 사이에서 오는 괴리감도 좀 있었고요.

» Q. 어떤 손이 달랐는지 예를 들어 말씀해 주실 수 있을까요?

일할 때는 일정 속도를 내야 하는데 쓰는 단어가 공부할 때와는 사뭇 달랐어요. 자격증 취득을 위한 낭독은 지속해서 한두 가지 낭독문들을 들어가면서 연습하기 때문에 귀에 익은 단어들이지만, 업무를 보면서는 생소한 단어들이 많이 나오잖아요. 그래서 손이 좀 멈칫멈칫했다고나 할까요. 그런 기분이 들어서 '내가 하는 업무가 빠르고 신속하게 제대로 진행되고 있나?'라는 생각에 좀 힘들었던 것 같아요. 그래서 제 개인적인 사견으로는 자격증을 먼저 빨리 취득하시고 일을 하시는 게 더 도움이 될 것 같다는 생각을 해요.

» Q. 자격증 취득 후에 의회에서 근무하셨던 것으로 알고 있습니다. 속기사로서는 첫 직장이었던 셈이겠는데요? 의회 속기사는 주로 어떤 업무를 하나요?

한글속기 3급을 따고 바로 노원시의회에서 회의록 작성을 하는 아르바이트를 시작했어요. 의원님들의 발언을 기록하며 현장에서 느낄 수 있는 긴장감과 뭔지 모를 뿌듯함이 생기더라고요. '지금 내가 이 순간을 기록하고 있구나.'라는 것 자체가 너무 벅찼던 것 같습니다. 의회에서는 정말 많은 업무가 있지만, 저는 분기별 예산 관련 시행 내역이나 조례 등을 만들고 이를 논의하는 일들을 기록했어요. 그러면서 느낀 바가 참 많았습니다.

한번은 속기 업무를 마치고 집에 돌아오는 길에 바라본 주변의 많은 것들이 각 의회에서 논의가 되어 결정된 것들이라고 해도 무방하다는 생각을 했어요. 저는 그것들을 기록하는 일을 하고 있으니 어쩌면 그때 처음으로 '이 일 참 의미 있는 작업이구나.'라고 느끼게 되었던 것 같습니다.

» Q. 정책브리핑 속기사 채용은 어떻게 이뤄지나요? TO나 결원이 있을 시 채용 방법과 면접 진행 과정 등을 말씀해 주시면 감사하겠습니다.

저희가 파견근무 대행업체 소속이라 결원이 생기면 일단 한국AI속기사협회에 연락하고 업체를 통해서 임금 책정 후에 문체부로 면접을 보게 되어있습니다. 1차적으로 이력서를 전달받고 그 이력서들을 파견업체에서 검토한 다음 최종 정책브리핑 총책임자이신 사무관님께 전달이 돼요. 그러면 사무관님께서 검토 후에 해당자에게 면접 날짜가 통보되고요. 사무관님, 주무관님, 속기 감수자님 그리고 저 이렇게 면접에 참관해서 면접을 봐요. 그러고 나서 모든 과정이 통과되면 바로 채용됩니다.

» Q. 문체부 정책브리핑 속기사가 되기 위한 남다른 면접장 팁이 있다면? 아무래도 팀장님이시니까 면접에 참관하시잖아요. 팀장님께서 보시기에 속기사의 어떤 면접 태도 혹은 경력, 이력 등이 유리하게 작용하던가요?

저는 일단 그 사람의 태도를 중요하게 봐요. 속기사 자격은 경력이나 자격증이 말해줄 테고, 그 사람과 몇 분 이야기 하다 보면 그 사람의 가치관과 태도가 보입니다. 일은 배우면서 능률을 쌓아 가면 된다고 봅니다. 그래서 기존의 직원분들과 조화롭게 일할 수 있는지, 얼마나 의욕이 있는지 등등을 보게 되고요. 이곳은 단체생활을 하는 곳이다 보니 개인의 특성도 중요하지만, 그 특성이 다수를 해친다 싶으면 조금 곤란하지 싶어요.

함께 일을 하면서부터는 근무 태도를 많이 보게 됩니다. 어느 곳에서 일하든 그 사람을 결정짓는 것의 가장 중요한 것은 근태 아니겠어요? 부지런함과 성실함은 배울 수 없는 그 사람만이 가지고 있는 최고의 무기인 것 같아요. 저도 가끔 느슨해지려 하면 일부러 긴장감을 줄 수 있도록 바짝 조여 성실함을 유지하려 노력해요.

» Q. 같은 사원의 위치에 있다가 팀장님이 되면 그때 미처 느끼지 못하고 알 수 없었던 부분들이 보이기도 하지 않을까 싶어요. 주로 어떤 것들이 있나요?

위에서 언급했듯이 일하는 태도가 굉장히 중요해요. 근무 태도죠. 눈치, 즉 센스도 있으면서 일도 잘하면 너무 좋겠지만 그보다 좋은 건 성실하고 뭐든 배우려고 하는 자세 아닐까요.

일단 첫 번째로는 출퇴근 시간 엄수, 저는 이게 제일 눈에 띄어요. 부지런한 직원은 그냥 예뻐 보입니다. 팀장이 되어보니 어쩔 수 없이 이런저런 것 때문에 싫은 소리도 해야 하고 눈치도 줘야 하고 그러면서 가끔 보이는 제 모습들에도 반성하게 됩니다.

어느 자리 혹은 위치가 주어진다는 건 타인을 볼 기회이기도 하면서도 그동안의 '나 자신을 뒤돌아보게 하는' 중요한 계기가 되는 것 같더라고요. 저부터가 바로 서야 직원들한테도 지적할 수 있는 거겠죠. 일단 지각부터 안 하려고 매우 노력합니다. 저 자신을 너무 뒤돌아본 탓인지 요새는 목이 다 돌아갈 지경입니다. 그 덕에 잔소리도 좀 줄었고요. 한편으로는 다른 직원들 눈에도 제가 좀 괜찮은 팀장이었으면 하는 바람도 있어요.

» Q. 팀장님은 단연 최고예요. 쭉 직책 유지하셨으면 좋겠습니다. 한편 속기 팀장님으로서 애로사항, 혹은 팀장으로서 자부심에는 어떤 것들이 있을까요?

일단 특정하게 속기팀장이라서 다른 분야의 직원분들은 컨트롤이 잘 안될 때가 있어요. 그런 게 애로사항이라면 애로사항이죠.

자부심이라면 일단 이 회사에 들어와서 별 소란 없이 꾸준히 같은 일을 해왔다는 것과 아직 그래도 저를 죽도록 싫어하시는 분들은 없어서 다행이라고 생각해요. 속기사로서 팀장을 했다는 것 자체가 저에게는 자부심이에요. 사실 처음엔 많이 부담스러웠는데 하다 보니 적응되더라고요. 우리 직원들과 서로 합을 맞춘 적지 않은 시간이 있기 때문에 하나를 얘기하면 둘을 알아들어서 좋고, 그다음 셋은 원만히 협력할 수 있어서 너무 좋습니다. 이 점이 우리 팀원들에 대한 제 자부심이고요.

» Q. 다섯 명의 정책브리핑 속기사 중에 남자 속기사 한 명이 포함되어 있습니다. 아무래도 수적으로 우세한 여자 속기사들 사이에서 그동안 고생도 많이 했고, 속기 업무 외에 다른 일들도 도맡아 하며 불평 한마디 하지 않고 잘 적응해 주고 있는데요. 우리의 귀한 남자 속기사님께 한 말씀 부탁드립니다. 그리고 팀장님을 믿고 따라준 속기 직원 및 영상편집, 전산 업무 등을 맡은 직원분들께 격려 한 말씀 부탁드립니다.

우리 청일점 남자 속기사님 너무 고생하고 있어요. 센시티브한 여자

분들 사이에서 어쩔 줄 몰라 하는 일이 참 많았죠. 그래도 묵묵히 자기 자리에서 성실히 일에 임하고 있어 줘서 고마워요. 앞으로도 우리 여성분들 사이에서 좀 더 많이 고생하고 그렇게 여자라는 존재를 많이 알아갔으면 좋겠네요. 이곳에서 연애도 하고 결혼도 하는 그날까지 끝까지 남아라, 성환아~~!!(웃음) 그리고 물론 우리 속기사님들도 고생 많이 하시지만 보이지 않는 곳에서 영상 편집하느라, 프로그램 관리하시느라 고생하시는 직원분들도 많이 애쓰시고 있습니다. 보이지 않는 곳이라고 아무도 안 보는 게 아니라 누구는 예의주시하고 있으니 본인의 업무에 더 충실해 주셨으면 좋겠어요! 파이팅 합시다.

» Q. 마지막으로 속기란 이연화 속기팀장님께 어떤 의미인가요?

속기란 나에게 '맛있는 반찬들'이라고 하겠어요. 어떤 사람은 직업이 밥줄이라고 하잖아요. 그래서 어쩌면 더 쉽게 질리는지도 모르겠어요. 왜 그런지 아세요? 사람은 밥만 먹고는 못사니까요. 저에게 있어 속기는, 이곳 문체부 정책 브리핑 속기록들은 매번 달리 나오는 아주 맛있고 다양한 반찬들입니다. 그렇게 하루하루 저를 채워주었던 것, 그래서 더 소중하답니다.

법원 속기사 **김미란**

1. 나이: 38세
2. 성별: 여자
3. 학력: 대졸
4. 전공: 경영
5. 속기 경력: 11년
6. 근무처: 대전지방법원 속기서기

〈대전지법 근무지에서 김미란 속기사〉

» Q. 지금 하고 계신 일은 무엇인가요?

형사 재판 속기를 담당하고 있습니다. 증인 신문이나 피고인 신문 내용을 기록하고 있고요, 부속실에서 근무하고 있습니다. 법원에서 근무하기 전에는 한국농아인협회 EBS자막방송 일을 하며 경력을 쌓았습니다.

» Q. 속기사가 활약하는 곳은 대한민국의 입법, 사법, 행정기관, 관공서, 공사, 언론사, 기업 등 참으로 다양한데요. 그중에서 사법기관인 법원에 응시하시게 된 계기가 따로 있나요?

어쩌면 속기사 자격증 취득을 준비하면서부터 이미 마음속에 법원을 제1의 목표로 삼았는지도 모르겠어요. 저는 법원에 대한 좋은 이미지를 늘 갖고 있었던 것 같아요. 왜냐하면, 법원 근무가 멋있어 보이잖아요. 그 안에서 생활해 보지 않았기 때문에 법원 내 업무를 자세히 알 수는 없었지만, 막연한 부러움이 있었던 것 같아요. 법정에서 일하는 것도 멋있어 보였고요. 그리고 언론사, 기업 등 다른 분야보다는 같이 일하는 속기사가 더 많이 포진된 곳에서 동료들과 우호적인 관계를 맺으며 일할 수 있다는 점을 생각했을 때 막연하게 법원이 좋을 것 같다는 생각을 했어요.

» Q. 대전지법 자랑 좀 해주세요.

대전지법은 근무하기 참 좋은 곳이지요. 법원 앞에 맛집이 아주 많아요. 이건 직장인들에게 있어 점심시간, 퇴근 후 아주 중요한 요소지요. 교육, 문화, 쇼핑, 등 대전의 중심에 있고요. 법원 내에 다양한 동호회가 많아서 취미활동도 법원 내에서 거의 다 이루어지고 있습니다. 얼마 전 별관을 증축해서 건물도 깨끗하고 넓어요. 계절마다 피는 꽃들도 너무 예쁘고요. 차 한 잔 마실 수 있는 예쁜 테이블과 의자도 있고 예쁜 정자도 있어서 휴식이 필요할 때 종종 이용합니다. 보는 풍경에 따라 마음가짐도 달라지잖아요. 이런 모든 것들이 업무를 계속해나가는데 좋은 시너지가 되어 주는 것 같습니다. 같이 일하고 있는 속기사들도 많이 있어서 일적으로나 사적으로 여러 가지 도움을 받고 있습니다. 장점 얘기하라고 하면 너무 많아요.(웃음)

» Q. 법원 속기사만의 혜택이나 복지가 있다면요?

법원 사이버연수원에서 다양한 내용의 강의가 개설되어 있어서 너무 좋은 것 같아요. 언어, 인문학 등의 강의를 PC 버전이나 모바일 버전으로 지원해 주고 있어서 자기계발에 많은 도움이 됩니다. 전문가의 심리상담 복지제도가 있어서 심리적으로 힘들 때 많은 도움이 된다는 얘기를 들었습니다. 그리고 법원 내부에 부속 의원이 있어 간단한 치료 및 처방전 발급을 해주기도 하는데요, 그중에서도 속기사들의 공통적인 고질병 '손목 시큰거림과 어깨 통증' 등을 고주파 치료기로 물리치료 해주고 있습니다. 일하면서 근육통으로 불편을 느낄 때 자주 이용해요. 또한, 체성분 검사기도 비치되어 있어서 주기적으로 체크할 수 있습니다. 드라마 미생에 보면 '무언가 뜻하는 바가 있다면 체력부터 다져라.'라는 말이 나오잖아요. 업무를 수행하는 데 있어 자기 관리는 그 무엇보다 중요한 요소라고 생각합니다. 그렇기에 제가 일하는 이곳에 의사 선생님과 간호사 선생님이 계시다는 사실이 얼마나 마음 든든하고 행복한지 몰라요.

» Q. 법원 근무 경력이 11년으로 꽤 오래되셨잖아요. 남다른 사명감과 자부심이 있어서 가능한 일 아니었나 생각합니다만, 이렇게 오래 법원 속기사로 근무하신 비결이 무엇인가요?

오래 근무한 비결이라고까지 말씀드리기는 조금 쑥스럽고요, 속기사라는 직업으로 업무를 하다 보니 '내 적성에 잘 맞는다.'는 생각이 계속 드는 거예요. 그런 느낌이 지속해서 들었기 때문에 큰 어려움 없이 일할 수 있었고, 그래서 남들보다 조금은 더 오래 근무할 수 있지 않았을까 싶네요. 그런데 모든 일이라는 게 처음부터 쉽지만은 않잖아요. 적응하는 시간도 있고, 법원은 처리해야 할 업무량도 많고요. 그랬을 때 가끔 로또라도 당첨됐으면 아마 그만두지 않았을까 생각해 본 적은 있어요.(웃음) 그런데 하면서 계속 애정이 생기고 그렇게 아직까지 하고 있는 것을 보니 로또 당첨 안 된 걸 다행으로 생각해야 할까 봐요.

» Q. 법원 속기사는 작업한 모든 내용에 대한 비밀유지 및 발설금지를 제1의 원칙으로 삼고 있다고 들었습니다. 11년 동안 작업해 오신 업무량만큼 그 의무들을 지켜내시기에 가끔은 버겁지 않으셨는지요? 업무를 수행하시면서 받은 스트레스는 어떻게 푸세요?

말씀하신 대로 법원 속기사는 해당 사건들에 대한 다양한 이야기를 외부에 발설하면 안 돼요. 그래서 그동안 기록해 왔던 재판 내용에 대한 특정 에피소드나 상황들을 설명해 드릴 수는 없겠네요. 아무래도 제가 기록하는 대상이 법정에서 다루는 사건들이다 보니 즐거운 내용은 아니죠. 그렇게 받은 스트레스는 다양한 취미 활동과 동료들과 모임으로 조금씩 풀어나가려 노력하고 있습니다. 다행히 제가 속한 대전법원은 점심시간을 자유롭게 활용할 수 있는 편이라서, 그 시간을 알뜰하게 사용하고 있습니다. 저뿐만 아니라 육아 때문에 퇴근 후 일정이 빠듯한 워킹맘들도 점심시간의 막간을 잘 이용하고 있어요. 자신이 원하는 취미활동을 하는 등 일과 육아 사이의 조화를 이뤄나가기 위해 자신을 다독이는 시간을 갖기도 하죠. 참고로 저는 활동적인 편이라 땀 흘리며 기분전환 하는 걸 좋아해요. 그래서 취미 1순위는 운동이고요. 그 외에 악기 등 여러 가지를 배우며 지내고 있습니다. 그리고 업무를 수행하면서 많은 부분 동료들과 고충을 서로 나누며 해결하는 편입니다.

» Q. 현직속기사로서 느끼는 보람은 어떤 것이 있나요?

제가 기록한 녹취서가 재판 기록에 편철이 되고, 누군가의 억울한 일에 도움이 된다는 생각이 들 때 보람을 느끼고 있습니다.

» Q. 속기를 시작하게 된 계기를 알려주세요.

친구의 권유로 같이 시작했습니다. 어느 날 친구가 전단을 가지고 왔어요. 유망직종이라고 배워보자고 하더라고요. 뭔가 전문적인 것 같고 멋있어 보였어요. 자세하게 알아보지는 않았고 '그냥 한 번 배워볼까?'라는 가벼운 마음을 가지고 시작하게 되었습니다. 솔직히 그 당시에는 속기 자격증 딴다고 해서 이쪽으로 바로 취업할 수 있을 것이라고는 크게 기대하지 않았어요. 그냥 컴퓨터 자격증 따듯이 자격증 하나 더 갖게 되겠지 그런 생각을 했어요.

» Q. 속기사 자격증 준비하시면서 특히 어려웠던 때가 있었나요?

실력이 한동안 늘지 않았을 때가 가장 힘들었지요. 자기 자신과 싸움이니까 포기하고 싶을 때가 정말 많았어요. 지금까지 한 게 있는데 포기하면 아까우니까 이번 한 번만 고비를 넘겨보자, 그런 식으로 저 자신을 다독거리며 버텼던 것 같아요. 다들 연습하시면서 마의 구간이 생길 텐데, 그때마다 자신만의 방법으로 그 고비를 잘 넘기셨으면 좋겠어요. 그러다 보면 실력이 향상되고 어려운 시간을 잘 버텨 내시면 높은 레벨의 자격증을 순차적으로 잘 취득하실 수 있으리라 생각합니다.

» Q. 면접시 유용한 노하우 좀 알려주세요.

저는 평소에 말할 때 목소리가 작은 편이어서 상대방이 되묻곤 했었습니다. 그래서 콤플렉스를 극복하고자 목소리에 좀 더 자신감을 실어보자는 생각으로 면접에 임했었는데 그게 도움이 되지 않았나 싶습니다. 그리고 형사, 민사의 간단한 법 상식이나 지방법원 고등법원 원장님들 성함을 다시 한번 확인하고 들어갔었는데, 준비한 질문이 나와서 덜 당황하지 않았나 싶습니다. 혹시라도 당황하는 질문이 나왔을 때 어떻게 대처를 해야 좋을까에 대한 부분도 고민을 많이 하고 들어갔었습니다.

» Q. 면접 시 민 · 형사의 간단한 법 상식과 지방 및 고등법원 원장님 성함을 알아두셨다는 건 굉장히 센스 있는 준비였다는 생각이 드네요. 다행히 준비하셨던 질문들이 많이 나와서 면접이 수월하셨다고 하셨는데요, 혹시 예상치 못한 질문이 나왔다면 어떻게 대처하셨을까요? 앞으로 있을 법원 면접장에서 이런 상황에 떨고 있을 후배들에게 대처요령에 관한 조언 부탁드립니다.

어떤 난관에 닥쳤을 때 저는 스스로 문제를 해결해나가는 방향으로 노력을 하는 편이긴 합니다. 하지만 그 방법이 쉽지 않을 때는 굳이 혼자 해결하기보다는 조언을 해 줄 수 있는 다른 분들의 도움을 받아서 문제해결을 하는 것이 좋다는 생각도 늘 합니다. 아마 면접에서도 모르는 질문이 나왔으면 '이 부분은 아직 제가 숙지하지 못한 부분이지만 다음에 해결해 나갈 수 있도록 조언과 협력을 통해 해결해 보겠습니다.'라는 식으로 답했을 것 같습니다.

지금은 면접 본지 오래되어서 어떤 질문을 받았는지, 또 내가 어떻게 답변했는지 사실 잘 생각이 나지 않네요. 그렇지만 경험자로서 조금 덧붙여 말해드리자면, 내 입장에서 솔직히 말하는 것도 중요하겠지만, 면접관 입장에서 한번 생각해보는 것도 중요할 것 같습니다. '나라면 어떤 식의 태도를 보이는 사람을 채용할 것인가?' 질문의 의도를 파악하고 답을 생각하는 것이 중요할 것 같아요. 너무 뻔한 답인가요?(웃음) 아무래도 제 생각에는 법원 면접 시 채용에서 유리한 1순위가 '적응을 잘할 수 있는 사람인가', '법원에 어울릴만한 사람인가' 그것을 우선으로 생각하는 경향이 있는 것 같습니다. 이것은 굳이 법원뿐 아니라 다른 기관들도 각각 고유의 업무 특성에 따라 원하는 이미지와 태도가 있는 것 같아요. 그다음이 아마 속기능력이지 않을까 이런 생각을 해 봅니다.

» Q. 속기사님 인생에 있어 속기란 어떤 의미로 자리 잡고 있나요?

속기는 저에게 안정감을 주네요. 일단 밥줄이잖아요. 직장생활을 할 수 있게 해 주었고, 삶의 만족감을 느낄 수 있는 많은 것들을 주고 있습니다. 그리고 일단 속기 일 하는 게 아직도 재미납니다. 다른 사람들의 얘기를 들을 수 있고, 깨닫고 공감할 수도 있고, 화나고 슬프고 즐거운 많은 감정을 느끼게 해 줍니다. 적성에 잘 맞는 일을 찾아서 한다는 것도 큰 행복이지 않을까 싶어요.

» Q. "속기사 되길 잘했어~!"라고 느꼈던 순간이 있을까요?

아무래도 요즘같이 취업이 어려운 시기에 상대적으로 안정적인 공무원이 되었다는 점이 가장 큰 장점이지 않을까요? 다른 친구들이 야근 많이 하고 육아병행이 힘들다고 하거나 직장 상사로 인한 스트레스에 대한 얘기를 많이 하면 '난 이 일을 선택한 것이 정말 다행인 것 같아.' 이런 생각을 하곤 합니다.

» Q. 법원 속기사를 꿈꾸는 예비속기사에게 한 말씀 부탁드립니다.

제가 법원 근무해 보니까 법원 속기사 정말 좋은 것 같아요. 보통 일하면서 가장 힘들어하는 게 사람에게서 받는 스트레스잖아요. 여기는 상대적으로 그런 스트레스가 적은 것이 사실입니다. 물론 나와 마음이 맞지 않는 사람 한 명만 있어도 그 사람 때문에 업무 이외의 스트레스를 받을 수 있지만, 업무 지시 및 전달 구조상 자기가 맡은 일만 잘 처리하면 크게 부딪힐 일이 거의 없어요. 이런 면들이 어쩌면 정신없는 단체생활이 낯설고 어렵게 느껴지는 분들에게는 좋게 작용할 것 같아요.

참고로 저는 다시 직장을 구하라고 해도 법원으로 꼭 다시 올 것 같아요. 만족스럽습니다. 사람마다 적성이나 라이프스타일이 달라 서로 안 맞는 분들도 계시겠지만, 우리 대전지법에 계신 분들은 대체로 만족하고 지내시지 않을까 싶습니다. 그러니 법원 속기사에 꼭 한번 도전해 보세요!

검찰 속기사 **이효정**

〈광주지방 검찰청 이효정 속기사〉

1. 나이: 35세
2. 성별: 여자
3. 학력: 대졸
4. 전공: 수학과
5. 속기 경력: 10년
6. 근무처: 광주지방검찰청

» Q. '대한민국 검찰'이라는 단어에서 느껴지는 위엄이 만만치 않습니다. 강한 여성 파워가 느껴지는데요, 우선 속기사님이 계신 검찰청 자랑 좀 해주세요.

제가 일하는 이곳 검찰청에서는 정말 '영화 같은' 일들이 많이 벌어지고 있습니다. 우리는 업무 특성상 다양한 사건들을 접하기 때문에 세상을 보는 시야도 넓어지고 삶의 애환과 현실의 모든 희로애락을 좀 더 깊게 느낄 수 있습니다. 그러다 보니 특히 '법을 지키면서 살아야 한다'는 강한 준법정신도 넘쳐나게 돼요.

» Q. 대검찰청 속기사님만의 자부심이 있다면 어떤 것이 있을까요?

검찰청 속기사들은 정말 여러 종류의 녹취록과 속기록을 다루기 때문에 근무하는 데 있어서 녹취실력이 일취월장할 수밖에 없습니다. 고퀄리티를 보장하죠!!(웃음)

» Q. 검찰 속기사로서 절대 포기할 수 없는 복지나 혜택이 있다면 어떤 것이 있을까요?

저는 임기제이긴 하지만 7호 공무원, 즉 7급 상당 공무원이기 때문에 다른 기관의 초봉보다 급여가 더 많을 거예요. 일하면서 제일 중요한 건 급여라는 건 아시지요. 후훗.

» Q. 대검찰청 과학수사부 속기사의 업무 중에 '영상녹화 속기록 작성' 부분이 눈에 띄었습니다. 영상녹음녹화를 시행하는 취지는 무엇이며, 그 시스템 속에서 속기사의 업무는 어떻게 진행되나요?

영상녹화 조사는 말 그대로 조사하는 과정을 영상으로 녹화하는 시스템입니다. 모두가 어렵게 생각할지 모르지만, 조사의 투명성을 위해 진행되는 조사과정으로 속기사가 입회하여 조서를 만드는 것이죠. 실시간으로 조사자와 피조사자의 말을 문답식 조서로 작성하는 것인데, 말을 그대로 기재하는 것이 아니라 조서에 쓰이는 문구로 작성하여야 하고 상황에 맞게 지문도 넣어줘야 하므로 실시간으로 모든 상황을 나타내기란 정말 쉽지 않아요. 처음 영상녹화에 투입됐을 때 손을 덜덜 떨었던 기억이 나네요. 제가 근무한 지 6년이 넘었지만 지금도 영상녹화 조사는 쉽지 않습니다. 하지만 잘 마치고 나오면 그 이상으로 성취감을 느끼게 됩니다. '해냈어!!!!'라면서요.

» Q. 검찰청 수사부에 계신다면, 혹시 녹취록 및 회의록 작성 외에 특정한 사건을

과학수사로 풀어내는, 예를 들면 각종 신종 범죄나 과거 미제가 되었던 사건들을 첨단 과학기술로 풀어내는 과정을 기록하는 업무도 하시는지 궁금합니다. 유명한 미국 드라마 CSI에 한때 빠져 있던 터라, 그런 내용 또한 속기사님 업무에 포함되는지는 궁금해요.

하하, 정확히 말씀드린다면 그런 업무는 보지 않아요. 그런데 그런 업무를 준다면 속기사로서 너무 흥미로울 것 같아요.

» Q. 검찰에서 다루는 사건들은 쉽거나 가벼운 일들이 아닐 것이라고 짐작됩니다. 속기사로서 이런 업무들을 매일 같이 기록하시느라 받는 업무 스트레스가 있나요? 또 이를 풀어내기 위해 어떤 노력을 하시나요?

대부분 속기사가 겪는 고충은 비슷하리라 짐작되지만, 검찰에서는 속기사가 할 수 있는 모든 녹취를 대부분 합니다. 피의자신문조서에서부터 속기사무소에서 하는 녹취, 즉 검찰 내에서 불리는 '기타녹취'까지요. 또 교도소 접견내용을 녹취하는데, 교도소 접견 녹취록을 하다 보면 그 교도소에 무슨 사식이 맛있는지도 알게 됩니다. 하하. 그 안에 로맨스도 있고요.(웃음) 하지만 제일 안타까운 것은 이 모든 내용이 정서적으로 좋지 않은 내용이라는 것입니다. 검찰청에 오시는 분들은 대부분 화가 나 있거나, 상처가 크거나, 마음에 맺힌 게 많은 분입니다. 그러다 보니 욕이 난무하고 그걸 녹취하다 보면 감정적으로 이입되어서 어떤 날은 화가 나고 어떤 날은 슬픈 감정 기복이 생길 수 있습니다. 게다가 안 들리기까지 한다면 아후... 그런데도 이 모든 것은 '스스로 하기 나름이다'라고 말씀드릴 수 있을 것 같아요. 저는 취미로 업무시간 외에 음악 듣는 것을 즐겨합니다. 제 귀에게 평화를 주는 의식이라고 할 수 있죠. 어느 직업이나 스트레스는 생기기 마련이고, 피할 수 없다면 즐기라는 말처럼 우선 자기 안에 중심을 잘 지탱하면서 업무로 인해 생기는 스트레스를 푸는 방법을 열심히 찾는 것도 제 몫이라고 생각해요.

» Q. 대검찰청에서의 경력이 6년이라고 하니 오랜 시간 한 곳에서 묵묵히 업무를 수행해 오셨다는 사실이 존경스럽게 느껴집니다. 이렇게 속기사라는 한 분야에 긴 시간을 할애하며 매진할 수 있었던 비결이 있나요?

저는 자격증 취득하고 문화부에서 3년 반, 지금 검찰에서 6년 반, 총 10년째 속기사로 근무하고 있어요. 내가 하는 업무가 어떤 사건을 처리하는 데 있어 마치 영화처럼 안 풀리던 사건이 녹취록 한 방에 딱 반전을 주고 거대한 영향을 미치는 것은 아니지만, '내가 작성한 녹취록과 속기록이 사건 하나에 점이라도 하나 찍어서 공정하게 사건처리가 되어 그들에게 보탬이 된다면, 그 작은 점이 힘이 되는 것이라면 그것으로도 충분하다'고 생각합니다. 스스로 자부심을 찾고 그것을 키워나가는 과정은 참으로 어렵지만, 꼭 해내야 하는 과정이죠. 누가 알아주기만을 바라고 일을 한다면 항상 불안하고 위태로운 하루하루가 되어서 나를 망칠 것이지만, 나 스스로 자부심을 가지고 열심히 일한다면 하루하루가 착착 쌓여 내 커리어가 되어 안정될 것으로 생각해요.

» Q. 처음에 속기를 어떻게 시작하게 되셨나요?

'친구 따라 강남 간다'라는 말이 있지요. 당시 제가 노량진에서 9급 일반행정직 준비를 하던 중 안양에 사는 친구가 '속기협회라는 곳이 강남에 있으니 같이 한 번 가달라'고 해서 길을 알려주려고 협회에 같이 갔다가 저도 속기사라는 직업에 혹하여 시작하게 됐어요. 당시에는 공부를 그만두고 속기사를 준비해서 공무원이 되면 하겠다는 안일한 생각이었죠. 또 저는 어렸을 때 피아노도 오래 배웠고 항상 손이 빠른 편이었기 때문에 '난 당연히 되지'라고 생각했었거든요. 생각해보면 너무 안일하고 단순한 생각으로 여기까지 왔다는 게 신기할 따름이에요.

» Q. 자격증 취득 기간까지 소요된 시간이 궁금합니다. 지금은 가물가물하시겠지만 공부하셨을 때 어떤 점이 제일 힘드셨는지요. 과거 속기사님만이 가지고 계셨던 공부방법이 있다면 소개 부탁드립니다.

오랜만에 이력서를 뒤적거려 봤어요. 너무나 옛날 기억이라…. 제가 벌써 나이가 이렇게 됐네요. 제가 24살 때인 2006년 초여름, 협회에 갔다가 2007년 상반기 시험에 3급 자격증을 취득하였던 것으로 기억나요. 2급, 1급은 문화부에서 근무하면서 차근차근 취득했습니다. 1급은 2009년도에 취득했네요. 제 기억에는 2007년도에 3급, 2008년도에 2급, 2009년도에 1급을 땄던 것 같습니다. 사실 처음 공부할 때 3개월도 안 돼서 3급을 연습하면서 '나는 잘 하니까 3개월 만에 딸 수 있을 거야'라고 말도 안 되는 자신감만 있었고, 당연히 첫 시험에서 낙방했죠. 그 이후에 한동안 속기기계를 처박아두고 투덜거리면서 시간만 보냈어요. 그러다가 다시 공부를 해보기로 마음먹고, 그 외에 아르바이트로 녹취록 초안 작성도 해보고, 현장녹취도 사람들 틈에 끼어나가서 해보고, 복지관에 가서 청각장애인을 위한 속기록도 해봤습니다. 그런데 그럴수록 목이 말랐던 것은 자격증이었어요. 그때만큼은 독해졌던 것 같아요. 하루에 시간을 정해놓고 계속해서 연습하고 또 연습하고, 그때는 정말 손목이 아프다는 생각도 해본 적이 없어요. 이 자격증만 주어진다면 제가 할 수 있는 일은 너무나 많다는 사실을 알아버렸으니까요. 사실 연습 이외에는 방법이 없습니다. 한 번 치고 돌아서는 연습 말고, 내 부족함을 채워주는 연습. 연습에 간절함을 더하세요! 여러분!!!!! 세상은 그렇게 호락호락하지 않습니다!

» Q. 검찰 응시하셨을 때 한글속기 국가 자격증 외에 다른 자격증도 소지 하고 계신 것이 있는지 궁금합니다.

제가 가진 것이라고는 속기 자격증 모두와 운전면허가 다입니다. 그

때는 속기 자격증 외에 다른 걸 생각할 겨를이 없었어요. 비겁한 변명이겠죠. 저는 속기 자격증만 있으면 되는 줄 알고 대한상공회의소에서 취득하는 한글속기 1, 2, 3급, 협회에서 시행하는 실시간속기 1급과 수사속기 1급을 취득했습니다. 문서는 일하면서 습득하다 보면 어느 순간 잘 활용할 수 있다고 생각했습니다. 무슨 근거 없는 자신감이었나 싶네요. 다 취득하세요, 여러분. 여담이지만 수사속기 1급을 취득할 때는 '이거 내가 언제 써먹겠어?'라고 생각했지만, 지금 검찰에서는 너무 잘 활용하고 있죠. 위에서 말씀드렸듯 문답식 조서는 문과 답으로 이루어진 조서니까요.

» Q. 대검찰청 면접은 몇 번 만에 합격하신 것인지 궁금해요. 사실 저도 한번 봤었는데요. 면접장 분위기가 굉장히 삼엄하더라고요. 속기사님은 어떠셨나요? 면접장에서 받은 질문 중에 기억나시는 것 있으시면 한두 가지 부탁드립니다.

저는 다소 혹은 아주 사나운 인상, 그러니까 한마디로 좋지 않은 인상이에요. 제 최대의 고민은 '어떻게 해야 나의 강하지 않은 내면을 드러내고 업무적으로 조직에 잘 어울릴 수 있는 사람이라는 것을 어필할까'였습니다. 이 고민으로 저는 검찰에 들어오기 전에 여러 기관에서 수많은 면접을 봤죠. 면접도 실전이라고 생각하면서요. 면접은 오후 1시부터 시작됐는데 제가 들어간 시간은 6시가 넘어서였습니다. 대기가 길어져서 그랬는지, 우황청심환의 위력인지 긴장하지 않고 할 수 있는 말을 최대한 침착하게 말씀드렸던 것으로 기억납니다.

면접의 포인트는 떨리는 목소리로 말하더라도 침착하게 내가 할 말을 겸손하게 전달하는 것이라고 할 수 있을 것 같아요.

또 기억나는 건 면접관이 "정의란 무엇인가의 책 저자가 한국에서 강연했을 때 통역 속기를 하였다고 되어 있는데, 책 내용과 관련하여 정의에 대해서 말해보세요."라고 물은 질문이에요. 순간 머릿속이 하얘지면서 아무 생각도 안 났어요. 일단 차분하게 웃으면서 "죄송하지만 지금 생각이 나는 것은 치기 어려웠던 아리스토텔레스, 소크라테스뿐입니다. 그때도 책을 읽어보긴 했지만, 책 내용보다는 어려운 외래어가 뭐가 있는지 찾아봤거든요. 여기서 나가면 책 내용을 숙지하고 정의에 대해 깊게 생각해보겠습니다. 하핫"이라고 대답하며 슬쩍 넘어갔던 기억이 나요. 당황하지 마세요. 여러분!

» Q. 공무원 면접 시에 '공직자로서의 자세'를 많이 본다고 하셨는데요. 제가 조사한 바에 따르면 '공무원의 공직 자세 7원칙' 같은 것이 있더라고요. 한번 맞는지 들어봐 주세요. 1) 공직에 의한 의사결정, 2) 청렴성, 3) 객관성, 4) 책임성, 5) 개방성, 6) 정직성, 7) 지도력. 이게 맞나 모르겠습니다. 혹시 속기사님께서 검찰 속기사로서 가장 중요하게 여기시는 '공직자로서의 자세란' 어떤 것이 있을까요?

표면으로 드러난 정해진 정신이나 자세 외에 우리 속기사들은 먼저, 국민에 대한 봉사라는 마음을 가져야 하는 것이 제일 우선이라고 생각해요. 공무원이 되기 전에는 '내가 속기사로서 국민에 대한 봉사를 어떻게 하지?'라는 막연한 생각을 했습니다. 우리의 일은 사익을 위한 일이 아니고 어느 위치에서 어떤 업무를 하든 공무라는 것을 잊어서는 안 될 것입니다. 검찰 속기사로서는 가장 객관적으로 녹취록을 녹음된 파일과 가장 흡사하게 작성해서 나타내어주어야 합니다. 우리가 똑같은 한글을 적었다고 하더라도 어디에 쉼표, 마침표, 물음표를 찍는지에 따라서 의미가 달라집니다. 음성 파일을 들어본 사람은 알겠지만, 녹취록만 보는 사람에게는 다른 어투로 느껴질 수 있기 때문에 가장 현실감 있고 객관적으로 녹취록을 작성하기 위해 항상 고민하고 노력해야 합니다. 그것이 속기사로서는 가장 책임감 있고 성실하고 투명하고 청렴한 업무처리가 아닐까요. 그리고 항상 이에 대한 보안의 의무도 잊지 않아야 할 것이고요. 참고로 예전 면접에서 '법에서 정해져 있는 공무원이 해야 할 의무 7가지와 금해야 할 의무 3가지를 말해보라'는 질문을 받은 적이 있습니다. 이것은 공무원이 되기 위해 공부하시는 분들은 꼭 숙지하셔야 합니다!

» Q. 검찰 속기사를 희망하는 후배 속기사들에게 한 말씀 부탁드립니다.

후배 속기사님들! 힘드시겠지만 가열 차게 힘을 내서 달리세요. 기회는 준비된 자들에게만 온다는 말은 사실입니다. 어서 준비하세요! 될까, 되지 않을까를 고민하지 말고 일단 부딪치시길 바랍니다. 냉정한 말일 수 있겠지만, 현실을 본다면 갈 자리는 적고 사람은 많습니다. 끈기를 가지고 포기하지 않고 달려오시다 보면 검찰청 책상에 앉아 일하고 있는 나를 발견하실 수 있을 거예요! 그렇게 들어오시면 제가 밥도 사드리고 선배로서 조언과 격려를 아끼지 않겠습니다. 파이팅!

» Q. 마지막으로 속기는 이효정 속기사님의 인생에 어떤 의미인가요?

속기란 저에게 인생의 배움터라고 할 수 있을 것 같습니다. 검찰청에서 근무하는 동안 경미한 범죄 사건부터 전 국민의 관심을 받는 범죄 사건까지 수많은 사건 속에서 이루어지는 이야기들을 풀어내게 됐어요. 이 업무를 하면서 저는 한 사람의 말 한마디, 생각에서 비롯되는 행동이 가져오는 결과에 대해 참 많이 느낄 수 있었거든요. 그래서 항상 '정직하고 건강한 사고로 매 순간 순간을 살자'는 생각을 하며 살고 있어요. 제가 업무 수행하면서 한 사회인으로, 또 한 인간으로서 성장하고 배우는 것이 참 많고 좋습니다.

국회 속기사 **김영대**

〈국회 속기사 김영대. 가운데〉

1. 나이: 34세
2. 성별: 남
3. 학력: 대졸
4. 전공: 컴퓨터공학
5. 속기 경력: 6년
6. 근무처: 국회 사무처

» Q. 많은 예비 속기사가 선망하는 대한민국 국회에 계시는데요, 업무를 보면서 어떤 자부심을 느끼고 계시는지 말씀 부탁드려요.

사실 이 직업을 알게 되고 또 국회 속기사가 되겠다고 마음먹기 전까지는 우리나라 정치, 경제에 큰 관심도 없었어요. 거기다 국회의원들이 하는 일에 대해서도 전혀 무관심했죠. 그래서인지 그때는 저를 비롯한 대다수의 국민 또한 그럴 거로 생각했는데 막상 국회에 들어와서 직접 일을 해보니 생각보다 많은 국민이 우리나라 정치에 대해서 또 국회의원들이 하는 일에 관해서 관심이 매우 많더라고요.

내가 회의장에서 기록한 회의록에 대해서도 '이걸 누가 찾아보기나 할까?'라는 생각이 있었는데 제 생각과는 다르게 많은 국민이 관심을 두고 계시는 거예요. 그런 것을 보면서 '내가 지금 하는 이 일이 결코 하찮은 일이 아니구나.' '좀 더 책임감을 느끼고 일해야 하겠다!' 하는 마음과 함께 속기사로서 자부심을 느끼게 되었습니다.

» Q. 사명감도 중요하지만, 국회 속기사로서 놓칠 수 없는 혜택이나 복지가 있다면 어떤 것이 있을까요?

국회 속기사의 가장 좋은 점은 아무래도 빠른 승진이 아닐까 싶어요. 9급으로 시작해서 6급까지 평균 5년 반~6년 정도의 기간이 걸리는데 다른 기관, 다른 직렬의 공무원 조직에서는 볼 수 없는 가장 큰 혜택 중의 하나라고 생각합니다. 그래서 제가 이곳 국회 속기사로서 보내고 있는 하루하루가 참 보람되고 뭔가 '희망적'이라고 말씀드리고 싶어요. 시작과 그 과정들은 조금 힘들었지만 요즘 같이 청년 실업이 심각한 때에, 그래도 나는 노력의 결실을 보아 좋은 기관에 들어올 수 있었고, 또 앞으로의 날들을 짐작해 봤을 때도 '아예 어둠은 아니구나. 속기사로서 이 하루하루에 좀 더 심혈을 기울이고 더 나은 속기사가 되어야겠다.' 이런 다짐들도 해보곤 합니다. 결과적으로 대한민국 모든 국민에게 복지와 두둑한 월급봉투는 우리 모두에게 희망의 빛 아닐까요?(웃음)

» Q. 국회 속기사로서 에피소드가 궁금해요. 2016년 국회 선진화법 도입으로 필리버스터가 부활하여 당시에 현장에 계신 속기사님들의 업무 강도가 엄청 강하셨다고 들었습니다. '졸거나 우는' 속기사님들도 계셨다죠? 이렇게 속기사님 기억에 남을만한 에피소드가 있을까요? 또 야근하면 수당도 많이 주나요?

아, 그 말씀 하실 줄 알았어요. 저 또한 아직도 잊히지 않네요. 2016년 2월 23일부터 3월 2일까지 테러방지법에 대해 무려 192시간 27분 동안 필리버스터가 진행됐죠. 헌정 사상 유례없는 '무박 9일'간의 기록을 하다 보니 국회 속기사들도 24시간씩 2교대로 근무하면서 고생을 진짜 많이 했어요. 체력적으로 다들 많이 힘들었기 때문에 회의장에 들어가지 않는 시간을 이용해 쪽잠을 자고 휴식을 취하는 경우는 있었지만, 졸거나 우는 속기사가 있었다는 소문은 아무래도 조금 과장된 것 같습니다.(웃음)

지금 돌이켜보면 그때 이걸 다 어떻게 해냈을까 싶을 정도로 아주 힘들었지만, 한편으로 그 당시에 속기사라는 직업이 언론이나 국민에게 전에 없던 많은 관심을 받고 또 많은 격려도 받으면서 내가 하는 일에 대해서 자부심을 또 한 번 느낄 수 있는 좋은 경험이었던 것 같아요. 아, 그리고 야근 수당이요? 공무원 야근수당은 하루에 최대 4시간, 한 달에 최대 57시간까지만 인정되기 때문에 필리버스터 때 특별히 더 많은 수당을 받지는 않았어요.

» Q. 국회 속기사 진급체계가 궁금해요. 빠른 진급으로 유명하잖아요?

현재 국회 승진 소요 최저 연수를 보면, 9급에서 8급 가는데 1년 반 이상, 8급에서 7급 가는데 2년 이상, 7급에서 6급 가는데 2년 이상, 이렇게 해서 기본적으로 요구되는 요건을 갖추면 9급에서 6급까지 평균 5년 반~6년 정도 걸려요. 이후 5급으로의 승진 과정은 요즘 국회 내 속기 직렬 승진적체 현상이 심해서 단정적으로 어느 정도의 기간이 딱 걸린다고 말씀드리기는 어려운데요. 얼마 전 3급 부이사관까지 승진하고 퇴직하신 선배 속기사분들도 계시니까 다른 기관의 속기공무원과 비교하면 비교적 매우 빠른 진급 속도라고 볼 수 있지 않을까 하는 생각이 드네요.

» Q. 진급체계 하나만큼은 국회가 갑이네요. 적체 현상을 말씀하셨는데 그동안 국회 속기사의 채용이 지속해서 이뤄졌고 인원충원도 체계적으로 된 곳 중 하나잖아요. 그래서 상대적으로 예전보다는 지금 그런 현상이 보일 수도 있겠네요.

네. 그래서 요즘은 어느 기관이든 빨리 속기사로서 자리를 선점하는 것이 중요한 관건 아닐까요.

» Q. 자격증 취득하시는 과정 중에 '국회 속기사가 되어야겠다.'라고 다짐하신 계기가 있었나요?

대학교 때 전공이 컴퓨터학과였는데요. 사실 이 전공을 살려 '전산직 공무원'을 준비하려고 알아보던 차였어요. 그런데 우연히 '속기공무원'에 대해서 알게 되었고 당시 전공에는 크게 흥미를 느끼지 못한 저로서는 전산직 공무원보다는 속기공무원에 더 마음이 끌렸던 것 같습니다. 그래서 속기공무원에 대한 정보를 수집하기 시작했고 결과적으로 선배 속기사들이 포진된 다양한 기관들이 있었지만 그중에서도 단연 국회 속기사가 가장 대우가 좋았고, 그렇게 저 자신이 자부심을 느끼고 일할 수 있는 곳일 것 같다는 확신이 들어서 바로 준비에 들어가게 되었습니다.

» Q. 속기사 자격증 취득부터 국회 속기사 합격에 이르기까지 기간은 어느 정도 소요되었나요?

속기 자격증 1급 취득 후 최종 면접까지 한 2년 정도 소요된 것 같습니다.

» Q. 2년이면 남들보다 굉장히 빨리 이론을 마스터 하신것 같은 느낌이 드는데요. 혹시 필기시험이나 실기시험 준비하면서 애로사항이 있었다면 말씀 부탁드려요.

국회 속기사를 준비하시는 분들이 평균적으로 얼마만큼의 기간을 목표로 삼고 준비하시는지는 잘 모르겠지만 사실 2년…. 그보다 더 일찍 합격했으면 하는 마음이 컸죠. 아무래도 준비 기간 동안 마음고생들 많이 하잖아요. 그래서 저는 최대한 준비 기간을 효율적으로 잘 활용하기 위해서 자격증과 필기에 대한 파트를 나눠서 시간 분배를 했습니다. 준비에 앞서 생각을 했을 때 '국회 시험은 필기와 실기를 병행해서 준비해야 하는 시험이다 보니 이 시간 배분들을 어떻게 하는 게 좋을까.'에 고민의 무게를 많이 실었습니다. 그래서 내린 결론은 하루 1~2시간 정도 꾸준히 속기연습을 해 주고 나머지 시간은 전부 필기시험 준비만을 위해 매진하자는 목표를 세우게 되었죠. 어떤 분들은 자격증 먼저 취득하시고 이론 공부를 하시는 분들도 계셨는데, 한 가지만 계속하다 보면 뭔가 질리기도 하고 집중도 잘 안 되잖아요. 국회 속기 직렬의 경우 필기시험 합격선이 크게 높은 편이 아니어서 시험과목 중에 과감하게 버릴 건 버리고 내가 잘 할 수 있는 과목에 더 집중하는 것으로 계획을 세우고 준비했어요. 그렇게 인터넷 강의를 들으면서 가장 자신이 없었던 '영어' 과목의 경우에는 시간 할애를 좀 줄이고, 대신 자신 있었던 국어·헌법 과목에 시간 투자를 많이 했는데 돌이켜 생각해 보면 이게 좀 효과적인 방법이었지 않나 싶네요.

실기시험 준비는 '꾸준한 연습' 밖에 달리 드릴 수 있는 말씀이 없는 것 같아요. 그 성실한 노력이 제일 중요한 것 같고요. 그래서 필기시험에 많은 시간 할애하며 매진했지만, 실기도 단 하루도 쉬지 않고 연습하려고 노력 참 많이 했습니다.

» Q. 연습방법을 살짝 공개해 주실 수 있을까요?

별건 없어요. 그런데 저는 TV 뉴스를 추천합니다. 뉴스의 경우 다양한 분야의 내용으로 연습이 가능해 지루함도 덜하고 또 아나운서나 기자들에 따라 말의 속도가 다르다 보니 좀 더 효과적인 연습이 될 수 있거든요. 녹음된 속기연습 파일을 반복해서 연습하는 것도 좋지만 뉴스는 가끔 갑작스러운 속보도 나오고 긴급한 상황에 맞춰 리듬도 좀 탈 수도 있잖아요. 어찌 보면 어떤 '변수에 대비하는 속기능력'을 키울 수 있는 하나의 방법 같기도 해요.

» Q. 그렇다면 국회 속기사가 되기 위해 속기 자격증 준비 외에 어떤 추가 이력이나 경력을 준비하셨어요? 그리고 그것들이 채용 시 어떤 유리함을 가져다주었나요?

대학교 재학 중에 국회 시험을 준비하다 보니 추가로 경력을 쌓을 여건은 안 되었던 것 같아요. 그래도 틈틈이 한자 공부를 해서 자격증을 취득하긴 했네요. 다행스러운 점은 실무를 보다 보니 한자 자격증을 딴 게 많은 도움이 되더라고요. 법률 제 · 개정 사항이나 헌법 명시 등을 보면 한자가 매우 많거든요. 한자에 그 모든 뜻이 함축되어 있기 때문에 한자를 알게 되면 속기를 하는 데 있어서 '알고 칠 수 있는' 영역이 더 확장되어서 정확도를 높일 수 있죠.

» Q. 그 어려운 준비과정 중에 한자 자격증도 취득하셨다니 정말 대단하신데요. 막상, 국회 속기사가 되고 나니 어떤 자부심이 생기던가요?

아마 다들 똑같으실 거예요. 속기사 자격증도, 국회 속기사 최종 합격도 드디어 '해냈다.'라는 기쁜 마음. 어려운 과정들을 이겨내며 뜻한 바를 이뤄갔고 그 결과로서 '내가 나를 믿어 준다.'라는 것이 어찌 보면 지금까지도 저 자신이 느낀 가장 큰 자부심이라고 할 수 있겠네요.

» Q. 국회 속기사만의 면접노하우가 있을까요? 혹시 예상치 못해서 당황한 질문이 있다면 소개해 주세요.

면접장에서는 면접관들이 하는 질문에 대해 정확한 답변을 통해 좋은 점수를 받는 것이 일차적으로 중요하지만, 면접이라는 게 사람이 사람을 평가하는 것이다 보니 면접관들로부터 호감을 얻어내는 것도 중요해요. 따라서 외모 단정한 모습으로, 그리고 답변이 좀 부족하더라도 밝은 표정으로 자신감 있는 모습을 보여 준다면 좋은 결과가 있지 않을까 싶어요.

기억나는 면접 질문 중에는 면접관이 '조선 시대의 사관과 현대 속기사의 차이점이 무엇인지'에 관해서 물었던 게 있었어요. 예상 못했던 질문이었지만 다행히 그 당시에 한국사를 공부하면서 조선 시대 사관에 관해서 관심 있게 본 기억이 나서 '조선 시대 사관이 기록한 내용은 왕이라고 해도 볼 수가 없었지만, 현대 속기사들이 기록하는 내용은 모든 국민에게 공개가 된다.'고 답변을 했던 기억이 나네요. 가끔 이렇게 미처 준비 못 한 질문이 나와도 면접관님들은 어떤 '정답'을 바라는 것이 아니라, 그 질문에 대한 '대처능력'을 보시는 것 같더라고요. 국회에서도 실무를 하다 보면 여러 가지 난처한 상황, 예상치 못한 상황들이 발생할 수 있잖아요. 그랬을 때 속기사로서 '얼마나 침착하게 이 상황을 대처해 나가는가.' 그 상황판단 능력과 요령 등을 보시는 것 같기도 해요.

» Q. 돌발 질문 하나 드릴게요. 앞으로 다가올 가까운 미래에 기록의 수단이 음성 인식기로 대체된다면 어떨까요?

음성인식기술이 갈수록 발전하고 있지만 아직은 속기 업무를 대체할 수 있을 정도의 수준은 아니라고 생각해요. 상담 업무와 같은 1대 1형식의 경우에는 현재도 음성인식기술이 일부 상용화된 거로 알고 있는데, 국회와 같이 회의체 형식의 경우에는 다수의 발언자가 동시에 대화를 주고받기 때문에 아직은 음성인식기술이 도입되기 힘들다고 알고 있어요. 훗날 기술이 더 발전하게 된다 하더라도 지금 우리가 속기 업무를 위해 속기계를 활용하고 있듯이 음성인식기술 또한 속기사를 대체하는 기술이 아닌 '속기업무를 좀 더 효율적으로 수행하는 데 도움을 줄 수 있는' 그야말로 '활용 수단'으로 사용할 수 있지 않을까요?

» Q. 그렇다면 음성인식기가 유추해서 작성해내야 할 영역, 사투리, 비속어, 불분명한 발음 등을 국회 속기록은 어떻게 기록하나요?

사투리는 말한 그대로 기록합니다. 그리고 회의록이 모두 공개되기 때문에 비속어를 쓰는 경우가 흔치는 않지만, 비속어도 말한 그대로 기록해 줍니다. 마지막으로 불분명한 발음의 경우에도 도저히 파악이 안 된다 싶으면 직접 발언자에게 연락을 취해서라도 해결합니다. 국회 속기록은 대한민국의 모든 역사이기 때문에 하나도 빠짐없이 사실 그대로 기록을 해내야 하거든요.

» Q. 멋지십니다. 마지막으로 김영대 속기사님에게 속기사란 어떤 의미인가요?

내가 원하고 뜻하는 산을 오르기 위한 '튼튼한 지팡이'였다고 말씀드릴 수 있겠네요. 그 지팡이는 국회 속기사라는 산을 오르기 위해 첫발을 디딘 곳에서 발견한 아주 튼튼하고 커다란 나무였지만, 함께 정상에 올라가며 내 손에 꼭 맞게 닳아 있는 그렇게 '국회'라는 기관까지 오를 수 있게 해준 고마운 선물이라고 생각합니다. 이것은 아마 많은 시간이 흘러 속기사로서 하산하는 날, 그 길에서 넘어지지 않고 명예롭게 하산을 할 수 있게 도와줄 나만의 든든한 지지대가 되어줄 것으로 생각합니다.

» Q. 인터뷰에 응해주셔서 감사합니다. 속기사님 덕분에 마치 제가 국회 속기사가 되어 있는 듯한 느낌을 받았고 또한 같은 속기사로서 자부심을 느낄 수 있었습니다. 앞으로 대한민국 최고기관 국회에서 우리나라의 모든 정책 결정 사항들을 멋지게 기록해 주시기 바랍니다.

네. 감사합니다. 저도 인터뷰 진행하며 저의 지난날을 돌이켜 볼 수 있어서 참 좋았습니다. 지금이 정기국회 일정이라 인터뷰도 조금 늦어지고 그렇게 답변 준비를 많이 못해서 드릴 수 있는 이야기가 충분했는지 어쨌는지 모르겠어요. 아무쪼록 국회 속기사를 희망하시는 모든 속기사님 파이팅입니다. 다들 모두 열심히 힘내셔서 이곳, 국회에서 만나요!

자막방송 속기사 **김지성**

1. 나이: 35세
2. 성별: 남자
3. 학력: 대학교 중퇴
4. 전공: 수학
5. 속기 경력: 6년
6. 근무처: 소리자바 자막팀 과장

〈소리자바 자막방송 연수 수료식 모습〉

» Q. 지금 일하시고 계시는 영등포 소리자바 자막방송센터에서는 주로 어떤 일을 하나요?

가장 주된 업무로는 역시 TV 자막방송을 들 수 있습니다. 지상파 및 지역 지상파, 케이블 방송 등 여러 채널에 자막방송 서비스를 제공하고 있죠. 넷플릭스와 같은 OTT(인터넷을 통한 미디어 서비스) 콘텐츠 자막 제작 및 한국영화에 대한 배리어프리 자막 제작도 이루어지고 있으며, 회의나 포럼, 각종 행사 등 청각 장애인들을 위해 문자 서비스가 필요한 곳에 현장 실시간 속기도 제공하고 있습니다. 그밖에도 수준 높은 자막속기사들의 양성과 인력관리 및 계약한 방송의 자막 품질관리도 맡아서 진행하고 있습니다. 또한, 사전제작 자막 관련 사업도 진행하고 있습니다.

» Q. 자막방송 서비스 분야가 드라마, 예능, 뉴스, 영화, 홈쇼핑 등 매우 많다고 들

었습니다. 풍부한 표현을 위해 예능, 드라마, 영화 등의 상황 묘사나 목소리의 높낮음까지 자막에 표시한다고 들었는데요. 자막방송 속기사는 속기 실력 외에 굉장히 풍부한 감성과 표현력도 갖춰야 하겠다는 생각이 드네요.

풍부한 감성과 표현력을 갖춰야 하는 작업은 아직은 OTT 콘텐츠나 배리어프리 자막에서만 주를 이루고 있습니다. 하지만 TV 자막방송 또한 실시간 방송을 제외하고 사전에 제작할 수 있는 방송물이라면 위와 같은 감정 및 상황 표현 등이 앞으로는 추가되어야 한다는 추세로 흘러가고 있죠. 그 때문에 기본 속기 실력 외에도 작업자가 영상물을 보며 느낀 감정을 글로써 청각 장애인에게 제공할 수 있는 능력도 필요해 보입니다.

» Q. 자막방송 속기사이기에 누리는 복지나 혜택이 있다면요?

다양한 근무형태를 들 수 있을 것 같습니다. 자막방송 속기사들 대부분이 방송 채널마다 팀을 이루어 근무하게 되는데 이때 근무 형태에 따라 '2일 출근-2일 휴무'나 '3일 출근-2일 휴무' 등이 주를 이루고 있습니다. 그렇다 보니 휴일이 다른 보통의 주5일제 근무보다 많아 개인적으로 활용할 수 있는 시간 또한 많다는 것이 매력적이라 할 수 있습니다. 그리고 무엇보다 주된 업무가 TV를 본다는 것이죠.(웃음)

» Q. '타 분야에 계시는 속기사님의 실력과 역량도 출중하지만, 자막방송 속기사님들의 실력이 단연 최고다.'라는 소문을 들었습니다. 왜일까요? 자막방송 속기사님 자랑 좀 해주세요.

아무래도 자막방송 속기사 자랑(?)을 위해서는 '실시간'이라는 말을 빼놓을 수 없을 것 같은데요. 속기를 정확도 100%에 가깝게 실시간으로 진행하는 분야는 자막방송이 유일하다고 생각합니다. 1초의 딜레이도 허용되지 않으니까요. 그렇기 때문에 광범위한 방송 내용을 모두 실시간으로 입력하는 자막방송 속기사들이 갖춘 지식 또한 출중하고요. 그야말로 속기 실력은 그 어느 분야와도 견줄 수 없을 것 같네요.(웃음)

» Q. 자막방송 속기사라는 직업을 어떻게 알고 시작하게 되셨나요?

우연히 공항 내 TV에서 자막방송을 보게 되었습니다. 빠르고 정확하게 타이핑되는 걸 바라보고 있자니 궁금증이 들기 시작했습니다. '도대체 어디서 어떻게 제작이 이루어지게 될까?' 이후 열심히 알아보다가 현재의 협회를 통해 속기사라는 직업을 알게 되었습니다. 그때 당시에 보았던 자막들은 제게 꽤 신선한 충격을 주었던 것 같습니다. 그래서인지 속기의 여러 분야 가운데에서도 특히 '자막방송' 분야에 매력을 느껴, 한글속기 국가자격증 3급 취득 후 다른 기관에 응시할 생각은 하지 않고 바로 자막방송 연수생이 되었습니다. 이제는 과거의 저처럼 자막방송 분야를 희망하는 연수생들을 위한 교육 담당자로도 활동하고 있습니다.

Q. 자막방송 분야에 특별히 애착을 가지시는 이유가 있나요?

저는 하나에 꽂히면 다른 것은 잘 둘러보지 않는 성격입니다. 그런 성격 탓에 처음 느낌이 좋았던 자막방송 속기사가 되는 것이 당연하다고 생각했고, 이후 연수를 받으면서도 그 좋았던 느낌은 즐거운 확신이 서기 시작했습니다. 제가 경험한 자막방송의 경우 넓게 보면 속기 관련 분야 중 하나라고 볼 수도 있지만, TV 방송 내용 전부를 입력하고 송출해야 하는 업무이기 때문에 결코 간단히 처리할 업무가 아니었습니다. 다양한 방송콘텐츠를 자막으로 정확히 송출하기 위해서는 갖춰야 할 전문적인 지식 또한 무궁무진하다고 생각했습니다. 그게 제가 느낀 자막방송 속기의 가장 큰 매력이라고 생각합니다. 속기 역량 외에 알게 모르게 쌓이는 지식이 굉장히 흥미로웠거든요.

또한, 자격증을 취득할 때도 그러했고, 자막방송 연수를 하면서도 절실히 느꼈던 부분 중 하나는 속기사가 기록할 수 있는 범위는 '아는 만큼 들리고, 들리는 만큼 더 정확하게 기록할 수 있다'는 사실에 달려 있었습니다. 그렇기에 속기사는 해당 분야에 대해 어느 정도 전문적인 지식을 갖춰야 한다고 늘 다짐했습니다. 이렇게 다양한 장르의 방송 내용을 입력하면서부터 더 많은 분야의 지식에 관심을 끌게 되고 자연스레 쌓여가는 정보들이 내 안의 진짜 지식이 되어간다는 점이 그렇게 뿌듯할 수 없더라고요. 무한한 자기계발이 가능한 분야, 이것이 바로 제가 진짜 자막방송에 지속해서 애착을 느끼는 가장 큰 이유인 것 같습니다.

» Q. 자막방송 속기사에게 어울리는 적성이나 갖춰야 할 기본 소양이 있을까요?

TV가 때로는 바보상자 취급을 받기도 하지만 자막방송 속기사들은 TV를 아주 가까이해야 합니다. TV 좋아하시는 분들, TV 없이는 밥도 못 드시는 분들에게 자막방송 속기사를 적극적으로 추천해 드립니다.(웃음) 그런데 예능 같은 특정 장르만을 선호하기보다는 보도 프로그램이나 교양 프로그램 등 여러 장르를 두루 보고 접하며 본인이 알고 있는 어휘들을 늘려나가는 게 상당히 중요하답니다. 자격증 급수가 높고 아무리 입력 속도가 빠르다 하더라도 모르면 들리지 않고, 들리지 않으면 바로 자판을 누를 수 없기 때문이죠.

자막방송 속기사의 기본 소양이라고 한다면 한글 맞춤법이 아주 큰 비중을 차지합니다. 그 때문에 자막방송 속기사를 준비한다면 우리말에 대해 많은 관심을 가지고 일상생활에서 말을 하거나 글을 쓸 때도 맞춤법에 맞게 올바르게 사용하는 습관을 기르는 것이 중요합니다. 또한, 앞서 언급했듯 '아는 만큼 들린다'는 진리가 자막방송에서는 더 크게 작용한다고 생각해요. 아무래도 방송에서 다루는 내용의 언어 사용 범위가 방대하고 넓기 때문이죠.

» Q. 자막방송 속기사가 되기 위해서 어떤 식으로 연수받고 어떤 과정을 거치나요?

'소리자바 자막방송센터'에서는 일정한 주기로 자막방송 연수생을 모집하고 있습니다. 국가자격증 '한글속기 3급'에 준하는 실력을 갖춘 사람들을 대상으로 입력 속도 및 정확도, 맞춤법 등 간단한 연수 테스트를 진행한 후 연수생을 선발하게 됩니다. 자막방송 연수 과정에서 진행되는 내용은 크게 '입력 속도 향상'과 '맞춤법 교육'으로 이뤄집니다. 혼자 하는 작업이 아닌 공동작업의 특성이 있기 때문에 자체적으로 개발한 특정 프로그램을 이용하여 동료와 호흡을 맞춰 입력하는 방법에 대해 교육을 받게 됩니다. 연수 과정을 이수한 뒤에는 소리자바 자막방송센터에서 인턴으로 근무할 기회가 주어지며, 이후 정직원으로 취업이 가능합니다.

» Q. 제 개인적인 질문이자, 또한 많은 여성의 공통 질문일 것 같아 이 질문을 빼놓을 수가 없겠는데요. 종영된 드라마 '도깨비' 드라마 자막도 소리자바 디지털영상속기사들이 작업했다고 들었습니다. 혹시 주인공 '공유' 씨를 만나고 오셨나요? 정말 멋지던가요?

드라마 '도깨비' 자막 제작 내용은 제가 모르는 부분이네요.(웃음) 다만, 자막팀에서 진행하는 한국영화 배리어프리는 자막 제작 전 해당 영화 시사회에 표가 제공되어 속기사가 참석하게 되는데요. 영화 '밀정' 시사회에 참석한 속기사가 먼 거리에서 촬영한 휴대전화 사진 속

공유 씨는 좋지 못한 화질을 무색하게 만드는 외모더군요.

» Q. 지금은 많은 연수생을 교육하고 계시지만 혹시 예전에 속기 자격증을 준비하시는 과정 중에 애로 사항은 없었나요? 자격증 취득을 위한 자신만의 공부 노하우가 있었다면 소개 부탁드립니다.

속기를 배우는 과정에서 '약어' 사용은 아주 큰 매력으로 다가왔지만 반대로 암기력이 약한 저로서는 그 많은 약어를 외워야 한다는 데에 부담이 너무 컸습니다. 하지만 약어가 만들어지는 원리에 대해 생각하다 보니 약어에 대한 운지가 자연스러워졌던 기억이 납니다. 물론 약어 사용이 극히 적은 분들 중 입력 속도가 빠른 분들도 계시겠지만, 속기와 약어는 떼려야 뗄 수 없는 관계라 생각하기 때문에 약어가 만들어지는 원리에 대해 생각해 보고 그 원리에 따라 약어를 사용하거나 새로운 약어를 추가한다면 큰 도움이 될 것 같습니다.

» Q. 김지성 과장님께 속기란 인생의 어떤 의미인가요?

자막방송을 통해 속기로 지내온 날들을 되돌아보면 속기는 하루하루를 배움으로 채워주는 선생님과도 같은 존재로 느껴지네요.

» Q. 속기사 자격증 취득을 목표로 하는 예비 속기사들에게, 또한 자막연수와 취업을 희망하는 속기사분들께 한 말씀 부탁드립니다.

'속기'라는 단어 뜻 자체가 빨리 적는 것이지만, 제 개인적인 생각으로 빨리 적는 것보다는 바르게 적는 것이 먼저 되어야 한다고 느낍니다. 물론 바르게 빨리 적는 것이 궁극적인 목표겠지만요. 속기사로서 자격증 취득을 위해서는 빠르게 적는 것에 집중할 수밖에 없는 것이 현실이지만, 그 바쁜 준비 과정에서도 바르게 적는 것에 대한 관심을 놓지 않으시길 바랍니다.

육군 군사법원 속기사 **권윤주**

1. 나이: 33세
2. 성별: 여
3. 학력: 대졸
4. 전공: 법학
5. 속기 경력: 6년
6. 근무처: 육군 군사법원

〈군사법원 권윤주 속기사 근무 모습〉

» Q. 다른 법원에 근무하는 속기사님들도 많지만 '육군 군사법원'은 뭔가 다르고 전문적인 업무를 하실 것 같다는 생각이 듭니다. 지금 하고 계신 일은 무엇인가요?

군사법원법에 의한 군사재판의 속기업무를 담당하고 있습니다. 입대 전 사회에서 범죄를 저지르고 경찰, 검찰, 법원 단계에서 수사 및 재판 진행 중에 군에 들어온 사람은 신분이 군인이기 때문에, 해당 사건도 군 검찰, 군 법원으로 이송됩니다. 그리고 이를 군 사법기관에서 처리하게 되어 있습니다. 또한, 군에 입대하여 군인 신분으로 저지른 폭력사건, 음주운전 사건, 군 형법상 항명(명령이나 제지에 따르지 아니하고 반항함. 또는 그런 태도) 군용물(군사상으로 또는 군대에서 쓰는 물건) 관련 범죄, 상관에 관한 범죄 등 여러 형사사건을 다루게 됩니다. 이처럼 군인 신분 전에 저지른 '일반범죄'와 군인 신분일 때 저지른 '일반범죄 및 군 형법상 범죄'에 대하여 두루 재판하게 되는데, 속기사는 재판에 참여하여 '재판의 전 과정'을 기록으로 남기는 역할을 하고 있습니다.

» Q. 정말 엄중한 사안들을 기록하시네요.

네. 아무래도 군 관련 법들은 그 체계만큼이나 엄격하게 느껴지죠.

» Q. 육군 군사법원 속기사는 진급체계나 임용 기간이 어떻게 되나요?

현재 군사법원 소속 속기사는 모두 계약직 8호로 근무하고 있습니다. 계약 기간은 총 5년으로 최초 계약 시 기본 2년을 근무하고 2년이 지난 후에 1년씩 3번 연장이 가능합니다. 현재 계약직이기 때문에 진급체계는 따로 존재하지 않으며 5년이 경과한 후 채용공고에 의한 지원, 서류심사, 면접 등의 단계를 거쳐야 다시 5년을 근무할 수 있습니다.

» Q. 속기사님이 계신 육군 군사법원 자랑 좀 해주세요.

원만하고 물 흐르듯 자연스러운 인간관계가 제일 먼저 떠오릅니다. 물론 상대적인 느낌이고 제가 아직 인간관계의 어려움을 겪어 보지 못해서 그럴 수도 있겠지만, 이곳에서만큼은 유독 '우리 사무실 분위기 너무 좋다.' '나는 정말 인복이 많은가 봐!' 등의 말을 가족과 주변에 많이 하게 됩니다. 더불어 제 고향인 강원도 원주는 최고입니다.

Q. 육군군사법원만의 복지나 혜택이 있다면 말씀해 주세요.

어디까지나 제 개인적인 부분입니다만, 운동 여건이 보장되는 것이 지금 저에게는 최고의 복지이자 혜택입니다. 군이라는 특수성이 있기에 군인에게 요구되는 중요 사항 중 하나가 체력입니다. 일과시간 중에 체력단련 시간이 따로 있을 정도니까요. 운동과 속기의 장점에 관해서는 이야기하다 보면 인터뷰 못 끝낼 수도 있습니다.(웃음)

» Q. 현직속기사로서 느끼는 보람, 그리고 육군속기사만이 가질 수 있는 자부심, 그런 것이 있다면 한 말씀 부탁드립니다.

다른 사람들은 흘려듣는 말 한마디 한마디를 고스란히 기록으로 담아내고, 그 결과물이 공판조서 작성에 도움이 되었을 때의 성취감이야말로 현재까지 속기에 몸을 담을 수 있도록 하는 원동력이라고 할 수 있습니다.

그리고 속기사는 '군사법원 재판 참여 서기님들에게 없어서는 안 될 존재'라고 표현할 수 있을 것 같습니다. 군사법원에서 속기사를 채용한 목적과도 일맥상통할 것 같은데 법원 서기님들의 과중한 업무 부담을 조금이나마 해소하기 위해 속기사를 채용하게 되었다고 알고 있습니다. 그분들에게 꼭 필요한 존재, 나의 존재가치를 인정받을 수 있는 곳에서 근무한다는 것이 가장 큰 자부심이 될 수 있을 것 같네요.

» Q. 그런데 아무래도 하시는 업무가 마냥 웃을 수만은 없는 엄중한 기록 업무 같아요. 그래서 오는 스트레스라든가 업무적인 권태는 없었나요? 혹시 있었다면 어떻게 극복하셨는지요.

업무적인 스트레스라고 하면 저 같은 경우는 엄중한 기록 업무로 인해 오는 스트레스보다는 그 외적인 것들이 컸던 것 같습니다. 예를 들어 재판 시간이 일정하게 정해져 있는 것이 아니기 때문에 장시간 내 의지와 상관없이 앉아 있어야 한다는 것, 그렇게 그 긴 시간 '혼자' 속기를 해야 한다는 것 등이 가장 힘든 요인이었지요. 아무리 뛰어난 사람도 장시간 앉아 일하다 보면 집중력의 한계가 오고 거기에 더해 그 방대한 분량을 완벽하게 속기하기란 더더욱 어려운 일이었거든요.

극복 방법이라기보다는 업무에 익숙해지고 나니 자연스럽게 재판 사무를 이해하면서 재판정에서 꼭 속기해야 하는 것들과 상대적으로 덜 중요한 사항을 파악하여 속기하게 됨으로써 어느 정도 스스로 완충작용 역할을 할 수 있었던 것 같습니다.

또 한 가지는 현장에 계시는 여러 속기사님도 마찬가지겠지만, 장시간 앉아 속기하다 보니 어깨 결림, 손목 통증, 등과 허리 통증 등 성한 곳이 없을 정도였습니다. 이렇게 한 해, 두 해 쌓이다 보니 자세도 안 좋아지고 몸 상태 역시 좋을 리 없었지요. 그래서 운동을 시작했고 지금은 아주 운동 예찬론자가 되어 있을 정도입니다.

'사람은 운동을 해야 삶의 질이 달라진다.'고 하잖아요. 저는 사실 운동이라고는 숨쉬기밖에 몰랐었는데 달리기와 배드민턴으로 자세 교

정도 하고 여러 스트레스도 날려버리고 있습니다. 속기를 하는 분들이나 속기사를 직업으로 하시는 모든 분께 강력히 권합니다. 속기사로 먹고살려면 '운동은 선택이 아닌 필수입니다.'

» Q. 현재 근무하시는 곳에 계시기 전에는 어떤 곳에서 경력을 쌓으셨나요?

3급 자격증을 취득한 후 협회 녹취팀에서 EBS교육방송 자막 입력하는 일을 프리랜서로 약 3개월 간 하였습니다. 그 당시 시청 인턴을 하면서 여유시간에 조금씩 한 일이라 경력이라고 하기에는 미미할지 모르겠습니다만, 기록 작성 시 유의사항을 숙지할 수 있었고 속기가 여러 방면에 활용될 수 있다는 사실을 간접 경험할 수 있었던 좋은 기회였다고 생각합니다.

속기 이외의 경력을 들라면, 속기를 접하기 전에 취업 준비를 하면서 법무사 사무실에 1년, 시청 및 도청 인턴사원으로 2년간 근무했던 경험이 있습니다. 비록 속기 업무와는 직접적인 관련은 없지만, 돌이켜 보면 지금 몸담은 조직에 빨리 적응할 수 있는 밑거름이 되었던 것 같습니다. 법무사 사무실에서 귀동냥으로 들었던 법 관련 용어들이 간혹 귀에 들릴 때마다 '내가 보낸 시간이 헛되지만은 않았구나'하는 생각도 듭니다.

» Q. 법무사와 시청 및 도청 인턴으로 근무했다고 하셨는데. 혹시 이 기관들은 어떻게 지원하시게 되었나요?

정확히 말씀드리면 법무사 같은 경우는 속기 공부를 하면서 다니던 곳입니다. 앞서 말씀드렸듯이 속기 공부를 시작하고 항상 일과 병행을 했습니다. 그중 한 곳이 법무사 사무실이었고, 시청 인턴으로 근무 중 최초로 한글속기 자격증 3급을 취득하였지요. 그 후 의회 속기사든 뭐든, 속기를 하기 위해서는 원주보다는 춘천이 적격이다 판단하여 도청 인턴으로 근무를 하게 되었습니다. 법무사, 시청 및 도청 등 해당 기관을 특정했다거나 미래에 도움이 되겠다는 생각보다는 그때 당시 속기 공부만 할 수 있는 여건도 아니었고 나이도 20대 중반을 넘어가는 시기였기 때문에 일을 해야만 하는 어쩔 수 없는 상황이었습니다. 그러다 보니 이곳저곳, 정말 이곳저곳을 전전하지 않았나 싶습니다.

» Q. 대학 전공이 법학이다 보니 아무래도 속기사 진출 분야 중에 법을 다루는 분야로 취업의 방향을 잡으신 것 아닌가 생각이 드네요. 많은 직업 중에 굳이 육군 군사법원을 지원하신 이유가 있나요?

결론부터 말씀드리면 육군 군사법원에 지원하게 된 가장 큰 이유는 그 무엇도 아닌 속기에 대한 절실함 때문이었습니다. 더 도약하기 위해 고향까지 떠나 잠시 정착한 춘천도청에서 인턴으로 근무기회가 있었는데 막상 속기 업무는 볼 수 없었습니다. 그런 날이 반복될수록 큰 회의감이 밀려들었습니다. 어렵게 속기 자격증을 땄는데 막상 속기 일을 할 수 없었으니 마음속에 속기사에 대한 '갈증'이 커질 수밖에 없었겠죠.

'그때는 정말 '속기사로서 일만 할 수 있다면 어디든지 상관없으니 불러만 주면 간다.' 이런 절박함과 절실함이 있었어요. 아주 단단히 각오하고 있었죠. 그렇게 아무 연고도 없는 춘천에서 생활한 지 딱 한 달쯤 지났을 때 우연히 육군 군사법원 공고를 보게 된 것입니다. 그런데 근무지가 강원도 원주라는 사실! '다시 돌아가야겠다.'는 생각이 들더라고요. 타지나 외지에서 고생스러운 마음이 생기면 제일 먼저 생각나는 게 내 고향, 내 집이잖아요. 역시 인생은 상황과 잘 맞물리는 타이밍의 포착 같아요. 전공은 법학이었어도 군이라는 기관에 대한 지식이 전무 했고, 그렇게 군사법원의 '군'자로 몰랐던 저였지만 '속기일'을 하고 싶다는 절실한 마음과 때마침 고향 원주 군사법원에서 공고가 났던 그 절묘한 타이밍과 상황이 현재 저를 이곳 군사법원 속기사로 있게 했습니다.

» Q. 처음에 속기를 시작하게 된 계기를 알려주세요.

제 나이 20대 초반에서 중반을 넘어가던 무렵에 '앞으로 무엇을 하면 좋을까?'라는 고민으로 하루하루를 보내다 우연히 인터넷을 통해 속기사라는 직업을 접하게 되었습니다. 속기를 배울 수 있는 곳이 있다기에 무작정 속기협회를 방문했죠. 협회 방문을 마치고 집으로 돌아오는 제 손에는 속기 키보드가 들려있었습니다. 아무 상의도 없이 고가의 장비를 덜컥 들고 왔다며 부모님께 핀잔을 듣기도 했지만, 젊은 나이의 무모함이었는지, 해보고 싶다는 도전 정신이었는지 그날을 계기로 시작하게 되었습니다.

» Q 고가의 장비를 '덜컥' 구매했다고 말씀하셨는데요, 그렇게 덜컥 결정하신 계기가 있나요? 혹시 그 결정에 화끈한 성격도 한몫하셨나요?

아, 화끈한 성격이라는 건 잘 모르겠고요, 아마 제 안의 여러 성격 중 하필 그때 지름신이 강림하지 않았나 싶습니다. 다시 회상해 보면 고가의 속기 키보드를 덜컥 구매하고 돌아오는 지하철 안에서 '으아, 내가 왜 그랬지….' 라는 후회가 한 가득이었습니다. 손에 들려 있는 속기 키보드를 계속 쳐다보면서 오는 내내 후회했죠. 좀 더 솔직하게 말씀드리면 부모님께 혼날 걱정이 가장 컸습니다.(웃음) 그때의 제 모습이 아직도 눈앞에 아른거리네요. 그런데 집에 가까울 무렵에 이왕 이렇게 된 거 '속기 아니면 안 되겠다, 해 보자, 어떻게든 되겠지.' 라는 무모함 내지는 젊은 패기가 있었던 것 같습니다. 그런 마음으로 부모님을 설득했죠. 희한하게도 상담 후 '속기사라는 것에 내 미래를 한번 걸어 봐도 되지 않을까.'라는 생각이 자꾸만 들었습니다.

» Q. 지금 사용하시는 속기계(키보드)를 선택한 이유가 따로 있었나요?

그 당시 디지털 시대에 발맞춰 나가겠다는 제 나름의 선택이었습니다. 제가 처음 속기를 시작하려고 할 때만 하더라도 속기 전통이나 경쟁력 측면에서 타 회사 장비가 월등하였습니다. 전통 있고 그 당시 많이 사용하는 속기계를 고를 것인지, 아니면 아직 사용자 수는 적지만 디지털영상속기로서 비전이 있는 속기계를 고를 것인지가 상당한 고민이었지요. 결론은 듣고 치기만 하는, 제 생각에 구시대적 속기계보다는 음성 및 영상 제어 등 디지털 기능이 있는 장비가 앞으로 실무에 꼭 필요할 것으로 생각했습니다.

» Q. 속기사님만의 특별한 공부방법이 있었는지 궁금합니다.

속기 공부를 하면서 제일 저를 힘들게 했던 것은 바로 공부시간이었습니다. 솔직히 이것도 핑계입니다만, 항상 일과 공부를 병행해야 했기에 타인보다 자격증 취득 기간이 상당히 길다는 점이 무엇보다 힘들었지요.

» Q. 전공인 법학에 대한 미련은 남지 않았나요? 혹시나 그런 감정들이 불쑥불쑥 올라올 때는 어떤 방법으로 극복해서 속기 공부에 매진하셨는지 궁금해요.

위 질문에 답변하기 위해 보잘것없는 저의 20대에 대해서 조금은 설명해 드려야 할 것 같습니다. 20대 초반 대학교 진학 후 제가 전공한 과목은 중어중문학과였습니다. 중어중문학이 저와 맞지 않았던 이유도 있었겠지만, 개인적인 사정으로 인하여 중어중문학 전공을 접고 한동안 공무원 시험에 매진했었습니다. 물론 열심히 공부하지 않았습니다. 아마 그때 조금만 더 열심히 공부했으면 어떻게 됐을지……. (웃음) 그런데 공무원 시험도 제 실력으로는 여의치 않을 것 같다는 확신이 들자 한동안 방황했습니다. 그러다 우연히 알게 된 것이 속기이고요.

인터넷에서 얻은 짧은 정보로 무턱대고 속기협회를 방문한 후 고가의 장비를 덜컥 들고 온 이후부터가 제 인생의 새로운 시작이었는지 모릅니다. 집안 사정이 여의치 않아 각종 아르바이트를 하면서 속기 공부를 하게 되었지요. 그렇게 20대 중반이 넘어가며 취업 후 장래를 위해서라도 대학교를 졸업해야겠다는 생각이 들었고, 그때 전공하게 된 학문이 법학이었습니다. 전공이기는 하지만 살짝 발을 담근 정도라고 할까, 뭐 암튼 그렇습니다.

그래도 군사법원에서 근무하다 보니 당시 전공했던 법학이 속기 업무를 하는 데 많은 도움이 되는 것은 사실입니다. 어떤 분야건 그 분야에 대한 지식이 많을수록 잘 들리는 법이니까요. 법학 때문에 속기 취업 분야를 군사법원으로 택한 것은 아니고 속기사로 취업을 하게 되면 도움이 될 만한 분야가 그래도 법학이 아닐까 하는 생각에 속기를 시작한 후 법학을 전공하게 된 케이스라고 보시면 될 것 같습니다. 그렇기 때문에 전공과 다른 이외의 것을 시작하는 것에 대한 아쉬움은 전혀 없었습니다. 다만 앞서 말씀드린 바와 같이 속기 일을 하고 싶은데 그것을 하지 못한 갈증이 더 컸을 뿐입니다.

» Q. 속기 자격증 외에 추가적인 이력이나 경력을 위해 어떤 노력을 하셨는지 혹은 타 분야의 자격증도 소지하고 계시는지 궁금해요. 그리고 이것은 채용 시 어떤 이점을 가져다주었나요?

한글속기 외에 속기협회에서 취득할 수 있는 실시간속기 및 수사속기 자격증, 워드프로세스 등 일반적인 자격증 외에 특별한 자격증은 없습니다. 저의 경우 자격증보다는 다방면에서 근무한 경력이 긍정적인 요인으로 작용한 측면이 큰 것 같습니다.

» Q. 취업을 앞둔 후배들을 위해 면접 노하우 좀 알려주세요.

자신감! 저는 이 한 단어로 압축할 수 있을 것 같습니다. 너무 뻔한 대답 아니냐고 하실지 모르겠지만, 저만의 면접 노하우를 조언한다면 자신감을 가지라고 말씀드리고 싶네요. 사실 제가 군사법원 면접을 준비할 당시에는 군 조직에 대해 잘 알지 못했고 법원에서 일한 경험도 전혀 없었기 때문에 응시한 곳의 정보 및 자료 수집 등의 면접 준비부터 상당히 어려웠습니다. 결국, 충분히 준비를 못한 채 면접날이 다가왔습니다. 하지만 면접 대기실에서 다른 대기자들을 보고 다들 상황이 저와 비슷하다는 것을 깨달았죠. '아직 희망이 있구나! 해볼 만하겠다'라는 마음가짐으로 면접에 응했던 기억이 납니다.

» Q. 그래도 예상치 못한 당황스러운 면접 질문 한두 가지는 꼭 있지 않을까 싶은데요. 앞으로 면접장에서 이와 같은 상황을 겪을 후배들에게 귀중한 조언 한번 부탁드립니다.

우선 '어떤 상황, 어떤 질문이 나에게 닥쳐도 당당함을 잃지 마세요.'라고 말씀드리고 싶어요. 너무 추상적인 답변이지만 저 같은 경우는 정말 그랬습니다. '나는 꼭 붙을 거야.'라는 마음가짐으로 혹시 모르는 질문이 나와도 표정 관리에 최선을 다했죠. 너무 당황해하면 왠지 이 게임에서 내가 지는 것 같고, 오히려 그런 상황에 대응하는 태도를 면접관님들이 더 집중하시는 것도 사실인 것 같아요.

그런데 당당함은 아무 노력 없이 생기는 게 아니잖아요. 저는 면접 준비를 하면서 최대한 말을 자연스럽게 하려고 여러 노력을 했습니다. 거울을 보며 표정, 눈빛 등을 체크하면서 제가 수집해 놓은 예상 질문 100개 정도에 스스로 답변하는 훈련을 했습니다. 답변을 자연스럽게 할 수 있을 때까지 외우고 연습했습니다. 아마 이런 노력이 뒷받침되었기에 면접장에서 당당할 수 있지 않았을까 조심스레 생각해 봅니다.

» Q. 권윤주 속기사님의 인생에 속기란 어떤 의미인가요?

'속기는 나에게 과거이자, 현재이자, 미래이지 않을까' 생각합니다. 20대 초반에 속기사라는 직업에 대해 알고는 고가의 장비를 덜컥 구매했고, 20대 중반에는 일과 속기 공부를 병행하며 1년이면 취득할 수 있다는 자격증을 몇 년이 지나도 3급조차 취득하지 못했던 장수 수험생이 되었죠. 20대 후반에 한글속기 자격증 3급을 우여곡절 끝에 취득하였으나 속기와는 별개의 일을 하다 회의감을 느끼며 '속기 관련 일을 할 수만 있다면, 나를 속기사라고 불러주는 곳에서 있을 수만 있다면'이라는 절실함과 간절함으로 시간을 보냈습니다. 그리고 드디어 28살이 끝나가던 12월 겨울의 어느 날 육군 군사법원 최종 합격 통지를 받고, 20대의 마지막 해인 29살 1월에 잊지 못할 첫 출근을 했습니다. 30대 중반을 넘어가는 지금도 전 계속 도전을 진행 중인 속기사입니다. 속기란 나에게 있어 과거의 힘든 터널을 빠져나올 수 있게 해준 희망이고, 현재의 나이며, 미래의 나를 변화시켜 줄 존재 그 자체입니다. 앞으로 언젠가 육군군사법원 속기사로서 책을 한 번 내보고 싶다는 소망도 있습니다.

» Q. 좋은 생각이세요. 권윤주 속기사님의 책이 발간된다면 다방면의 속기사들을 후임으로 맞이하실 수 있지 않을까 싶네요. 예비 속기사분들도 대환영이실 것 같습니다. 권윤주 속기사님은 어떤 계기로 책을 써야겠다는 생각을 하셨는지 궁금해요.

손효진 속기사님과 비슷한 마음이지 않을까 싶습니다. 저도 처음에 속기에 대한 정보가 너무 없어서 많이 힘들었습니다. 요즘에야 다방면에 진출한 여러 분야의 속기사님들을 뵐 수 있지만, 제가 처음 속기협회를 방문했을 때만 해도 현직 속기사님을 뵐 기회는 쉽지 않았습니다.

또한, 저는 속기를 시작한 이후의 삶이 순탄치만은 않았습니다. 육군 군사법원에 취업한 이후에야 자리를 잡았지만, 그 전까지의 삶은 산전수전, 육탄전, 나름 진흙에서 굴러보고 그랬습니다. 이렇게 취업 때문에 마음고생을 해봤기에 제 이야기를 들려드려 보고 싶었습니다. 그러면 이제 속기를 준비하시는 분들에게 조금이나마 위안이 되지 않을까, 조심스럽지만 도움을 드리고 싶은 마음이 큽니다. 더불어 후배 속기사님들 및 후임 속기사들께 육군군사법원 업무 가이드라인이라든지, 정보를 담아드리고 싶습니다.

» Q. 마지막으로 속기를 시작할 예비 속기사들에게 한 말씀 부탁드립니다.

제가 처음 군사법원에 들어와서 일을 시작할 무렵 저는 한글속기 3급 자격증 소지자였습니다. 솔직히 가끔 업무를 하면서 '내가 3급 밖에 없으니 다들 나의 실력을 의심하면 어쩌지?'라는 마음이 없었다고 한다면 거짓말이겠지요. 하지만 몇 년이 지난 지금 돌이켜 보면 모자란 부분은 채우면 되지만 그 당시 저에게 3급이란 자격증조차 없었으면 서류 지원조차 못했을 것입니다. 저는 기회조차 얻지 못했을 것이며, 지금의 저도 없었을 것입니다. 제가 드리고 싶은 말씀은 실력도 중요하고 경력도 중요하지만, 조금씩 준비하고 나아간다면 기회는 반드시 언젠가 온다는 것입니다.

속기사무소 대표 **방지원**

〈속기사무소 '지원' 방지원 대표〉

1. 나이: 32세
2. 성별: 여
3. 학력: 고졸
4. 속기경력: 4년
5. 근무처: 속기법인 '지원(G1)' 대표이사

» Q. 여러 기관에 계신 속기사님들 가운데 대표님 섭외가 가장 어려웠습니다. 많이 조심스러워 하셨잖아요. 이유를 들어볼 수 있을까요?

괜히 미안한 마음이 드네요.(웃음) 그런데 사무소는 제 개인의 생각만 가지고 운영되는 곳이 아니기 때문에 직원들의 의견 또한 중요했어요. 이 인터뷰가 나가면 어떤 여파가 있을지, 긍정적인 시선일지 혹은 부정적인 시선일지에서부터 '왜 속기사가 책을 쓰지?'라는 의문에 이르기까지 생각이 많이 들었습니다.

그런데 손 속기사님과 사전에 문자를 주고받으면서 나누었던 이야기들을 직원들과 상의한 결과 '새로운 도전'이라는 생각이 들었기 때문에 인터뷰를 승낙하게 되었습니다. '본의 아니게' 시간을 조금 끌었던 점은 양해 부탁드려요.

» Q. 주로 하시는 업무는 무엇인가요?

속기사무소를 운영 중이며, 증거 녹취록, 회의록, 현장속기를 주로 하고 있습니다.

» Q. 속기를 시작하게 된 계기를 알려 주세요.

안정적인 직장을 다니고 싶어 처음에는 공무원을 목표로 속기사란 직업을 선택했습니다.

» Q. 공무원을 목표하시다가 어떻게 바로 사무소 창업을 하신 것인지 궁금합니다. 무슨 계기가 있었나요?

사실 자격증 취득하고 첫 직장에 근무하면서 짧은 시간이었지만 '속기사로서 진짜 내 일을 해보고 싶다.' 이런 생각이 간절히 들었습니다. 물론 법원이나 국회 등 '기관'을 염두에 두고 있었던 것도 사실이었지만, 한두 번의 면접 후 이내 드는 생각은 '과연 내 개성이나 특기를 잠시 접어두고 내가 하나의 룰에 따라 잘 나아갈 수 있을까?'였습니다. 큰 기관에 맞물리는 작은 톱니 혹은 어떤 중요한 부품이 되는 것도 중요하다고 생각했지만, 나는 내가 잘할 수 있는 '속기'라는 것에 '도전'을 얹어 아무나 가질 수 없는 정말 '나만의 것'을 만들어 봐야 하겠다는 생각을 했습니다. 그래서 내린 결론이 바로 속기사무소 창업이었습니다.

» Q. 많은 속기사무소가 있지만, 속기법인은 대표님 운영하시는 '지원(G1) 한군데인 것 같아요. 법인과 일반사무소는 어떤 차이가 있나요? 규모나 법적 권리 행사에 있어 차이가 있는 것인지 궁금해요.

일단 속기 법인이 저희 사무실 하나만은 아니에요. 속기법인 찾아보시면 여러 군데 더 있습니다. 제가 속기사무소를 법인화한 이유는 일단 첫 번째 '법인'이라는 상호가 붙게 되면 고객들에게 더욱 신뢰가 높아질 것이라 생각했습니다. 또한, 회사가 법인으로 운영이 되면 녹취록 외에 다양한 사업 영역을 확장할 수 있거든요. 아직 구체적인 계획은 말씀드릴 수 없지만, 우리 '지원'은 녹취 및 회의록을 비롯해 좀 더 발전적인 방향으로 사업 영역을 확장할 생각입니다.

그렇기 때문에 일반 속기사무소 때와는 다르게 좀 더 체계적인 업무를 수행하려 노력하고 있습니다. 직원들 모두 그 타이틀에 버금갈 수 있도록 긴장을 늦추지 않고 업무에 매진하고 있습니다. 그래서 조금씩 더 규모가 커지고 있는 것도 사실이에요. 그래서 처음에는 '속기법인 지원'이었으나 지금은 지원(G1), 즉 'Go First'의 의미를 법인이라는 상호 안에 담아내기 위해 다방면으로 노력하고 있습니다.

» Q. 블로그 운영을 참 잘하시는 것 같아요. 제가 보기에는 대단한 운영 노하우 같기도 한데요. 이것 말고도 사무소 운영에 있어 대표님만의 노하우가 있나요? 녹취록이나 회의록을 지속해서 의뢰받기 위한 팁이 있다면요?

블로그 운영에서는 최대한 의뢰인들, 즉 일반인들이 '다가오기 쉽게 하자'는 취지가 있었기 때문에 좀 더 큰 노력을 기울였습니다. 다양한 소송 건을 기록해야 하는 '녹취'의 특성상 대부분 요금표와 의뢰 방법 등 딱딱한 방법으로 인터넷에 정보가 게재된 것을 발견하고 저는 생각을 조금 달리했습니다. 이러한 녹취록들 또한 일상에서 벌어지는 일들이니 의뢰인들이 녹취록을 들고 오실 때 발걸음이라도 좀 가볍게 만들어 드리자는 취지였습니다. 다루는 내용이 가볍지 않고 기분 좋은 일들은 아닐 테니 저희 사무실 문 앞에 오시는 과정까지는 조금 그 짐을 덜어드리자는 생각이 있었습니다. 그래서 가끔은 중요한 법적 정보를 다루는 글도 쓰지만, 일상적인 변화들, 맛집, 여행, 문화생활 등등의 글들을 많이 올리고 있습니다. 또한, 저희 지원(G1) 직원들 모두가 함께 운영하기 때문에 공감대 형성이 더 잘되는 것 같다는 생각이 듭니다.

» Q. '변호사가 직접 감수하는 속기사무소'라는 타이틀이 참 인상 깊어요. 뭔가 신뢰감이 더 강하게 느껴진다랄까요? 변호사님이 봐주시는 감수는 어떤 장점이 있는 걸까요?

혹시 어떤 일 때문에 상대에게 녹취를 진행해 본 적이 있으세요? 이 행위는 어쩌면 살면서 한번 겪을까 말까 한 일이에요. 그런데 막상 그런 일이 내 앞에 벌어지면 이 녹취는 재판에서 중요하게 쓰이는 증거자료이기 때문에 중요한 포인트를 잡아내야 합니다. 저희가 1차적으로 녹취록 업무를 진행하며 필요한 부분, 불필요한 부분을 걸러내게 되는데 애매한 부분이 있다면 저희와 연계된 로펌 변호사님께 직접 부탁드려서 소송에 유리한 포인트가 될 만한 부분에 대한 조언을 구하고 있습니다.

또한, 각 소송마다 의뢰인이 선임한 변호사님이 계시는데, 가끔은 국선변호사나 개인소송을 하시는 분들이 있습니다. 그럴 때 이런 분들이 녹취록 부분에서는 세세한 도움을 받지 못하는 경우를 많이 봤기 때문에 지인 변호사님들께 부탁드려서 해당 녹취 건에 필요한 부분을 발췌해 드리는 등의 도움을 드리고 있습니다. 법을 제일 잘 아는 변호사님께서 감수를 봐주시기에 의뢰인들에게 더 큰 신뢰감을 주는 것도 사실이고요.

거기에 더해 법정 요금표에 나와 있는 녹취록 요금이 가히 적은 액수가 아니에요. 그래서 전체 녹취록을 진행하는 것은 의뢰인에게 큰 경제적 부담이 되죠. 소송도 골치 아픈데 녹취록 요금까지 많이 들어간다면 더 상심이 크시겠죠? 그 때문에 이런 과정을 거치고 있습니다.

» Q. 대표님은 타인을 위한 배려를 굉장히 중요하게 생각하시는 분 같아요.

아, 그런가요.(웃음) 제가 사무소 창업할 때 가장 중요하게 생각했던 부분이 바로 '배려'였습니다. 사무소가 저를 비롯한 직원들의 생계를 유지하기 위한 하나의 수단이기도 하지만, 그 수단을 올바르게 지켜

나가자, 그러기 위해서는 나를 따라주는 직원들 그리고 의뢰인들에 대한 배려를 지키며 올바르게 커 나가자 하는 목표, 지향점이 있었습니다.

» Q. 대표님의 마인드가 남다르시니 앞으로 계속 더 번창하실 것 같아요.

네. 감사합니다. '초심'을 잃지 않기 위해 노력 중입니다.

» Q. 대표님, 녹취와 도청의 차이에 대해 알려 주세요.

녹취와 도청의 차이는 간단합니다. 녹음된 음성에 '나 자신'이 들어가느냐, 들어가지 않느냐의 차이입니다. 녹음할 때 상대방에게 녹음한다고 알려줄 의무는 없습니다. 내가 원하는 답변을 들어야 하니까요. 하지만 나와 다른 사람들을 녹음하는 것은 불법이 아니지만, 자신이 함께 있지 않은 자리에서 다른 사람들의 음성만 녹음하는 것은 도청이며, 이게 바로 불법에 해당합니다.

» Q. 그렇다면 소송에서 유리한 녹취록이란 어떤 건가요? 상대에게 대화를 유도하는 방법이 있을까요?

소송에서 녹취록이 증거로서 유리하게 작용하게 하기 위해서는 '정확한 음질'이 가장 중요합니다. 요즘 스마트폰에는 통화녹음이라는 게 다들 있지 않습니까? 통화녹음을 하실 때는 조용한 곳에서, 핸드폰이 잘 터지는 곳에서 녹음하시는 게 가장 좋은 방법이고요. 전화가 아닌 녹음기, 핸드폰 녹음 앱을 통해 녹음하실 때도 대화하시는 데 무리가 없는 장소를 택하는 것이 중요합니다. 주변 소음 때문에 음질이 안 좋게 녹음된다면 아무리 차분하게 대화를 이끌어내셨다 할지라도 막상 결과물이 '지지직' 거리는 잡음으로 들려서 중요한 말이 흐려지게 되거든요. 그러니 가방이나 주머니 등에 넣어서 녹음하시지 않는 것이 좋은 방법이에요.

또한, 녹음하실 때는 티 나지 않게 원하는 답변을 유도하시는 것도 중요합니다. 너무 직설적으로 물어보면 상대방이 '아, 녹음하고 있구나.'라고 알아차릴 수 있기 때문에 살짝 돌려가며 말씀을 하셔야 의심을 사지 않을 수 있습니다.

그리고 녹음을 너무 의식하셔서 말투가 갑자기 어색해지거나 혹은 원하는 대답이 나오지 않아서 막 화내시고 흥분하시는 경향이 있는데, 이럴 경우에는 본인이 유도할 대화를 종이에 적어서 차분히 말씀해 나가셔야 음질도 좋아지고, 상대방에게 긍정적인 대답도 얻을 수 있는 것 같습니다.

» Q. 녹취록 작성 시 애로사항이 있다면 어떤 부분이 있을까요?

속기사는 음성 파일에서 들리는 음성만으로 녹취록을 작성하기 때문에 들리지 않는 것은 기록하지 않습니다. 다만, 가끔 의뢰인분들께서 들리지 않는 부분을 가지고 오셔서 '이렇게 말했다.' 그러니 '적어 달라.'고 하시는 경우가 있는데 그것은 일종의 '편집'에 해당하기 때문에 해드리지 않고 있습니다.

» Q. 사무소 창업 혹은 운영 시 에피소드나 기억에 남을만한 일이 있을까요?

제가 처음 사무소를 창업할 때 운영에 앞서 어떻게 하면 '사무소를 홍보할 수 있을까?' 이 부분이 가장 난제였습니다. 그래서 저는 정말로 직접 단팥빵을 들고 영업을 하기 시작했는데요. 달리 생각할 겨를이 없었습니다. 그래서 직접 변호사 사무실, 로펌 등을 찾아가며 거래처를 늘리는 과정 중에 잡상인 취급도 당해봤고, 또 문전박대까지는 아니지만, 그 빵 하나를 전하기 위해 오랜 시간 서성이며 기다리는 등 '기다림의 미학…. 음, 기다림의 절망'이라고 해야겠네요.(웃음) 그런 일들을 많이 겪어봤습니다. 그래도 시간이 지나 차츰 제 노력이, 그 간절한 마음이 전해졌는지 지속해서 녹취록 의뢰도 들어왔고요. 그렇기에 저는 아직도 거래처 간식을 챙기고 있습니다. 또한, 이렇게 짧지 않은 시간에 사무소 규모도 늘리고 운영유지도 해갈 수 있었던 이유는 저와 처음부터 함께 합을 맞추고 힘을 더해준 김소연 팀장님이 있었기에 가능한 일이었어요.

» Q. 아, 그러게요. 인터뷰를 승낙하실 때 김 팀장님과 같이 인터뷰를 하고 싶다고 청하셔서 조금 놀랍기는 했습니다. 보통 대부분의 대표님은 자신을 선보이기 위해 단독 컷, 단독 샷 이렇게 드러나기를 원하잖아요. 그런데 김 팀장님 이야기를 들었

을 때 어떤 에피소드가 있었을까 궁금했습니다.

우리 김 팀장님은 저와 같은 속기사였고, 제가 처음 속기 사무소 직원으로 뽑은 사람이었습니다. 혼자 영업하며 다닐 때 사람에 대한 상처도 생기고 그렇게 마음 달랠 곳이 없을 때 김 팀장님이 옆에서 많이 다독여 주었습니다. 또한, 운영 면에 있어서도 참 센스가 있어서 의뢰인 상담 및 업무 추진, 직원 근태 관리 등을 도맡아 함께 해준 동료입니다. 직함이 팀장이지만 제 마음속에는 우리 사무소 G1의 No.1입니다.

» Q. 그러면 이쯤에서 김 팀장님의 얘기를 안 들어볼 수 없겠는데요. 팀장님이 바라보시는 방지원 대표님은 어떤 사람인가요?

김소연 속기팀장: 저희 대표님께서 하시는 과찬의 말씀을 계속 듣고 있자니 제가 다 몸둘 바를 모르겠습니다. 저 또한 저를 속기사로서 잘 이끌어 줄 수 있는 회사를 원했고 그렇게 올바른 마인드의 대표님을 만났기에 지금까지 쭉 함께해 올 수 있었던 것 아닌가 생각해 봅니다. 참고로 저희 대표님 야근 없고요, 야근하게 되면 수당 꼭 챙겨주십니다. 그리고 미인이시잖아요. 같은 여자 입장에서 볼 때 '외모만큼 일도 똑 부러지게 한다.' 그런 모습을 많이 보여줬어요. 직원으로서 가질 수 있는 상사에 대한 확신이죠. 배워갈 게 많은 사람인 것 같다는 생각을 늘 하게 만드는 분입니다.

» Q. 너무 칭찬만 하셔서 제가 훼방 좀 놓아야겠어요. 저 오늘 10분 지각했는데, 혹시 김 팀장님 지각한 적 한 번도 없으세요?

네. 단 한 번도요. 그래서 더 신뢰가 가요.

» Q. 아…. 망했네요. 괜히 제 이미지만 더 깎아 먹었고요.

저는 사무소 운영하면서 의뢰인이 많아지고 수입도 좋아지고 하는 과정이 모두 '내 역할이었다.'라고 절대 못할 것 같아요. 제가 인덕이 많아서인지 우리 직원들로 인해 제가 커나갈 수 있었다고 말씀드릴 수 있을 것 같아요. 그렇게 저도 커나가면서 우리 직원들도 함께 커나갈 수 있는 '윈-윈'을 늘 강조합니다. 그래서 수입도 모두 공개하고 있어요.

» Q. 대단하시네요. 그래도 이 인터뷰에서는 공개 안 하실 거죠?

네. 직원들 모두 회의한 결과 정확한 수입은 공개 안 하는 것으로.(웃음) 그냥 운영되고 있다, 시작 초기보다는 조금 더 이득이 발생하고 있다, 이렇게만 말씀드릴게요.

» Q. 현직 속기사로서 느끼는 보람은 어떤 것이 있을까요?

녹취록을 증거로 제출하고 의뢰인께서 승소하였다는 연락을 받았을 때, 그리고 음질이 좋지 않았으나 청취 불가능한 부분이 거의 없게 작성하였을 때 뿌듯합니다.

» Q. 이제 마무리 질문을 드릴게요. 사실 30대 중후반, 혹은 이직을 생각하시는 분들, 주부 혹은 경력단절 여성들께서 자격증을 취득하고 난 뒤 창업을 생각하시는 경우가 많다고 들었어요. '창업을 희망하는 예비 속기사'들에게 한 말씀 부탁드려요.

사실 이 대답을 하기까지 제일 많이 고민했던 것은 사실이에요. 속기사라는 특정 분야뿐만 아니라 원래 창업은 절대 쉽게 접근할 수 있는 부분이 아니라고 생각해요. 그렇기 때문에 제가 자리 잡기까지 3년 남짓이라는 시간이 걸렸지만, 선뜻 '해보라, 하지 말아라.'라고 답변 드릴 수는 없을 것 같았거든요.

우선 속기사라는 이 일이 자신에게 '평생직장이 되었으면 좋겠는가?'라는 고민을 마음속에 먼저 해주시고 또 결론적으로 녹취사무소 창업을 생각하셨다면 주변에 오랜 노하우와 경험을 가진 사무소 소장님들을 많이 만나 뵙고 조언을 구한 후에 실행하시는 것도 좋은 방법의 하나라고 생각해요. 저희 사무소가 위치한 서초동만 하더라도 녹취사무소도 정말 많거든요. 그렇기에 창업을 하심에 앞서 자기만의 색깔을 지닌 영업방법도 구축하셔야 하고요. 저는 '빵'이라는 컨셉을 가지고 창업 초기 홍보에 나섰지만, 여러분은 여러분만의 또 다른 무기가 있어야 한다고도 생각합니다. 남의 것을 그대로 베껴 따라 하는 것은 결국 내 것이 아니기 때문에 받아드리는 사람이 다 알아채요. 사무소는 기본적으로 갖춰야 할 속기 실력 외에 본인이 가진 영업력도 굉장히 중요하거든요. 그 수단을 무엇으로 할 것인가에 대한 고민을 좀 해보셔야 하지 않을까 감히 조언 드리고 싶어요.

사실 '빵' 컨셉을 누군가 벤치마킹하면 어쩌지? 라는 고민도 많이 했었는데, 손 속기사님께서 그러시더라고요. '맛집 레시피 다 공개해도 절대 그 맛 그대로 못 따라간다고요.' 왜냐면 그 주인 특유의 손맛 때문이라고……. 그 말에 힘입어서 영업 노하우 더 당당히 공개할 수 있었던 것 같습니다.

속기 창업을 생각하시는 많은 분들, '이 길이 정말 내가 원하는 길이다. 그 마음이 너무 간절해서 잠을 못 이룰 정도다.'라는 생각이 끊이지 않는다면 제가 우려하고 말릴 하등의 이유는 없습니다. 그렇다면 정말 주저 말고 도전해보세요. 그건 이루고 싶은 '꿈'이니까요. 그런 다음에 꼭 후회 없는 결과를 얻어내시기를 바랍니다. 그렇게 모두 건투를 빌어요!

문체부 속기감수 **변은섭**

1. 나이: 38세
2. 성별: 여자
3. 속기감수 경력: 꽉 찬 4년
4. 소속: 문화체육관광부 홍보협력과
5. 업무: 속기록 감수

〈문체부 홍보협력과 속기감수 작업모습〉

» Q. 그동안 저를 비롯한 정책브리핑 속기사들의 속기록 감수를 완벽히 봐주셨기에 우리 모두 선생님을 믿고 열심히 전 부처를 상대로 실시간 속기 서비스를 제공할 수 있었던 것 같습니다. 그런 선생님의 인터뷰를 진행할 수 있게 되어 너무 기쁩니다. 우선 해 오신 업무에 대해 간략하게 소개 부탁드립니다.

제가 일하는 문체부 e-브리핑 시스템에서는 정부의 부처, 청, 위원회 등의 소관 브리핑들이 실시간 혹은 녹화로 방송되고 있어요. 이 시스템은 여타 방송과는 달리 동영상뿐만 아니라 속기 서비스가 실시간으로 제공되고 있고요. 여기에서 저는 속기사님들이 작성한 속기록을 감수하는 일을 맡고 있답니다.

» Q. 속기 감수자가 되시기 전에 유명 방송국 뉴스 PD를 하셨다고 들었어요. 그때 주로 뉴스자막 제작 및 큐사인 등을 지시하셨다고 알고 있는데요, 멋진 이력이라는 생각이 들어요. 후에 어떻게 속기를 알게 됐고, 속기록 감수자의 자리로 이직하게

되셨는지 궁금합니다.

뉴스를 진행하면서 뉴스 PD가 유념해야 하는 일 중의 하나가 바로 '오타가 방송자막으로 나가지 않도록 하는 일'이라고 할 수 있는데요, 아무래도 생방송으로 진행되는 뉴스이다 보니 순발력이 필요한 때가 정말 많았습니다. 특히 속보를 중계하는 생방송 뉴스는 정말 변수가 많거든요. 그런 업무를 해오며 이 순발력도 아는 게 있어야 길러진다는 것을 뼈저리게 느꼈습니다. 그렇기에 저는 업무를 진행하며 자막 오타와 관련한 방송사고를 방지하기 위해서 평소에 한글에 대해서 많은 관심을 갖고 공부를 해야 하는 날들이 많았어요.

그러다 어느 날 우연히 사람들의 음성을 딜레이 없이 실시간으로 기록하는 '속기사'에 대해 알게 되었습니다. 그래서 더 많은 관심을 갖게 되었고요. '아, 속기사 정말 매력 있네?'라는 생각을 품고 있던 차에 문체부에서 속기록 감수자 채용공고를 보게 되었습니다. 그때의 관심이 확신으로 바뀌며 주저 없이 바로 지원할 생각을 했는지도 모르겠어요. 제가 했던 일이 어쩌면 속기록 감수를 하기 위한 하나의 과정이지 않았을까, 그래서 속기사분들과 이렇게 짧지 않은 시간 협업하며 일을 진행하고 있는 것이 아닐까 짐작해 봅니다.

속기록을 감수하면서 느꼈던 가장 큰 매력은 속기록 초안이 제 손을 거치면서 완전한 사실에 입각한, 완벽한 정부의 문서로 기록된다는 것이었어요. 우리 속기사분들은 브리프 말의 속도에 맞춰 그대로 실시간으로 신속 정확하게 송출하면서 현장에서 큰 희열을 느끼고 계시지만, 저는 남들이 끝까지 알아내지 못한 용어나 단어들을 찾아내 100% 완벽한 속기록으로 채워나가는 기쁨이 은근 짜릿하답니다. 가끔 이런 '구멍'들을 열심히 메우기 위해 이어폰을 너무 귀에 꾹 눌러서 아프기도 하지만요. 그래서 제 이어폰의 수명은 그다지 길지 않답니다. 비록 이어폰은 빨리 닳지만, 그로 인해 남겨지는 정부기록물의 완성도가 높아진다고 생각하니 뿌듯하고 보람 있습니다. 어려운 퍼즐, 마지막 한 조각까지 다 끼워 맞췄을 때의 기쁨이랄까요.

» Q. 속기사들은 들은 대로, 들리는 대로, 눈과 귀와 손이 삼위일체가 되어야 신속 정확한 기록을 생산할 수 있다고 합니다. 이것은 아마 모든 속기사가 공통으로 갖춰야 할 기본 소양이라고 알고 있습니다. 빠르게 기록한다는 것을 제외하면 감수자 또한 눈과 귀와 손이 삼위일체가 되어야 하는 점에서는 뜻을 같이하는 것 같은데요. 그렇다면 거기에 더해 속기록 감수를 하기 위해서는 어떤 능력과 소양이 더 있어야 할까요?

속기사들의 눈과 귀와 손에 조금의 정교함과 정확함을 추가한다고 생각하면 될 거 같네요. 더불어, 한 번 들어서 안 들린다 싶으면 10번, 20번 듣고 무슨 말인지 끝까지 찾아내겠다는 강인한 의지가 더해진다면 금상첨화겠죠. 잡음 속에 감춰진 진짜 단어, 사투리와 어눌한 음성 속에서 헤어 나오지 못한 문장들에게 구명조끼를 던져주는 심경으로 작업에 임하는 것이 감수자의 덕목이자 소양이라고 생각해요.

우리 속기사분들이 가끔 모호한 부분이나 들리지 않는 부분을 최대한 잡아주시다가 급한 브리핑이 생기면 '***'로 표기해서 초안을 보내주시는데요. 그때 전용 채팅창에 '선생님 별 좀 잡아주세요.'라고 합니다. 그러면 저는 주저 없이 그 별을 따내기 위해 날개를 장착하곤 하죠.

» Q. 맞아요. 저도 가끔 속기록 완본을 보면서 '아…, 이거 어떻게 찾아내셨지?' 하면서 깜짝 놀랄 때가 참 많았습니다.

훗, 저 별 따는 여자예요.

» Q. 문체부 속기사들 자랑 한번 해주세요.

네. 준비된 답변 바로 들어갑니다.(웃음) 처리해야 할 브리핑의 양이나 질에 상관없이 묵묵히 본인들의 일을 해 나가는 점을 칭찬하고 싶습니다. 주말이든, 별도 달도 잠든 새벽이든, 브리핑이 생기면 언제라도 작업 완료한다는 마음으로 일하는 그 '책임감'이 정말 대단하다고 생각합니다.

» Q. 속기록 감수 보실 때 어떤 애로사항이 있나요? 그리고 어떤 속기록이 마음에 쏙 들고 어떤 속기록이 작업하기 힘드신가요? 내던져버리고 싶은 속기사의 속기록이란?

정부 부처의 특성상 일이 한 번에 몰릴 때가 있는데요, 예를 들면 업무보고 시기라든지 메르스나 광우병같이 국가적으로 큰일이 벌어졌을 때는 업무량이 대단히 급증할 수밖에 없어요. 우리 속기사들도 단시간에 많은 일을 처리하다 보면 속도나 정확도가 떨어지게 되죠. 아무래도 집중력이 떨어지니까요. 이런 집중력 떨어져 있는 속기록이 그대로 날라 왔을 때 감수자의 입장에서는 조금 애로사항이 있죠. 채워 넣어야 할 구멍, 그렇게 따야 할 별들이 엄청 많아지니까요.(웃음) 이런 속기록은 받자마자 아주 가끔은 속으로 어디론가 확 던져버리고 싶기도 한 것이 사실이에요.

» Q. 속기 감수자가 바라본 속기록, 무엇이라고 정의할 수 있을까요?

개인적으로 지나온 어제, 그리고 정면으로 다가온 오늘이 올바르게 기록되어야만 앞으로 다가올 대한민국의 미래가 바로 선다고 생각합니다. 역사적으로 보면 '사관'이 오늘날에 속기를 작성하는 속기사들과 비슷하지 않을까 싶어요. 사관이 기록한 내용을 '지우라'는 왕의 말까지도 '기록했다'는 것에 꽤 감동을 받은 적이 있어요. 지금 우리가 하는 속기록도 그런 것이 아닐까 싶습니다. '맞다, 틀리다'와는 별개로 사실 그대로를 적어놓은 우리의 기록들이 훗날 우리가 살아간 시대를 평가하는 중요한 자료가 되리라 생각합니다.

» Q. 속기록 즉, 정부 기록물을 감수하시는 업무를 수행해 오시며 갖게 된 선생님 만의 자부심이 있나요?

짐짓 자화자찬이 될 수 있으니 짧게 대답해 보렵니다. '내가 감수하는 속기록 하나하나가 내가 살아간 시대의 정부 기록물로 남는다는 사실'

» Q. 넘나 멋져요.

속기사님, '너무나'라고 바르게 표현해 주실래요?

» Q. 아, 네네.(웃음) 그렇다면 이제 막 들어온 신입 속기사들이 하는 실수, 혹은 오래 근무한 속기사라고 할지라도 고치지 못하는 실수가 있다면 어떤 것들이 있나요?

실수라기보다는 속기 자판에 한 번 잘못 입력해놓은 단어를 무의식적으로 계속 쓰는 것 같아요. 띄어쓰기가 두 번 되어있다든지, 문장부호가 연달아 붙어있다든지 해도 의식하지 못하고 계속 사용하는 경우를 종종 본 거 같아요. 혹시 저만의 착각일 수도 있고요.

» Q. 이건 너무 제 이야기 같아서 바로 다음 질문으로 넘어가 보겠습니다. 속기사로서 맞춤법, 띄어쓰기, 외래서 표기 등 기록을 함에 있어 모호하고 책상 옆에 아무리 큰 글씨로 붙여놔도 할 때마다 아리송한 것들이 참 많았었는데요. 예를 들어 '율과 률의 차이' '금액이나 단위 표시' '소속-이름-직급'과 같은 순서 등등 알아두어야

할 정보만도 방대합니다. 선생님은 막힘없이 빠르고 정확한 감수자로 유명한데요. 선생님은 이러한 정보들을 어떻게 수집하시고, 속기사와 어떻게 응용하고 있나요?

한글은 공부를 해도 해도 끝이 없죠. 정확한 표기법이나 맞춤법, 띄어쓰기 등 모르는 것과 맞닥뜨리면 그때그때 확인해서 정확히 알고 넘어가는 것이 중요하다고 생각해요. "정말 모르겠다." 싶을 때는 항상 국립국어원에 문의를 해요. 가장 빠르고 정확한 답변을 얻을 수 있습니다.

무엇보다 속기사와 감수자가 일함에 있어서 가장 중요한 것은 협업이에요. 속기사와 함께 일을 하면서 알게 되었던 어려운 맞춤법이나 표기 등을 공유하고, 한글맞춤법을 벗어나지 않는 범위 내에서 우리만의 통일된 문법을 사용하면서, e-브리핑 시스템을 이용하는 사람들이 각기 다른 속기록을 보더라도 통일성을 느낄 수 있도록 하고 있습니다.

» Q. 속기사와 속기감수자, 단어에서 느껴지는 유대감이 상당한데요. 그만큼 업무도 긴밀하게 연결되어 있잖아요. 이런 유대감을 바탕으로 정책브리핑 속기사에게 당부하고 싶은 말씀이 있다면 어떤 것들이 있을까요? 격려 말씀도 좋습니다.

우리는 매일매일 역사를 기록하고 있습니다. 누군가에게 화려하게 드러나는 직업은 아닐지언정, 그렇게 지금 당장은 알아주는 이가 없더라도, 속기사 여러분들의 눈이 보고, 귀가 듣고, 손이 만든 속기록들은 역사의 한 페이지로 차곡차곡 쌓이고 있다는 사실에 꼭 자부심을 가지셨으면 좋겠어요. 진실을 기록하는 속기사 여러분들에게 응원의 박수를 진짜 정말로 크게 보내드리고 싶어요.

» Q. 그동안 감수 보셨던 속기록 중에 기억이 남는 것이 있다면 어떤 것들이 있을까요?

가장 기억에 남는 브리핑은 아무래도 메르스 관련 브리핑입니다. 제 개인적으로는 주말도 없이 28일 연속근무를 했던 고난의 기간이자, 감염자와 사망자가 늘어날 때마다 메르스에 대한 두려움과 사망자에 대한 연민 등이 섞여 복잡한 감정으로 감수를 하던 기억이 납니다. 사망자 및 감염자 숫자는 속보로 많이 나왔잖아요. 그래서 부처에 열심히 다시 확인하고 수정하고 그랬던 기억이 나네요. 아무래도 신종 바이러스 유입 건들에 대해서는 더 심혈을 기울였던 것이 사실이에요. 생명과 관련된 것도 하나의 안보라고 생각했으니까요. 그렇기에 혹시 속기록 초안 중에 잘못 기재된 부분이 있었다면, 마치 바이러스를 잡듯 정확한 완본으로 종결시켜야 한다는 어떤 사명감 같은 것으로 가득 차 있었던 것 같습니다.

또 요새 북한 이슈들이 많잖아요. 북한 정권의 변화, 핵미사일 실험, 여러 무기 체계의 변화, 각종 담화문 발표, 핵 탑재 가능한 미사일 발사 등 일련의 변화들을 기록한 속기록을 감수 볼 때면 '아 뭔가 심상치 않구나.'라고 느끼죠. 또 이런 건들이 꼭 쉬는 날! 나 쉬는 날! 그리고 주말에 등록돼서 더 기억에 남는지도 모르겠어요.

» Q. 외딴 질문 하나 드려볼게요. 속기사와 감수자의 미래, 만약 음성인식기가 도입된다면 어떨까요? 우리의 위치, 자리는 축소될까요?

글쎄요. 사실 저는 만약 우리를 '인건비' 측면으로만 생각한다면, 그렇게 인정사정없이 가정했을 때 '좀 더 첨단화된 기계가 나온다면 많은 부분 속기사의 업무가 대체되지 않을까?'라는 생각은 했었어요. 그런데 한편으로는 완전 반대급부로 '그런 음성인식기가 도입된다면 속기사의 영역이 오히려 더 확대될 수도 있겠는데?'라는 생각도 했죠. 왜냐하면, 더 많은 기록물을 창출할 수 있을 테니까요. 그리고 '감수'를 한다는 측면에서 보면 사람도 실수하지만 요새 신형 스마트폰에 탑재된 음성인식기만 봐도 잘 가다가 엉뚱한 길에서 헤매는, 그래서 아직은 정말 답답하고 웃기는 상황이 많이 발생하잖아요. 결국, 정확한 검색어를 손으로 누르고 찾는 게 제일 속 시원하다랄까요.

» Q. 속기사가 감수자에게 감히 업무상 각오 한마디 부탁드려도 될까요?

저를 믿고 속기를 한다고 말씀해주셨는데, 저 또한 속기사분들을 믿고 갑니다. 감수는 그저 거들뿐이라고 생각합니다. 속기사 여러분들의 사명감에 더해 저 또한 사활을 걸고 정확한 기록을 남기기 위해 함께 노력해 보겠습니다.

» Q. 마지막으로 속기록 감수는 선생님 인생에 어떤 의미인가요?

속기록 감수는 나에게 '기록의 산증인이자, 더불어 감수자로서 나를 증명하는 전부이다.'라고 말씀드릴 수 있겠네요. 하루하루 매일 같이 새로운 기록들이 생겨나고 저는 이것을 늘 한자리에서 묵묵한 시선으로 바라보고 있습니다. 그렇게 '감수자 변은섭'이라는 날인으로 최종 공개되는 정부 기록물들은 감수자로서 어쩌면 국민 여러분들에게, 그리고 저 자신에게 그간 해온 일을 증명해 보일 수 있는 전부 아닐까요?

» Q. 그러네요. 앞으로도 속기사분들과 멋진 팀플레이로 대한민국 기록 잘 부탁드립니다.

물론이죠. 늘 해왔던 일이고 앞으로도 우리가 해내야 할 일이니까요.

언론 속기사 **권오균**

〈연합뉴스 권오균 속기사 출입증〉

1. 나이: 34세
2. 성별: 남자
3. 학력: 대졸
4. 전공: 기계공학
5. 속기경력: 3년
6. 근무처: 연합뉴스 통일외교부

» Q. 언론 속기사님을 인터뷰하게 되어 기쁩니다. 제가 문체부 정책브리핑 업무를 수행해오며 통일 · 외교 · 안보 기자님들의 질의 및 대변인 답변 등을 기록하는 업무를 담당했기 때문에 특히 관심이 많거든요. 우선 지금 주로 하고 계신 일은 뭔지 소개해 주세요.

북한 조선중앙TV, 북한 라디오(중앙방송, 평양방송) 등을 수신받고, 기사화할 수 있게 그 내용을 속기로 작성하는 일을 합니다. 그 외 북한 사이트 체크, 북한 핵심인물 변화 체크, 북한 사진 분석, 북한 자료 편집, 기사에 매핑 될 북한 사진 및 영상을 송고합니다. 이 외 여러 가지 일이 있지만 주로 이러한 일을 합니다.

» Q. 통일부나 국방부의 정례브리핑 때 보면 기자분들이 연례행사에 참석하는 북한 지도부 사진, 인공위성 사진 등의 분석 자료를 바탕으로 핵실험 및 미사일 발사 징후,

정권의 변화 등에 관해 대변인께 거세게 질의를 하시는 모습을 많이 봤습니다.

모두 관심이 뜨거우시죠. 국가와 국민의 안보와 직결되어 있으니까요.

» Q. 그동안 속기사님께서 그런 중요한 자료를 수집 · 분석하시어 정리하시고 계셨다는 것이 신기하고 감탄스럽네요. 우리 정책브리핑 속기사들의 업무와도 '그동안 맥이 닿아있었구나.'라는 사실도 알게 되었습니다. 뭔가 서로 다른 곳에서 뜻을 함께했다는 동지애도 느껴지고요.(웃음) 현직 속기사로서 느끼는 보람은 어떤 것이 있을까요?

정신없이 바쁘게 일 처리를 끝내고 타 언론사보다 기사처리가 빨리 됐을 때 보람을 느낍니다. 언론사 특성상 속도가 가장 중요한 부분이기 때문에 속기사로서 뿌듯할 때가 있고, 또한 이럴 때 속기사가 되길 잘했다는 생각이 듭니다.

» Q 속기사님이 속해 계시는 연합뉴스 자랑 한 번만 해주세요.

국가기관 뉴스통신사로서 '단연컨대' 대한민국을 대표하는 언론사라고 자부하고 있습니다.

» Q. 속기사의 기본소양은 '눈과 귀와 손의 삼위일체'라고들 합니다. 그렇다면 언론 속기사만이 갖출 수 있는 능력이자 갖춰야 할 기본 소양은 어떤 것들이 있을까요?

다른 언론사 속기사분들도 마찬가지겠지만 기본적으로 오타 없이 초안을 빠르게 작성해야 합니다. 오타가 나면 그대로 노출될 수도 있기 때문에 반드시 오타는 없어야 합니다. 특히 중요한 속보성 내용의 기사에는 더욱 그렇습니다. 말로 설명을 다 하기는 조금 힘들지만, 기사가 빠지지 않게 꼼꼼히 체크하는 것도 중요합니다. 결론적으로 말하자면 빠를 '속'자에 기록할 '기', 즉 '속기'라는 기본에 충실하면서 정확도와 신속함에 함께 중점을 두어야 한다는 것이 언론속기사들의 기본 소양이라고 말할 수 있겠네요.

» Q. '언론사 속기사 3년이면 프로 언론인 다 된다.'는 이야기를 전해 들었습니다. 단연 통일·외교 분야에서만큼은 독보적인 지식을 갖추고 계실 것이라는 생각이 드는데요. 이 지식을 제대로 속기사의 업무에 풀어내기 위해 어떤 노력을 하셨는지 궁금합니다.

전 아직 프로는 절대 못됩니다. 선배들 같은 경우에는 경력으로 치면 다들 20년 넘은 베테랑들이시기 때문에 저는 명함도 못 내미는 수준입니다. 많은 부분 지금도 계속 배우고 있는 단계죠. 북한에 대한 지식이 전혀 없던 저로서는 처음에 공부를 많이 해야만 했습니다. 북한 인물, 무기 등등 기사도 꼼꼼히 읽고 체크해야 했고요. 언론사 속기사가 되고 난 이후 업무를 함에 있어서 가장 난감했던 점은 바로 '북한 말'이었습니다. 기본적인 북한 말조차 너무 어려웠습니다. 억양이 강하고 사투리도 심하고 생소한 단어를 많이 쓰기 때문에 처음에는 타이핑하는 시간도 오래 걸리고 힘들었습니다. 그래도 모르는 건 참 열심히도 물어보고 꼼꼼히 메모해가며 선배들한테 천천히 배웠습니다.

» Q. 아마 저뿐만이 아니라 타 분야에 계신 현직 속기사님들도 언론 속기사에 대한 정보가 그리 많지 않을 것으로 생각합니다. 그래서 속기사님의 이야기에 더 많은 관심이 쏠릴 것으로 예상하는데요. 언론사 속기사의 채용은 어떻게 이뤄지나요? '채용공고 시기', '연봉 수준', '직급', '임용 기간' 등에 대해서 말씀해 주실 수 있을까요?

아쉽지만 공채는 따로 없습니다. 정원이 빠지면 뽑는 식이죠. 제가 입사할 당시에는 이곳에서 일하고 계시던 선배 한 분이 정년퇴직을 하셔서 운 좋게 협회 소개로 면접을 보게 되었습니다. 현재 제 직급은 사원이고, 총 정원은 6명입니다. 연봉을 정확히 알려드리기는 조금 무리가 있고요.(웃음) 일반 대기업 수준은 된다고 말씀드릴 수 있겠네요. 입사하면 1년의 수습 기간을 거친 후 정직원이 됩니다. 임용 기간은 공무원과 같습니다.

» Q. 연봉이 대기업 수준이라는 게 참 부럽습니다. 속기사분들끼리도 속한 그룹, 임용 및 채용 형태에 따라 연봉 편차가 조금씩은 차이가 있는 것 같더라고요.

다른 기관 연봉 수준을 잘 몰라서……. 그래도 희망 연봉은 늘 마음속에서 언제나 고공행진 중입니다. 말 그대로 희망이죠. 뭐, 아마 다른 속기사분들도 다 마찬가지일 거로 생각해요.(웃음)

» Q. 이곳 소속으로 계시기 전에 다른 어떤 곳에서 경력을 쌓으셨나요?

경력은 따로 없었습니다.

» Q. 속기를 시작하게 된 계기를 알려 주세요.

전문직을 찾던 중 인터넷에서 우연히 속기사를 알게 됐어요. 그때만 해도 속기사라는 직업 자체를 몰랐어요. '이건 뭐지?' 하는 식으로 폭풍검색을 했습니다. 그러다 '아, 이런 직업도 있구나, 괜찮겠다.'라는 생각이 들었습니다. 이후 체험을 한번 하고 싶어 다음날 바로 종로에 있는 협회를 찾아갔는데, 신기하기도 하고, 중요한 것은 재미가 있었습니다. 그러다 '나도 할 수 있겠는데?'라는 확신도 서더라고요. 그래서 큰 고민 없이 바로 시작하게 되었습니다.

» Q. 지금 사용하시는 회사 속기계(키보드)를 선택한 이유가 따로 있었나요?

소리자바 키보드를 선택한 이유는 단순히 타사 키보드보다 디자인이 마음에 들어서였습니다. 하지만 실무를 하다 보니 디자인도 중요하지만 무엇보다 타임머신 기능이 있는 소리자바를 선택하길 잘했다는 생각이 듭니다.

» Q. 혹시 기계공학과를 나오셨고 그렇기에 속기계 즉, 키보드 기계를 다룬다는 것에 흥미를 느끼신 것일까요? 아니면 평소 타이핑으로 기록을 남기거나 문서 작업

하는 등에 관심이 많으셨나요?

평소 기록을 남기거나 하지는 않았고요. 키보드 치는 걸 좋아하기는 했습니다. 어린 시절 한메타자에 재미가 붙어 방과 후에 많이 했던 기억이 나네요.

» Q. 자격증 취득하시고 바로 언론속기사가 되셨던 것 같아요. 혹시 마음속에 언론사 속기사를 제1의 목표로 삼고 계셨는지요?

자격증 취득 후 바로 이곳에 취업한 건 아닙니다. 한글속기 3급 자격증 취득 후 한국AI속기사협회에서 제공해주는 자막방송 아르바이트와 녹취록 아르바이트 등을 했어요. 5개월 정도는 그렇게 지냈던 것 같아요. 자격증 레벨이 3급이었기 때문에 1급 자격증을 취득하려고 속기 공부에 매진하고 있었고, 그때 제가 정한 1순위 취업을 희망하는 곳은 사실 '의회'였습니다. 언론사는 생각지도 못했죠. 더더군다나 이렇게 북한 관련한 일을 하게 될 줄은 꿈에도 몰랐습니다. 사람 일은 아무도 모르는 것 같아요. 속기를 시작한 것도, 이곳(연합뉴스)에서 일하게 된 것도 다 인연이었던 것 같습니다.

» Q. 사실 속기사 분야에서는 남성보다는 여성이 조금 더 많은 경향이 있잖아요. 그러다 보니 예비 남자 속기사분들께서는 들을 수 있는 현장의 남자 선배 목소리가 상대

적으로 적은 것 또한 사실입니다. 일을 해보시니 남자 속기사는 어떤 장점이 있나요?

제 생각에는 남자 속기사가 많이 없다는 사실 자체가 곧 경쟁력이 아닐까 생각합니다. 물론 기관별로 여자 속기사가 많은 건 사실이지만요. 그런데 저희는 언론사 특성상 24시간 운영되는 곳이고, 특히 북한 관련해서 낮과 밤, 주말, 명절 할 것 없이 긴장을 늦출 수가 없습니다. 물론 주/야간 교대근무입니다. 실정이 이렇다 보니 아직은 여자 속기사분을 채용한 적은 없습니다. 나중에는 어떻게 바뀔지 모르겠으나 현재까지는 그렇습니다. 그리고 남자 속기사여서 장점은 딱히 없습니다만, 이러한 업무의 특성상 제가 남자였기 때문에 연합뉴스에 들어올 수 있었던 것 아닌가 하는 생각은 하고 있습니다.

» Q. 자격증 취득까지 얼마만큼의 시간이 소요되었나요? 그 과정에서 겪은 애로사항이나 어려움이 있었다면 말씀 부탁드립니다. 그리고 그것들을 어떻게 극복하셨는지도 궁금합니다.

한글속기 시험은 총 네 번 봤습니다. 1급 취득하기까지 1년 9개월 정도 걸렸습니다. 열심히 준비한 기간에 비해 정말 단 5분 만에 합격과 불합격이 정해지는 시스템이다 보니 시험장만 가면 극도로 긴장을 하게 되더라고요. 그래서인지 키보드를 칠 수 없을 정도로 손이 떨렸습니다. 그렇게 시험에 떨어질 때마다 가족들과 지금 와이프(그때는 애인사이)의 기대에 못 미치는 것 같아 자괴감이 들어서 '정말 이 길이 아닌가?' 라는 생각을 많이 했죠. 하지만 포기하지 않고 꾸준히 했습니다. 시험을 본 당일에도 집에 와서 속기 공부를 할 정도로 하루도 빠짐없이 했으니까요. 그러니 시험에 떨어졌다고 좌절하지 말고 끝까지 꾸준하게 노력하면 못해낼 일이 없다고 생각합니다.

» Q. 면접장 에피소드나 면접 노하우 좀 알려주세요.

면접 당일에 앞서가던 지하철이 사고가 나는 바람에 면접시간에 늦었던 기억이 납니다. 연합뉴스와는 인연이 아닌가 보다 하는 무거운 마음으로 면접을 봤던 기억이 나네요. 면접을 잘 보는 노하우는 없지만, 그때 당시 저는 적지 않은 나이였고 남들보다 취업이 절박했기 때문에 그런 점을 면접관들이 알아봐 주셨던 것 같습니다.

» Q. 언론속기사 채용 면접장에서는 주로 어떤 질문을 받으셨는지 궁금해요. 예상대로 나왔던 질문 혹은 예상하지 못해서 당황스러웠던 질문은 어떤 것이 있었을까요?

참고로 채용순서는 (1) 서류전형, (2) 북한말 실시간 속기테스트, (3) 1차, 2차 면접 이렇게 이루어졌습니다. 그리고 주로 속기 관련해서 질문을 많이 할 줄 알았는데 전혀 하지 않았고요. 북한에 대한 질문만 계속 나와서 정말 당혹스러웠습니다. 받았던 질문은 그 당시 제가 너무 긴장했고, 또 벌써 3년 전 일이라서 자세히 기억나지는 않지만, 지금 생각나는 것 위주로 몇 가지만 말씀드릴게요.

'북한과 통일이 되면 좋은 점과 나쁜 점을 말해보라.'

'북한 정치 권력 2인자를 알고 있느냐.'

'오늘 북한기사 본 내용이 있으면 말해보라.'

대충 이런 질문들을 받았습니다. 얼핏 들어도 많이 난감하시죠?(웃음) 그 외에도 많은 질문을 받았는데 잘 기억이 나지 않네요.

» Q. 속기란 권오균 속기사님 인생에 어떤 의미인가요?

간단히 말해, 속기란 나에게 행복 전도사다. 어쨌든 속기 자격증을 취득하며 대학 이후 좋은 방향의 전환이 생겼고, 기다려준 가족들과 아내에게 아들로서, 가장으로서, 한편으로는 믿음을 주지 않았나 생각해 봅니다. 업무를 지속하면서도 쌓이는 새로운 지식도 많고요. 이런 행복을 지속해서 전도해주니 저에게만큼은 속기란 행복 전도사가 아닐까 합니다.

» Q. 이제 속기를 시작할 예비 속기사들에게 한마디 말씀 부탁드립니다.

남들 신경 쓰지 말고 준비하세요. 속기사 준비를 하다 보면 분명히 힘든 시기가 와요. 혼자만 실력이 늘지 않는 것 같고 자괴감이 들 때도 있어요. 하지만 그럴 필요 전혀 없어요. 속기는 인내와 끈기가 필요합니다. 꾸준하게 조금씩 조금씩 앞으로 나아가세요. 그러다 보면 멋진 속기사가 되어 있는 자신을 보게 될 겁니다.

외교부/법원 속기사 **조현주**

〈외교부 근무당시 조현주 속기사〉

1. 나이: 26세
2. 성별: 여자
3. 학력: 대학교 재학
4. 전공: 경영
5. 속기 경력: 2년 3개월
6. 근무처: 외교부 공보팀 2년/서울북부지방법원 3개월

» Q. 우리는 근무지가 같죠? 현주씨는 외교부 공보팀 속기사로, 그리고 나는 문체부 e브리핑 속기사로 이곳 정부 서울청사에서 근무를 했으니까요. 지금은 법원 속기사로 경험을 쌓고 계시지만 얼마 전까지 외교부 공보팀 소속이었잖아요? 당시 속기사 업무에 대해서 간략히 소개해 주세요.

외교부 내에 대변인실 소속의 공보담당관실에서 근무하였습니다. 외교부의 언론을 맡은 부서이기 때문에 긴급하고 중요한 외교 사안들이 발생하면 그 건과 관련된 각 과에서 내려오셔서 회의하고 서로의 질문과 답에 관해 설명하고 답하는 '백그라운드 브리핑'을 진행하게 됩니다. 기자분들은 이 브리핑을 듣고 기사를 쓰시기 때문에 저 또한 브리핑에 참여해서 실시간으로 속기록을 작성하는 업무를 담당하였습니다. 이 밖에도 장관님이 외교 관련하여 참석하시는 인터뷰 등도 속기록으로 작성하는 업무를 담당하였습니다.

» Q. 우리는 백브리핑은 작성하지 않았는데요. 정책브리핑의 성격상 모든 사안이 공개되기 때문에 '오프 더 레코드' 혹은 '백브리핑 형식을 빌려 설명하겠다.'는 얘기는 각 부처 대변인들 혹은 장・차관 브리핑에서 들었던 것 같네요. 그런 일을 하셨군요. 백브리핑 때 혹시 기억나는 에피소드가 있나요?

백브리핑은 말 그대로 비공개 브리핑이기 때문에 제가 했던 업무에 대해서 공개적으로 말씀드릴 수는 없지만, 대한민국의 외교적 사안들이라고 대략 짐작하시면 돼요. 독도 문제나, 사드 배치 문제, 한미일 혹은 한・중・일, 혹은 다자회담 등의 외교장관 회담 등의 사안들이라고 생각하시면 이해가 될 거예요.

» Q. 저도 그런 사안들과 관련된 공개 브리핑 속기록을 작성할 때 사안들이 엄중하다는 것을 많이 느꼈었죠.

그렇죠. 긴급한 사안일수록 기사들이 실시간으로 쏟아지고, 뉴스에도 막 속보로 뜨는 경우가 많거든요. 그렇기 때문에 따로 브리핑 일정이 짜여 있지 않아서 속기록을 갑자기 작성하고 전달하고 해야 하는 순간들이 참 많았어요. 그런 기록물들을 작성할 때 '아, 속기록이 정말 필요한 거구나.'라는 생각이 들었죠. 이런 업무의 특성상 늘 긴장도 했지만 무언가 더 뿌듯하고 보람도 많았던 것 같네요.

» Q. 그럼요. 그런데 어떻게 법원 속기사로 전직하시기로 마음먹은 거예요? 이번 정권 들어서면서 무기 계약직 신분을 전부 정규직화한다고 했기 때문에 외교부 공보팀 소속으로 계시면서 기대가 컸을 텐데요.

물론이죠. 저 또한 정규직 대상자였고요. 하지만 문득 이런 생각이 들더라고요. 속기사로서 내가 한 번 더 도약하고 싶은 꿈 있잖아요. 이곳에서 멋지게 한번 경험해 봤으니 속기사라는 타이틀로 다른 기관에서도 한 번 더 뜻을 펼쳐보고 싶었어요. 안정적인 것도 물론 좋지만 머문다는 것이 어찌 보면 고인 물 즉, 결국 발전이 없을 것 같다는 생각이 불쑥 들던데요. 하던 업무를 지속해서 반복만 할 게 아니라 다른 분야의 속기사로서 경험을 쌓아보고 싶었어요.

» Q. 나이의 힘, 여기서 또 한 번 느껴지네요!(웃음) 그러면 여기서 법원 속기사로서 이야기를 안 들어볼 수가 없겠는데요. 법원 속기사 해보니 어떠세요?

정말 좋아요. 물론 당장 지금은 기간제 속기사 혹은 대체 속기사 형식으로 들어가서 경험해 보고 있지만, 해보니 더 해보고 싶다는 생각이 들어요. 전에 했었던 외교부 공보팀 일과는 전혀 맥락이 다르고요. 여기서 또 한 번 속기사라는 직업에 매력을 느끼지만, 자격증 하나로 여러 굵직한 기관에서 다양한 업무를 해볼 수 있다는 게 참 '볼매'죠. 볼수록 매력 있는 직업이라는 생각이 드네요.

» Q. 뭐가 그렇게 좋으셨나요? 하셨던 업무와 느꼈던 점을 좀 자세히 듣고 싶어요.

북부지방법원에서 3개월 근무할 기회가 있었는데요. 저는 이곳 민사과 부속실에서 근무할 수 있었어요. 주로 민사 소액 판결문 작성을 했고 재판에는 비록 참석하지 않았지만, 재판 관련 속기업무도 할 수 있었어요. 주로 판사님들과 같은 실에서 근무하면서 속기록 외에도 부속실 업무, 즉 비서업무도 겸했기 때문에 새로운 경험도 할 수 있었는데요, 그러면서 저에게는 속기 말고 '비서업무'라는 또 다른 경험들이 쌓였으니 1석 2조라고 할 수 있죠.

» Q. 속기사로서 비서업무라면 어떤 게 있을까요?

아, 간단합니다. 판사님이 지시해 주시는 일들을 조금 더 겸하면 돼요. 전혀 무리되는 업무는 아니었고요. 오히려 새롭고 '경험'이라는 부분에 있어서 신선했습니다.

» Q. 법원 속기사로서의 새로운 시작점, 법원 속기사로서 느낀 보람은 어떤 것이 있었을까요?

아까도 말씀드렸지만 제가 법원에 들어가서 근무할 수 있었던 것도 어쩌면 속기사이기 때문에 가능했던 경험이지 않을까 하는 생각이 들어요. 또한, 법원에서 처음 근무하는 거라 정말 아무것도 몰랐는데, 법원의 속기사 선배님들께서 차근차근 알려주시고 일러주셨던 많은 부분이 속기업무를 함에 있어 너무 큰 힘이 되어 감사하고 행복했어요. 원래 낯선 곳에서 새로운 사람들과 관계를 맺기 시작할 때 입에 거미줄 많이 치잖아요. 그런데 정말 선임 속기사님들께서 가족같이 대해주시고 일러주셔서 많은 것을 배울 수 있었던 것 같아요.

법원 속기사로서 느낀 보람이 있다면 판사실에서 근무하며 판결문들을 작성할 때였어요. 이 업무의 양이 정말 많거든요. 그래도 마치 속기사로서 처음 일하듯이 초심을 잃지 않고 열심히 노력했어요. 판결문이 신속 정확할 수 있도록. 판사님이 판결문 읽으실 때 절대로 한 치의 오차도 있게 해서는 안 되니까요. 다행히 제 노력이 판사님의 칭찬이라는 매우 달콤한 결실을 맺었을 때가 가장 보람된 순간 아니었나 생각이 들어요. '속기사라 그런지 꼼꼼하고 일을 잘하는 것 같다.'라고 판사님이 말씀하셨어요. '감사합니다.'하고 조신하게 말씀드리고 문을 열고 나오는데 '아, 속기사 하길 정말 잘했다.' 이런 생각이 들면서 정말 뛸 듯이 기뻤어요. 그러면서 나의 새로운 시작이 성공적일 것 같다는 확신이 들더라고요. 정말이지 칭찬의 열매는 너무 달아요.

또 소송 등에 있어서 작성되는 녹취록은 누군가에게는 굉장히 간절한 결과물이잖아요. 그런 것을 기록하며 그분들이 원하는 방향으로 판결이나 결과가 나왔을 때 저 또한 뿌듯함을 느끼죠.

» Q. 그러면 앞으로 법원 속기사 채용에 계속 응시하시겠네요?

물론이죠. 안정적인 것도 중요하지만 채용 형태, 임용 기간과 상관없이 법원을 더 사랑하게 될 것 같다는 생각이 들어요. 대부분 사람에게 있어 법원은 썩 좋지 않은 일로 오시는 경우가 많잖아요. 그런데 저에게 있어서만큼은 이곳은 사랑입니다. 아마 속기사이기에 가능한 일이 아닐까요.

» Q. 얼굴에 웃음이 끊이지 않네요. 마치 법원과 연애하는 사람처럼요.

아하하, 그런가요.

» Q. 이젠 속기사 모두에게 공통되는 질문입니다. 속기를 시작하게 된 계기를 알려주세요.

제가 고등학교 때 인간적으로 너무 좋아해서 잘 따르게 되었던 선생님 한 분이 계셨어요. 어느 날인가 주말에 선생님께서 우리 학교에서 시험을 본다며 안내표를 붙이고 계시더라고요. 그래서 선뜻 도와드렸는데 알고 보니까 그게 속기사 시험이었어요. 제가 선생님께 '속기사가 뭐예요?'라고 질문드렸는데 선생님께서는 여러 기관에서 '있는 그대로의 사실을 기록하는 업무를 담당하는 사람들'이라고 하셨던 게 기억이 나요. 그런데 그때 한창 호기심 많을 나이잖아요. 짧게 설명을 듣고 나니 왠지 더 궁금해지는 거예요. 그래서 정보를 수집했죠.

» Q. 그러면 현주씨는 10대에 남들보다 먼저 속기사라는 정보를 알게 된 거네요. 그래도 10대에게 있어 속기사란 뭔가 딱 와 닿는 직업은 아니었을 텐데요. 그 나이 때는 워낙 다양한 꿈들이 있잖아요. 대다수 연예인을 꿈꾸기도 하고요. 또는 대학 생활의 로망에 한창 빠져 있을 거고, 대학 선배와의 연애 이런 것 보통 꿈꾸지 않나요?

저도 물론 그랬죠.(웃음) 근데 다들 철없는 10대라고 하지만 저를 비롯한 친구들은 모두 좀 더 나은 미래를 위해 우리가 해야 할 일이 무엇이 있을까, 그게 돈도 좀 잘 벌고 안정적인 삶을 담보해 주면 좋을 텐데 하는 생각들은 늘 갖고 있었던 것 같아요. 만약 그런 게 있다면 대학에 가서도 좀 더 편하고 즐겁게 보낼 수 거구, 물론 다들 반짝 스타가 되고 길거리 캐스팅되는 연예인, 그런 스포트라이트 받는 직업도 꿈을 꾸지만, 어느 정도 지나면 현실 파악이랄까….(웃음) 한편으로는 이렇게 다양하고 다소 요란한 꿈을 꾸는 마음속에서도 뭔가 안정적인 것에 대한 열망 같은 게 아예 없는 건 아니었던 것 같아요. 10대라고 해서. 그래서 저는 속기사에 대한 정보를 더 수집 검색했던 것 같네요. 뭔가 '속기사'라는 단어가 눈에 계속 아른거렸거든요. 이런 직업이 있었다는 걸 전혀 몰랐기 때문에 더 호기심이 생겼어요. 그래서 수능 시험이 끝나자마자 바로 속기사가 되기 위해 준비했어요. 그리고 얼마 지나지 않아 자격증을 취득했고요.

» Q. 뭔가 더 겁 없이 빨리 시작하고 도전하고 취득하고 그런 느낌이 있어요.

그게 나이가 주는 힘 아닐까요. 저는 우선 전문자격증이라는 부분에서 큰 메리트를 느꼈고 제가 좋아했던 타자치는 행동이 직업이 될 수 있다는 생각에 설레고 기뻤던 것 같아요.

» Q. 외교부 면접 시 기억나는 질문 한두 개만 알려주세요.

좀 오래돼서 많이는 기억나지 않지만, '야근과 약속이 겹치면 어떻게 하겠는가?'라는 질문이 생각나네요. 나머지는 자격증과 속기 역량에 대한 질문들이었고요. 총체적으로 말하자면 긴장을 하느냐 안 하느냐의 문제인 것 같아요. 물론 모두 긴장은 되겠지만 침착하게 자기만의 방법으로 이야기를 풀어가는 것, 혹시 당황하더라도 인상을 찌푸린다던가, 그러시지 마시고 '당황은 했지만 웃는 미소'가 중요하지 않을까요. 그리고 애써 엉뚱한 답을 하는 것보다는 '이곳에서 근무하게 된다면 정확한 답을 찾아가도록 노력하겠습니다.'라는 성실한 태도를 보이는 게 중요한 포인트 같아요.

» Q. 맞아요. 하지만 당황했을 때 모습은 찍어낸 듯 모두 비슷한 것 같아요. 그래서인지 면접도 많은 내공이 필요하지 않나 싶어요.

맞아요. 면접은 볼수록 어려운 것 같기도 해요.

» Q. 마지막으로 후배 속기사들에게 한마디 말씀 부탁드려요.

저도 속기사로서 계속 도전하고 있습니다. 어쩌면 누군가에는 속기사 자격증이 1차 도전이고 또 누군가에게는 '속기사를 할까 말까' 이런 고민이 첫 도전일 수도 있어요. 그런데 남들보다 조금 더 빨리 어떤 자리나 기관을 선점하려면 더는 머뭇거리지 않는 게 좋을 듯해요. 제가 딱 단정 지어 말씀드릴 수는 없지만, 저에게 있어서만큼은 속기사라는 직업은 우연으로 시작했지만, 지속적인 행운이었으면 하는 바램이고요. 그게 저의 필연이 될 수 있게 계속 노력하고 있습니다.

여러분도 자신의 성향에 맞는 곳, 그런 일들 꼭 찾아내셔서 이런 기쁨 느끼실 수 있었으면 좋겠어요. 그게 꼭 속기사가 아니어도 상관없고요. 자기가 하는 일이 하루하루를 보냄에 있어 행복을 주느냐, 만족을 주느냐, 이것도 굉장히 중요하다고 생각되거든요. 어쩌면 제일 중요한 일이기도 할 것 같아요. 아무튼, 이왕 시작하셨다면 모두 원하시는 곳에서 건승하시기를 진심으로 빌어봅니다.

예비 속기사 **양희라**

1. 나이: 31세
2. 성별: 여자
3. 학력: 대졸
4. 전공: 법학

〈양히라 예비 속기사가 공부하는 모습. 왼쪽〉

* 예비 속기사를 인터뷰하기로 한 계기는 현직에 계시는 선배 속기사들의 다양하고 깊이 있는 현장 실무에 대한 이야기나 취업 경험담도 중요하지만, 속기사를 준비하시려는 분들에게는 이제 막 도약할 예비 속기사님들이 지나온 과정도 중요한 정보가 아닐까 생각해서입니다. 선배들의 이야기와는 또 다르게, 잔잔하지만 강력한 공감을 불러일으킬 수 있다는 생각을 해봅니다. 부디 자격증 취득과 취업의 문턱에서 지쳐 있을 많은 예비 속기사분들께 힘 나는 영양제 같은 역할을 했으면 하는 바람입니다.

» Q. 예비속기사님들의 고충이나 애로, 지향점 등을 들어볼 기회는 굉장히 값진 일이라 생각됩니다. 자격증 취득을 위해 바쁘신 와중에도 인터뷰에 응해주셔서 감사드립니다. 속기사를 어떻게 알고 시작하셨나요?

저는 법원 서기보 필기 공부를 하면서 속기사라는 직업을 처음 알게 되었습니다. 제가 필기 공부를 하는 동안 기존 가산 자격증 리스트에 없던 속기 자격증이 새로이 추가되었던 기억이 납니다. 컴퓨터 활용능력이나 워드프로세서, 정보처리기사 자격증 외에 한글속기 자격증이 추가되었어요. 그래서 여타 자격증처럼 비교적 단기에 취득할 수 있는 자격일 거라는 생각으로 도전했지만, 제가 '큰 오해를 했구나'라고 바로 느꼈습니다. 역시 세상에 만만하고 쉬운 일은 하나도 없죠. 그런데 가슴 한쪽에서 속기사 자격증에 대한 막연한 기대와 확신이 있었기 때문에 겁 없이 시작했고 지금까지 그 과정을 유지해오고 있는 것 같아요.

» Q. 속기사 자격증을 따야겠다는 확신이 섰던 계기가 있었나요?

이리저리 알아보다 협회에 상담하러 갔는데요, 상담을 예약하기 전에 보통은 저처럼 인터넷 검색을 먼저 했을 거예요. 속기 관련 카페와 협회 홈페이지 등을 통해서 기본적인 궁금증을 해소하고 그 이상 궁금한 내용을 메모해 두고 전화 상담을 통해 협회방문 예약을 했던 것으로 기억합니다. 다른 분들도 비슷한 경험을 하셨을지 모르겠지만, 제가 궁금했던 사항들을 질문도 하기 전에 일목요연하게 쏙쏙 안내해주셨어요. 속기사라는 직업에 대한 전망, 취득과정, 소요기간, 취득 후 진로 등에 대한 내용이었죠. 상담을 통해 속기사의 진로가 제가 알고 있던 것 이상으로 다양하다는 점이 매력적으로 느껴졌어요. 상담하고 나니 당장이라도 해야겠다는 강한 의지가 불쑥 솟아올랐습니다.

» Q. 자격증 취득을 위해 지금까지 얼마나 기간이 소요되었고, 연습과정은 커리큘럼 중 몇 단계 정도 남아 있는 상태인가요?

순수 자격증 공부에 매진한 시간만 계산하면 현재 시점(17년 9월)을 기준으로 1년 6개월째입니다. 교재 단계(초급)를 마치면 중급과정(10급~4급), 그리고 고급 혹은 글자 수 과정(연설기준 190자~250자)으로 이어집니다. 속기사들 사이에서 마의 구간으로 알려진 250자, 일명 '자수동굴'이라고 불리는 터널을 지나면 급수과정(3급, 2급, 1급)이 시작돼요. 급수과정에 들어오면 1년에 두 차례 있는 한글속기 시험을 대비하여 따로 시험 대비반을 모집합니다. 저는 현재 이 시험 대비반을 수강하고 있답니다. 얼마 남지 않은 이번 2017년 하반기 시험에 부디 자격증을 취득할 수 있었으면 좋겠습니다.(웃음)

» Q. 처음에 자격증 취득 기간은 어느 정도로 예상하셨나요? 그리고 지금은 예상보다 더 빨리 진행되고 있나요? 아니면 반대인가요? 반대라면 어떤 부분이 준비하면서 가장 힘드세요?

상담받았을 때만 해도 6개월 만에 1급을 취득하신 분의 사례도 듣고 해서 보통 1년이면 공부를 마칠 수 있을 거로 생각했습니다. 솔직히 저는 예상보다 더디게 진행이 되는 편이라고 할 수 있죠. 저는 비교적 이른 나이에 자격증 공부를 시작한 편은 아니라고 생각해요. 20대 후반에 상담을 받았고 키보드 구매 후, 부끄럽지만 처음 시작했을 때의 마음가짐이 작심삼일이 되고야 말았습니다. 처음 키보드를 구매하면 기본 교재와 온라인 2개월 수강권이 무료로 주어져요. 저는 기존 2벌식 키보드에 너무 익숙했던 탓인지, 3벌식 키보드의 기본 자리를 외우는 데도 상당한 어려움을 느꼈어요. 처음 교재 공부를 하는 동안 흥미를 붙이는 게 굉장히 중요한 것 같아요. 저는 교재를 다 끝내지도 못한 채로 키보드를 오랜 기간(약 2년여간) 방치했거든요. 6개월 만에도 1급을 취득한 사례가 있다고 들었지만 저는 평균적인 취득 기간을 예상했었어요. 준비 기간이 예상보다 길어질 것에 대한 우려가 저를 가장 힘들게 했던 것 같아요. 중간에 잠시 쉬었던 시간, 그게 가장 후회되는 부분입니다.

» Q. 잠깐 쉬었던 기간이 후회된다고 말씀하셨지만, 저는 오히려 잘하셨다고 하고 싶네요. 물론 방치 기간이 조금 길긴 합니다만, 저도 해보니 안 되는 것을 억지로 오래 붙들고 있다고 능사는 아니더라고요. 권태가 왔을 때는 모든 것에서 한걸음 물러서는 것이 상책이더라고요. 모든 과정도, 어떤 관계들도 마찬가지이지 싶어요. 오히려 그렇게 '탁' 놓고 잠시 '휴식'하는 시간으로 인해 나를 재충전할 수 있었을 거예요. 정신 건강을 위해 그게 옳은 방법이라 생각합니다. 다른 속기사들과 너무 경쟁하려고 들지 말고 자신만의 속도를 존중해 주는 것, 그것이 어쩌면 가장 중요한 일 아닐까요?

감사합니다. 속기사님. 만약 가까운 미래에 제가 원하는 곳에 취업해서 열심히 업무를 하다가 문득 '그때 내가 헛되이 보냈다고 생각했던 시간조차 이렇게 도약하기 위한 하나의 과정이었구나.' 그렇게 생각할 수 있는 찬스가 꼭 왔으면 좋겠어요.

» Q. 꼭 그렇게 되실 거예요. 제 온 마음을 다해 응원합니다. 그런데 공부는 어떤 식으로 하세요? 제가 공부할 때만 해도 오프라인 강의로 강사 선생님께서 직접 현장에서 운지법도 가르쳐 주시고 낭독도 해주시고 하셨는데, 요새는 온라인 화상 강의를 들어가며 시험 대비를 많이 한다고 들었어요. 요새 예비속기사님들은 어떤 방법으로 강의를 듣고 연습을 하고 있는지 궁금해요.

키보드를 구입하게 되면 '넷스쿨 라이브' 회원가입을 해야 해요. 그러면 14개월 온라인 강의실을 제공하는 수강권을 사용할 수 있습니다. 저의 경우는 이 무료 수강권 2개월을 사용한 후에 키보드를 잠시(흑흑) 넣어뒀다가 작년 3월, 온라인 수강 3개월을 다시 유료결제하고 중급반까지 마칠 수 있었습니다. 제가 원하는 시간에 편안한 차림으로 집에서 편하게 온라인수업을 들을 수 있다는 점이 어쩌면 저에게는 독이 되기도 했다고 생각을 해봅니다. 일주일에 두 번 있는 온라인 수업이 있는 날에만 키보드 앞에 앉게 되는 게으름이 시작되고야 말았죠. 그래서 온라인 수강이 종료되자마자 오프라인 학원에 수강등록을 했습니다. 그 이후부터는 쭉 오프라인 학원을 이용하고 있습니다.

참고로 제가 경험한 오프라인 학원과 넷스쿨라이브(온라인) 수강의 장단점이 각각 있습니다. 저처럼 의지가 강하지 못한 분들은 오프라인 수강으로 스스로 약간의 의무감을 느끼게 하는 것도 좋을 것 같아요. 하지만 보통은 오프라인보다 수강료도 저렴하고 수강 가능한 시간을 선택해서 1:1 지도를 받을 수 있는 온라인 수강을 하는 경우가 보편적입니다. 화상 카메라와 헤드셋, 마이크를 모두 받기 때문에 온라인 수강으로도 운지법 지도나 낭독 테스트가 원활히 진행됩니다. 각자 자신의 성향에 맞게 융통성 있게 방법을 고르는 것도 추천해 드리고 싶어요.

» Q. 제가 속기 자격증을 준비해왔던 지난날을 돌이켜 보니 자격증 취득하는 것보다도 더 힘들었던 것이 취업에 대한 막연한 걱정이었던 것 같아요. '이 자격증 취득한다고 취업이 될까?' 같은 생각이 늘 엄습해 와서 연습 기간 내내 불안했던 것이 사실입니다. 아마 양희라 예비 속기사님도 그러시지 않을까 감히 짐작해봅니다. 혹시 어떤 부분이 가장 불안하고, 그런데도 불구하고 어떤 부분 때문에 계속 도전 중이신지 궁금합니다.

솔직하게 저의 가장 큰 고민은 나이였습니다. 물론 제가 속기를 시작했을 때의 제 나이(20대 후반)가 아주 많지는 않았어요. 공감하실지 모르겠지만 10대의 마지막에도 설렘과 동시에 알 수 없는 불안감이 있잖아요. 마찬가지로 20대의 마지막이 가까워져 오면서 심리적으로 앞으로 맞을 30대가 걱정되었어요. 한 번 머뭇거렸던 경험이 있기 때문에 더더욱 불안했습니다. 속기 서기보를 상상하면서 자격증 취득의 레이스를 시작했습니다. 하지만 지금은 속기 자체에 매력을 느끼고 있습니다. '기록은 과거를 기억하고 과거는 현재를 만드는 데 중요한 역할을 한다.'고 생각해요. 추억을 사진으로 남겨 순간을 기억하듯이 음성의 순간을 문자로 기록한다는 것 자체의 매력이 이 레이스를 완주하게 할 것 같아요.

» Q. 와, 너무 멋진 표현이네요. 저 지금 무한 감동 중이에요. 갖고 계시는 마음가짐이 제가 공부했을 때 들었던 요란한 다짐들보다 더 안정적이고 품위 있다고 할까요. 저는 그때 정말 24시간 돌아가는 사이키 마냥 정신도 없고 마음이 불안했거든요. 진짜 멋진 속기사가 되실 것 같아요. 마음에 품고 있는 속기사에 대한 기본 열망이 남다르시네요.

아…. 그런가요. 부끄럽습니다. 그런데 함께 공부하는 예비속기사들 모두 한편으로는 확실하지 않은 미래에 불안해하면서도, 다른 한편으론 자신을 다독이기 위한 이런 마음가짐 하나씩은 다들 품고 있는 것 같더라고요.

» Q. 예비 속기사들이 가장 많이 하는 고민이라면 어떤 것들이 있나요?

앞의 질문에서 먼저 언급해주셨던 고민을 지금도 가장 많이 해요. 취업에 대한 걱정이죠. 아마 5년 전에도 그리고 앞으로 5년 후에도 공부하는 동안 가장 많이 하는 고민이 아닐까 싶습니다. 그리고 진로에 대한 고민도 많이 하는 것 같아요. 실질적으로 속기 업무를 필요로 하는 직업군이 이렇게 다양한 줄은 저도 공부하면서 알게 되었어요. 속기 공무원뿐만 아니라, 교육속기, 자막속기 등 진로가 다양하기 때문에 공부하면서 대부분의 수강생이 진로에 대한 고민도 함께하지 않을 수가 없는 것 같아요.

» Q. 그 고민을 해결하기 위해 가장 필요하다고 생각하시는 부분이 있다면 어떤 것이 있을까요? 예를 들면 어떤 커리큘럼이 더 추가됐으면 좋겠다, 혹은 어떤 도움을 받으면 더 좋겠다. 이런 것들이 있나요?

가장 필요하다고 생각되는 부분은 자격증을 취득하는 동안 어떤 속기 업무를 하고 싶은지 결정하는 부분이라고 생각해요. 그 때문에 선배 속기사들의 실무 이야기와 조언이 절실합니다. 개인적으로 혼자 정보를 수집하는 데는 한계가 있습니다. 제가 지금 문답을 하는 이러한 내용들을 정리, 요약해서 나온 한 권의 책만 있었더라도 고민의 무게는 많이 줄어들었을 것 같습니다. 저의 사례뿐만 아니라 실무에 계시는 다양한 현직 속기사님들의 이야기를 소개할 방법들이 많아졌으면 좋겠습니다.

» Q. 속기계를 선택할 때 디지털영상속기 회사로 상담을 하러 오신 계기가 있나요? 속기계의 양대 산맥이라고 불리는 두 회사 중 이곳을 선택한 이유가 궁금해요. 물론 두 회사 모두 보유하고 있는 기술도 훌륭하고, 각기 선배 속기사분들의 실력과 이력, 경력도 굉장히 뛰어난 것도 사실입니다. 그래서 선택이 더 어려웠으리라 생각이 드는데요. 어떻게 해서 지금의 회사를 선택하게 되었나요?

저는 정말 단순하게도 키보드의 외관이 가장 마음에 들었어요.(웃음)

개인의 취향이기 때문에 저의 경우를 말씀드릴게요. 저는 의외로 크게 고민하지 않았어요. 우선은 너무 익숙한 2벌식 키보드로 전환된다는 점이 안도가 되었어요. 사실 처음 속기계를 접해보시면 느끼겠지만, 3벌식 자리배열이 굉장히 낯설게 느껴지거든요. 초반에는 여차하면 속기 모드를 해제하고 예전에 쓰던 방식으로 모드를 바꿔서 사용하곤 했던 기억이 납니다. 물론 적응이 되고 나서는 속기 모드가 해제됐을 때가 더 불편하지만요.

» Q. 예비속기사님들은 자격증을 취득한 뒤 어느 곳으로 취업을 가장 많이 희망하나요? 그 이유가 있다면?

저뿐만 아니라 많은 분이 속기 공무원을 희망하면서 시작하셨을 거예요. 누구나 주변에 흔히 공시생(공무원 시험준비생) 한 명 정도는 있을 거라고 생각되는데요, 아니면 저처럼 당사자였을 수도 있고요. 예나 지금이나 안정적인 직장을 선호하는 사회적 분위기를 이기기는 쉽지 않잖아요. 하지만 공부를 시작하면서 다양한 속기업무가 있다는 것을 알게 되고 진로에 대한 고민을 다시 하게 되는 경우도 정말 많은 것 같아요.

» Q. 본인을 비롯한 다른 예비 속기사님들에게 응원의 한 말씀, 각오 한 말씀 부탁드려요. 지난번 사전 인터뷰 때는 '중간에 포기하지 않았으면 좋겠다.'라고 말씀 주셨던 것으로 기억나는데요. 거기에 덧붙여 선배 속기사들에게 바라는 점이 있다면

어떤 것이 있을까요?

저처럼 자격증 공부를 하는 동안에는 분명히 다양한 어려움을 경험하실 거예요. 어떤 공부든지 마찬가지라고 생각합니다. 슬럼프도, 포기의 유혹도 한 번 또는 그 이상도 느끼실 수 있어요. 저도 그렇습니다. 사전 인터뷰를 했던 때도 그랬지만, 지금도 하반기 시험이 코앞으로 다가오니 또다시 포기하고 싶다는 생각이 문득문득 들곤 합니다. 하지만 극복해야만 하는 과정이라고 생각해요. 공부를 시작하신 모든 분이 저랑 같이 이 레이스를 완주하면 좋겠어요. 완주 후에 그동안 흘린 땀을 닦으면서 다 함께 웃을 수 있으면 좋겠습니다. 속기 공부는 무엇보다 나 자신과의 싸움이 아닐까 싶어요. 현직에 계시는 속기사님들이 응원의 메시지 또는 진심 어린 격려를 많이 전해주시면 정말 정말 큰 힘이 될 것 같습니다.

» Q. 마지막으로 속기란 내 인생에 있어 어떤 의미로 다가와 주었으면 하나요?

비 온 뒤에 땅이 굳어진다는 말이 있습니다. 속기가 앞으로의 저에게 오랜 가뭄 끝에 내리는 단비와 같았으면 좋겠습니다. 한 번에 퍼붓는 소나기보다는 젖는 줄 모르게 내리는 가랑비 같지만, 기분 좋게 스며들어 단단하게 굳어주었으면 좋겠어요. 저를 비롯한 모든 예비 속기사님들, 또한 현직에서 열심히 업무에 최선을 다하시고 계시는 선배 속기사님들도 모두 힘내시고요. 파이팅입니다!

속기사 일기 4

속기사, 내 인생의 두 번째 찬스!

그래도 젊은 나이여서 그랬는지, 시간이 흐르며 나의 건강은 빠르게 회복되어 갔다. 가족들의 애정으로, 그리고 나의 노력으로 건강이 이전만큼 회복되었다. 하지만 퇴원 후 1년이라는 시간이 또 흘러가자, 열심히 살아가는 가족들에게 스스로가 민폐처럼 느껴지는 동시에 괜한 열등의식이 생기기도 하였다. 누가 뭐라고 하지도 않았는데, 나 혼자 '백수는 처량하네', '아픈 것이 죄네', '나 무시해?' 이런 류의 말들을 내뱉곤 했다. 가족들이 챙겨주면 챙겨주는 대로 '어설픈 위로는 하지 말라'고 지껄였고, 혼자 내버려 두면 '아픈 사람 신경도 안 쓴다'고 울먹였다. 무언가라도 하며 내 인생을 끌어가야 할 시기에 그렇지 못하니 내가 가족들 사이에 있는 못난 쭉정이 같은 생각이 들었다. 남과 대화도 하기 싫어졌고, 자랑스레 드러낼 수 있는 것도 없기에 친구들을 만나면 자존심이 상할 것 같았다.

그렇게 집안 한구석에 틀어박혀 있던 어느 날이었다. 책에 나온 명언들을 의미 없이 무심하게 타이핑하며 적어내리고 있었는데, 그 모습을 보던 엄마가 이렇게 말씀하셨다.

"타이핑하는 게 그렇게 좋니?"

"응"

“왜?”

“그냥 눈으로만 읽으면 내용이 눈에 안 들어오는데, 타이핑 치며 내려가면 단어들이 기억에 남거든.” 그리고 농담 삼아 이렇게 덧붙였다.

“그리고 타이핑 치는 내 옆모습도 너무 예쁠 거 같아.”

엉뚱한 이야기에 엄마가 흘겨보시더니, 이내 본인의 이야기를 꺼내기 시작하셨다.

“흠…….엄마는 예전에 약사 아니면 속기사가 되고 싶었어.”

“응? 갑자기 웬 엄마 꿈 얘기?” 그러면서도 자못 궁금해 물어봤다.

“약사와 엄마는 잘 어울리는 것 같긴 해……. 근데 속기사는 뭔데요?”

그러고 보니 예전에 병원에서도 엄마가 속기사에 대해 잠깐 얘기했던 적이 있었다. ‘속기사 되면 공무원 시켜준다.’고. 근데 속기사가 뭐지?

“법정 드라마 같은데 보면 검사와 변호사 사이, 판사 아래로 타이핑하는 사람이 있어. 법정에서 진행되는 전반적인 내용을 기록하는 사람이야.”

‘아, 그런 게 있구나. 이렇게 쉬고 있느니 그게 뭔지 한번 찾아나 볼까?’라는 생각에 인터넷을 켜고 검색해 봤다. 지금으로 따지면 연관 검색어, 해시태그로 이런 것들이 떴다. #공무원 속기사, #자격증으로 공무원 되기 #안정적인 직업, #속기사 자격증 등등. 엄마가 말한 대로 이런저런 카테고리가 눈에 들어왔다. 듣기에도, 보기에도 무척이나 생소했던 속기사. 그래도 나는 그저 타이핑만 원 없이 칠 수 있었으면 좋겠다고 생각했다. ‘대신 조건을 걸자, 조금 폼 나게 보이는 게 중요한 세상이니까, 이왕 타이핑할 거면 돈도 벌면서 좀 그럴싸한 곳에서 일할 수 있다면 내가 기꺼이 도전해보겠어’라고 다짐했다.

그리고는 정작 다짐은 했지만 어쩐지 의심을 한가득 안은 채로 서초에 있는 ‘한국AI속기사협회 사무소’를 찾아서 상담을 받았다. 무턱대고 찾아간 곳에서는 기대했던 것 이상의 느낌을 받았다. 그저 키보드 운지법 익히고 자격증 따면 그만이라는 정도의 얘기만 할 줄 알았는데, 속기의 기원부터 그것을 기록하는 수단이 변화해 온 역사까지 차근차근 설명을 들을 수 있었다. 그리고 현재 나이, 성향, 상황에 맞는 교육프로그램에 대해 상담받았다. 상담이 끝난 뒤에는 먼저 시작한 예비 속기사들의 강의실을 둘러보았는데, 그곳 분위기는 그야말로 장난기 제로였다. 모두의 표정이 사뭇 진지했고 조용하고 고요한 분위기 속에 울려 퍼지는 타이핑 소리는 참 경쾌하게 느껴졌다. 그들의 타이핑 속도에 맞춰 내 심장도 리듬을 타기 시작했다. 빨리 저기에 있는 한자리에 들어앉아서 나와의 싸움에서 즐겁게 이겨보고 싶다는 작은 승부욕도 발동하기 시작했다. 키보드 구입 때문에 부모님과 상의를 하겠다는 말을 뒤로하고 나오는데 몸이 후끈해졌다. 당시는 매우 더운 여름이었는데, 그 계절의 열기보다 내가 더 뜨거웠다. 그 간절함이 예술을 하고 싶었던 한때의 열정과는 다른 설렘으로 변하면서 솟아오르고 있었다.

가만 생각해 보니 무엇을 시작하면서 앞뒤 안 가리고 뛰어드는 호기심, 또 많은 생각을 하지 않고 달려가던 무모함, 새로운 것을 향해 도전하려는 애절한 마음 등 그 작고 아무것도 아니다 했던 것들이 지금의 이 모든 시간을 뒷받침해줄 수 있게 만든 시작이었다. 내 인생 안에서만큼은 '위대함'이라고 불릴 수 있는 이 작은 시작. 그렇게 속기사라는 직업은 취업이라는 긴 몸살 끝에 피어난 귀한 꽃 한 송이가 되었다.

5장

속기사로 입문하기

어떤 분야든 새로운 분야에 뛰어들려면 어디서 어떻게 시작해야 할지 막막할 수 있다. 자격증 취득을 위한 효과적인 준비 방법에서부터 성공적인 취업 면접을 위한 꿀팁까지, 입문자와 예비 속기사들에게 유익한 정보와 노하우를 소개한다.

속기사 키보드 비싸서 안 산다고?

속기 키보드, 나도 처음에 살 때 손이 후덜덜 거렸다. 백만 원짜리가 족히 석 장 가까이 들어가는 기계 앞에서 '이거 산다고 자격증 딸 수 있을까?'와 '막상 딴다고 해도 공무원 안 되면 어떡하지?' 대표적인 두 가지 고민과 마주해야 했기 때문이다. 생각해 보면 지나온 고민은 참 한심하기 그지없다. 밥도 맨날 맨밥에 김치만 올려 먹을 수 없듯이 직업도 같은 방식, 같은 시도로는 그저 그 자리에 머물 뿐이다. '머문다'는 것도 어찌 보면 다소 안정적으로 들릴 수 있으나 보는 시각에 따라서는 '시도 없음', 혹은 '발전 없음' 등 반어적인 형상이 동전의 양면처럼 존재하기 마련이다. 사회적으로 활발히 활동하고 경험을 쌓아야 할 20~30대에 그 어떤 리스크도 감수하지 않는다면, 어질삐질 지나온 시간이 자신의 삶에 켜켜이 쌓여 계속 정체되어있음을 느끼는 순간이 문득 다가와 있을 것이다.

어제도 나는 어느 28살 기혼 여성으로부터 상담요청을 받았다. 지금 회사와 마음이 맞지 않아 다른 곳으로 이직하거나 그만두고 싶던 찰나에 속기사를 알게 되었는데, 막상 키보드 가격을 알고 나니 멈칫했다고 한다. 내가 해줄 수 있는 말은 무엇이었겠는가? 하고 안 하고는 철저히 본인 선택의 문제이다. 속기사로서의 비전, 그리고 이 직업이 현재 가진 의미 등은 본인이 찾아본 만큼 나도 꽤 다양하게 나열해 줄 수 있으나 그것이 그녀의 인생에 어떻게 작용할지 '점쳐줄 수는 없다'는 것이다. 하지만 지금 시도하지 않는다면 인생에 포기로 불리는 것 중 하나가 될 것이니, 그것이 아쉬움으로 크게 남지 않는다면 과감히 포기해버리고, 만약에 하루 이틀 지나고도 계속 잔상처럼 머릿속에 맴돈다면 두말없이 상담받고 구매하기 바란다.

키보드 가격에서 멈칫했다면, 그래서 도저히 이것을 못 사겠다면 안 사면 된다. 그런데 이렇게 하루 더 멀어진 시간, 어쩌면 새로운 경험, 속기사라는 직업 세계와 한 번 더 멀어지는 것이다. 당신이 멈칫거리는 사이 누군가는 더 발전적이고 긍정적인 마인드로 먼저 연습하고 어딘가에 더 빨리 정착할 것이 분명하다. 빠른 유속처럼 흘러가 버리는 것이 어디 시간뿐이겠는가. 사랑도, 사람도, 마음도, 물건도, 직업도 모두 마찬가지이다.

사회인으로서 직업적 나이에 한계가 다가올수록, 뭔가를 내 것으로 만들기 위한 고민은 신속하고 짧게 끝내야 하며, 지르고 수습하기식의 마인드를 가져야 한다. 당신이 선택했다면 그 이후에는 엔진오일을 투하해 빠르고 결단력 있게 달려야 한다. 주변의 모든 소리와 다른 상황은 잠시 유예하거나, 혹은 과감히 듣지 않고 버려야 자신만의 길을 갈 수 있다. 색종이 오리기를 할 때 어느 부분을 동그랗게 혹은 세모나게 원하는 모양대로 자르려면 나머지 부분을 과감히 버려야 한다. 그 목적을 위해서는 지금 현재의 틀을 가로 든 세로 든 무심히 싹둑 잘라내야 원하는 모습의 그 부분을 얻을 수 있는 것이다. 많은 생각을 버려라. 산을 오르고 싶다면, 튼튼한 운동화 한 켤레와 갈증을 해소해줄 물 한 통이면 충분하다. 거기에 부수적인 것들은 더 높고 힘든 산을 등반할 때 하나씩 챙겨나가야 할 고민인 것이다.

무언가 얻어낸다는 건 참으로 신기한 일이다. 생각과 고민이 너무 많으면 아주 단순한 것조차 못하게 된다. 단순히 창문 너머로 보이는 저 산조차도 날씨 따지고, 장비 따지고, 컨디션 따지고 하다 보면 정상은커녕 등산로 입구에조차 서보지 못한 채, 사는 동안 평생 한 폭의 그림을 저만치 두고 '저건 산이요 나는 나요.'를 외칠 따름이다. 그 산이 아무리 명산이고 철마다 아름다운 꽃과 나무들이 살랑이며 형형색색 요란스러운 몸짓을 취해도 정작 가서 보지 못한다면 그 산만이 가진 향기와 매력 그리고 산책길, 비탈길, 쉼터, 그곳에서만 느낄 수 있는 모든 감동은 아예 경험해 보지 못할 것이다. 아무리 험한 산일지라도 쉼터는 있기 마련이고, 또 목 한번 축일 약수터는 반드시 있기 마련이다. 내가 선택한 이 직업이 누군가에게는 산책이 될 수 있고, 누군가에게는 악 소리 나는 악산, 딱딱한 돌로만 되어 있는 암산이 될 수 있다. 그럴 때 제대로 된 신발 한 켤레, 물 한 컵만 가지고 있다고 하더라도 아무것도 준비되어 있지 않은 사람과의 경쟁력 차이는 쉽게 드러난다.

속기사라는 직업에 적령기야 없다고 하지만, 그래도 4차 산업혁명을 앞두고 안정적인 직업의 패러다임이 완전히 바뀌고 있는 현장에서 유효기간이라는 것은 있다. 당신이 들어갈 수 있는 문은 이곳도 점차 좁아지고 문턱은 높아지고 있다는 뜻이다. 단단히 마음먹고 시작해도 몰아치는 여러 인생의 파고 속에서 이리 흔들리고 저리 흔들릴 진데, 차일피일 미루다가는 애초에 먹었던 마음에 불량한 싹이 나고 불신이 생겨, 괜히 비싼 키보드 사놓고 후회하는, 즉 속기의 '속'자에도 미처 도달하지 못하게 되는 것이다.

후회 없는 결정을 위하여

아직도 심각한 고민에 빠졌다면 이런 방법도 추천해 본다. 속기사라는 직업을 갖게 되었을 때 준비 기간, 장비구입 비용에 드는 변수와 리스크를 한쪽에 적고, 또 한편에는 속기사가 되었을 때 예상되는 이득 등을 나열해 가며 비교해보자. 좀 더 많은 글이 적혀진 쪽에 시선을 고정하고 나머지 한 면은 과감히 찢어버려야 한다. 이것은 속기 장비 구입뿐만 아니라, 인생의 모든 중요한 결정 상황에서 참고로 적용해보면 좋을 것 같다. '자신의 선택을 믿어라'가 아니라 선택이 주는 인생의 긍정적인 면과 부정적인 면을 헤아려가며 자신의 삶에 올바른 판단을 위한 기준을 세우는 경험을 해 보는 것이다.

속기사 되기에 딱 3개월간 집중 투자를 해보라. 그러면 대한상공회의소 한글속기 1급 국가자격증까지는 아니더라도, 당장에 협회속기 자격증 3급 자격증을 취득할 수 있다. 이렇게 자격증을 취득하며 연습을 거듭한다면 협회속기사 공인 자격증 1, 2, 3급 그리고 검찰, 경찰, 법원에서 선호하는 수사속기사 자격증 1, 2, 3급 총 6개의 자격증을 취득할 수 있을 것이다. 그리고 그 과정에서 다양한 기관에서 회의록과 녹취록 등을 작성할 수 있는 경험을 할 수 있게 되는데, 이것이 모두 실무경력이 되는 것이다. 다양한 분야에서 기록하다 보면 다방면의 지식을 쌓을 수 있다.

설령 속기 자격증을 취득한 뒤, 이 분야와 전혀 상관없는 곳에서 일하게 되더라도 '왜 속기 자격증을 땄느냐'는 질문에 '단순히 빨리 치는 타자 자격증이 아니라, 한글의 어휘와 문법을 더욱 잘 이해할 수 있게 되었기에 큰 도움이 되었다. 이것은 귀사의 회의 현장과 실무에서 소통하는 데도 분명 도움이 되리라 생각한다.'라고 당당히 대답할 수 있게 될 것이다. 취업을 준비하는 과정에서 기록이라는 좀 더 특별한 기회를 가졌다는 것만으로도 자신을 발전시킬 수 있는 색다른 계단 하나에 오른 것이다. 자기가 하는 고민의 시간에서 빨리 벗어나 선택과 집중의 시간으로 자신을 돌아 세워야 한다.

용돈 받는 삶을 떠나 자기가 직접 경제활동을 하는 시기는 누구한테나 다가오기 마련이다. 아르바이트를 하든, 일을 하든, 한 달에 약 100만 원이라는 돈이 수중에 들어온다 했을 때 우리는 미래를 향해 어떤 설계를 하고 어떤 소비를 하고 있는가 한 번쯤 생각해 보아야 한다. 없는 살림에 봄 · 가을에 해외는 아니더라도 일본이나 제주도, 가까운 국내는 꼭 한 번씩 가야 하고, 고민이라는 명분으로 일주일에 두세 번은 술 마시고, 유명한 맛집이다, 커피다 하며 음식 푸고, 화장품 사고 치장하는 자기 소비에는 여념이 없으면서도 정작 본인 인생에서 중요한 순간이 될지도 모르는 직업 선택에는 시간과 노력을 너무 할애하지 않는 것은 아닌가 말이다. 키보드 살 돈으로 자신이 무엇을 할 수 있는가? 위에 소개한 방법으로 노트에 적어 볼 필요가 있다. 아마 그 돈으로는 명품백 하나 사거나, 해외로 놀러 가거나, 취미를 위해 지르거나, 자동차 할부를 좀 더 빨리 끝내거나 하는 등에 주로 소비하지, 미래를 향해 크게 비전 있고 의미 있는 소비는 많지 않을 것이라 본다. 자신의 계정으로 된 SNS에 자랑 한번 하고 나면 반짝 기쁨은 끝이다.

이제 두 번째 결정의 시간이다. 그것은 바로 속기 키보드를 판매하는 회사의 선택이다. 속기계 회사를 선택할 때는 어떤 좋은 특허를 받았는가도 중요하지만 어디에 얼마나 많은 속기사가 포진되어 있고, 또 이 기계를 샀을 때 어느 기관에서 활용도 좋게 잘 쓰일 수 있는지, 자신이 희망하는 업무 성향 등을 고려하여 파악해 보아야 한다. 먼저 선점한 회사의 특장점이 있다면 그것이 주는 이득은 무엇인지 꼼꼼히 살펴보아야 한다. 나 또한 두 회사 가운데에서 고민했지만, 결국 선택한 것은 미래 방향성에 대해 좀 더 뒷받침할 수 있고, 속기계의 스킬업을 좀 더 유도하고 있는 곳이었다.

키보드를 출시한 업체는 당연히 그것의 상품 가치를 드높이기 위해서 자신의 브랜드를 판다. 이것이 소비자의 눈에는 과대 · 과장 광고처럼 비칠지 몰라도, 우리는 그런데도 브랜드를 사고 많은 영역에서 그 브랜드가 자기의 삶에 미칠 좋은 영역들을 생각하며 과감히 소비한다. 그래서 속기사에 관한 진실 혹은 거짓으로 여러 이야기가 나열되고 있지만 정말 거짓과 허위는 무엇일까? 직업과 같은 가장 중요한 결정을 누군가 대신해 주기만 기다리는 것, 그리고 그것으로 인해 공짜로 내 삶이 반짝이기 원한다는 것이야말로 진짜 거짓말이다.

직업은 갖고 싶은데, 여러 이론 공부에는 취약하다면, 당신에게 지금 익숙한 키보드와는 다른 형태의 키보드 자판을 익히는데 죽어라 3개월만 몰입해 보자. 그걸로 정부 기관 및 입법, 사법, 행정부의 여러 기관에서 일할 기회를 얻을 수 있다면 얼마나 근사한가?

현직 속기사들조차 자신이 처한 근무 환경이나 업무 형태에 따라 본인의 업을 다르게 판단하기 마련이다. 그런데 그것은 과연 속기뿐일까? 같은 기관에 소속되어 있어도 사람들이 각각 가지고 있는 개인의 성향, 환경을 받아들이는 자세와 업무를 대하는 태도에 따라 자기 일이 다른 시각으로 보인다. '사랑'과 같은 포괄적인 아름다운 명사 뒤에도 수많은 이기와 폭력, 아픔과 시련이 있기 마련이다. 경험하는 사람의 환경과 시각에 따라 속기사 또한 다르게 해석된다. 수많은 말에 현혹되지 말고 결정했다면 경주마가 돼라. 그리고 목적지까지 빠르게 도착해서 나를 가리고 있던 가리개를 풀고 주변을 돌아보면 이 직업 하나로 나를 새롭게 할 기회가 주변에 많이 포진되어 있고, 다른 머뭇거리는 사람들에 비해 내 앞길이 훨씬 더 넓고, 크고, 안정적으로 열려 있음을 알게 될 것이다.

내가 선택한 키보드, 인생을 바꾸다

내가 선택한 키보드는 내 인생을 바꾸었다. 어쩌면 과장 광고를 하는 것처럼 들릴지도 모르지만, 속기사 혹은 속기 공무원을 시작하려는 사람들에게 자신의 일터에서 무기가 되어줄 기계는 매우 중요하기 때문에 그만큼 기종선택을 위한 고민의 시간이 길어지기도 한다. 고민하다가 멈춰 돌아서는 경우가 다반사이기에, 그분들의 선택에 조금이라도 도움이 되고자 내 경험을 얘기하려고 한다.

속기사, 그것은 나 자신과 내가 처한 제한적인 상황을 고려했을 때 선택할 수 있었던 최적의 업이었다. 내가 몸을 회복해 가며 정보를 수집하다 보니, 대한민국에서 공무원만한 게 없겠다 싶었다. 그런데 공부와 거리가 멀었던 나는 이론에는 자신이 없었기에 여러 직렬을 보며 눈을 돌렸다. 그러다 속기사 자격증을 갖추게 되면 여러 굵직한 기관들에서 채용의 기회를 얻을 수 있다는 설명을 보고 두말없이 속기사 한번 해보자고 다짐했다. 그리고 키보드 선택을 위해 2개의 큰 회사 중 한 곳을 선택했다. 내가 이 회사의 키보드를 선택한 이유는 단 하나였다. 바로 미래 비전. 앞으로는 기록방식이 많은 변화를 겪을 것이다. 일반적으로 타자하는 방식에서 한층 더 업그레이드되어야 함은 물론이고, 변화하는 미래 기록물에 발맞춰 현재 나와 있는 기능을 넘어서 더 나은 '그 무엇인가'를 계속 탑재하며 스킬업을 유도할 수 있어야 했다. 글로벌시대에 앞으로는 더더욱 방대한 세계 이슈들을 다룰 터이니 기록도 한글로만 이뤄지는 게 아니다. 그리고 대한민국에 존재하는 공식적인 단체나 기업, 그리고 정부 기관에서도 이 기계를 선택해 활용하면서 혁신적인 가치가 있어야 한다. 그래서 그냥 속기가 아닌 디지털영상속기라는 단어에 끌렸는지도 모르겠다. 사람들이 모두 아니라고 할 때 이상한 생각이 세상을 바꾼다고 했던가. 나는 영상 전공을 한지라 영상과 기록물이 합치되어 더 많은 시너지를 창출할 기록물들이 생겨나리라 판단했다. 4차 산업혁명기에 들어선 지금은 아직 널리 상용화되지는 않았지만, 음성문자송출방식을 도입해서 인공지능형 속기사로 속기의 패러다임이 바뀌어 갈 것으로 예측한다. 내가 선택한 키보드는 지금 현시점에 이르기까지 내가 속기사로서 현업을 유지하는데 많은 가치를 발현해주고 있다.

디지털영상속기는 회의 내용이나 매체의 정보를 현장이나 원격지에서 직접 실시간으로 전송받아서 신속하고 정확히 기록해 바로 전달하고 있다. 현재 내가 일하고 있는 문체부 e브리핑에서는 이러한 원격 방식으로 속기사가 현장 브리핑실에 직접 가지 않고도 해당 사이트 내에 직접 정부 기록물들을 기록하는 방식으로 업무를 진행하고 있다. 가입이 승인된 언론사와 기자, 해당 부처에게 실시간으로 속기의 내용이 모두 공개되고 있다. 국회, 지방의회에도 중계 시스템이 도입되었지만, 실시간은 아니고 담당 계장들의 감수 등을 통해서 대국민 공개가 이뤄진다. 문체부에서 도입한 이 시스템 또한 최종 공개는 감수자의 최종 감수를 통해 이뤄지고 있지만, 관련 부처에서 진행되는 모든 정부 정책들이 90% 이상의 정확도로 브리핑 시작과 동시에 시작이 되고, 끝남과 동시에 기록물 초안이 저장되어 공개된다는 점에서 다른 부처들과 차별화되고 있다. 이 글을 쓰고 있는 현재도 굵직한 이슈들을 실시간 속기록으로 남겨오고 있다. 이는 내가 가진 무기가 신형이기에 가능한 일이었다. 기록물은 신속 정확을 담보해야 한다. 우리가 기록한 기록물들은 속보나 신문 지면에 그대로 노출되기 때문에 그렇게 발생하는 많은 기록물이 지닌 가치는 매우 크다고 볼 수 있다.

해당 시스템이 도입되기 시작한 지 10년이 흐른 지금, 나와 같은 선택을 한 많은 속기사는 자신이 가진 장비에 매우 큰 자부심을 느끼고 있다. 또한, 이것이 나와 한 몸이 되어 뛰어 주고 있기에 다양한 부처의 방대한 공공기록물을 작성하고 남길 수 있게 되었다. 2008년부터 2017년까지 10년에 이르는 시간 동안 이렇게 방대한 양의 속기록이 남겨졌다. 태풍이나 홍수로 인한 피해 상황, 기상청 예보, 천안함과 세월호와 같은 국가 인명 손실 및 재난 관련 사항, 메르스, 사스 등 신종바이러스 유입 발견 및 진행 상황, 구제역, AI 등 가축 질병 관련 사항, 수많은 통계청 조사 자료, 신약개발, 금리 인상 및 인하 정책, 과거 문화재 발굴, 케이컬처 관련 소식, 수능 출제 경향 및 수능 문제 오류 대응체계, 새로운 신약개발부터 바이오 헬스케어 산업까지 그간 기록한 기록물의 양은 실로 많다. 이 모든 기록은 이 속기계가 있기에 가능한 일이었고, 속기사로서의 나를 가능하게 했다. 내가 사회의 일원으로 중요한 역할을 하는 존재로서 살아 있음을 느끼게 해주었다. 그렇게 속기사라는 업으로서 키보드의 선택은 매우 중요했다고 느낀다. 내가 얼마나 많은 양의 가치 있는 기록물을 기록하느냐, 그에 앞서 그것을 가능하게 하는 것은 무엇이냐에 초점을 맞춘다면 본인이 선택하는 키보드의 선택이 좀 더 쉬워질 수 있다.

그렇지만 한 가지 꼭 짚고 넘어가고 싶다. 어떤 속기계를 쓰는 속기사인가가 중요한 게 아니라 나는 어떤 속기사인가, 혹은 어떤 속기사가 될 것인가가 더 중요한 포인트다. 철학 없는 기술은 삼류다. 내게는 다른 속기계를 다루는 속기사 친구들도 꽤 많다. 그들의 실력도 우수하고 그들이 포진된 기관 또한 많다. 우린 속기계가 아닌 속기사로서 합치점을 찾고 그 길 위에 우리의 업무를 논한다. 내가 선택한 키보드 회사의 철학은 나의 철학과 맞아 들었을 뿐이고, 또 다른 회사의 철학은 그들의 생각이 일치했기에 오랜 시간 그들의 우수한 무기로서 작용하고 있다는 것을 유념해주었으면 좋겠다.

빛의 속도로 속기사 자격증 취득하기

속기용 키보드를 다루기 위해서는 기존 2벌식 방식과 3벌식 문자 송출 방식의 차이를 알아야 한다. 쉽게 말하면 '간다'를 칠 때 '간'㉠+㉡+㉢/와 '다'㉢+㉡ 한 번씩 눌러 치는 방식이 2벌식이라면 이를 열 손가락의 초성, 중성, 종성을 이용하여 자음, 모음, 받침을 한꺼번에 눌러 '간다.'를 연출하는 방식을 3벌식이라 한다. 이것은 '치는' 방식이 아닌 '누르는' 방식으로 분류되며, 눌렀다 뗄 때 글이 입력되기 때문에 글자를 누르는 순서와 관계없이 정확히 입력할 수 있다. 글자가 완성되지 않았을 때는 아예 입력되지 않으므로 오타율이 현저히 줄어드는 장점이 있다. 초성 · 중성 · 종성 등의 기본 자리를 익히는 데는 1~15일 차수로 나뉘며 간략하게 단계별로 예로 들면 이러하다.

1단계

왼손 가 운데 자리와 종성 '모음' 자리를 익히는 단계이다. 초성(㉠㉢㉨㉦)과 종성ㅗ, ㅏ, ㅜ, ㅡ, ㅓ, ㅣ)을 익힌다.

2단계

받침을 배우는 단계로써 종성 ㉪㉠㉡㉣㉦㉥)을 익히는 단계이다.

3단계

초성 ㉭㉡㉣㉤과 중성 '의'의 자리와 활용을 배우는 단계이다.

4단계

종성 ㅆㅇㅁㄷㅈ을 익히는 방식이다.

이렇게 1일 차에서 5일 차까지 기본자리 9단계 연습을 마치고 6-7일 차에 기본자리 10단계 연습과 함께 1~10단계 최종 복습을 하며 8일 차에 응용 약어 연습('이, 에') 등 어미의 활용을, 9일과 10일 차에는 부사의 활용과 숫자의 활용을, 11일 차에 '하, 되, 보, 주'의 활용을, 12일 차에 '않~, 좋~'의 활용을, 13일 차에 '다, 라'의 활용 및 동시처리 약자를 익히게 된다. 14일 차에는 교재 단문 연습과 함께 디지털영상속기 마술사 기본 약어 연습을 유도하며 속도증진을 시행한다. 15일 차에는 단문 연습과 단어게임 등을 통해 단어 자리의 빠른 습득을 유도하는 과정으로 마무리된다.

이렇게 기본 자리를 익히고 나면 그때부터는 단어 송출과 함께 빠르게 속도를 향상하는데 전력 질주를 하게 된다. 내가 속기를 배울 때만 해도 기술을 익히기 위해서 역삼동에 위치한 한국AI속기사협회를 방문해서 배우고는 했는데, 지금은 화상 강의(넷스쿨 라이브, http://www.netlive.co.kr)를 통해서 강사와 함께 손의 위치 등을 교정해 가며 1대 1로 운지법을 익힐 수 있다.

화상 강의의 커리큘럼은 초급, 중급 고급 및 시험대비와 실무반으로 구성되어 있다. 초급(1개월 소요)은 속기를 처음 접하여 기초가 전혀 없는 사람들을 대상으로 한다. 속기의 정의 및 학습요령, 키보드의 특징 및 운지법, 기본자리 1-10단계 연습, 마술사 연습 프로그램의 단문 속도 증진 및 단어를 통한 게임 속도 증진, 강사와 함께 스피드 게임을 즐기는 등으로 속기에 대해 알아간다. 이때는 좀 더 쉽게 단계별 기초 약어를 학습할 수 있고, 숫자 활용 및 응용 약어를 배울 수 있다.

중급(3개월 소요)과정은 중급 이상의 실력을 갖추고 있는 자에 한해 시행된다. 보고 · 듣고 치기를 통해 속도를 향상하며, 동영상 및 음성 파일을 활용해 장문을 기록할 수 있게 된다. 속기 약어의 법칙 및 꼭 알아야 할 필수 약어 등을 익히는 과정 등이 있는데, 9급 10급 단계별 보고 치기, 듣고 치기 연습, 8급(130자), 6급(150자), 4급(170자) 듣고 치기를 통해 실력을 향상한다.

고급(2개월 소요)과정은 자격증 취득을 목표로 하며, 타임머신의 인터넷 생방송을 통해 활용법을 익히고 원격속기를 해볼 수 있다. 문자인식 등록 및 활용법과 함께 속기사전 학습법 및 학습 순서를 익힌다. 논설체 · 연설체 단계별 보고 치기와 듣고 치기를 학습하며 자격증 취득 1급~3급까지의 연습을 한다. 고급 과정은 이미 기본 자리와 약어활용 운지법을 익힌 상태이기 때문에 키보드를 자신과 한 몸처럼 탑재해 신속 · 정확한 기록들이 송출될 수 있도록 속도와 정확도에 만전을 기하는 과정이다.

초급~고급까지 실력향상이 되는 기간은 각자의 개인성향이나 학습능력에 따라 단축되기도, 더 늘어나기도 한다. 기본자리를 익히고 난 후 시간을 잘 활용하거나 평소에 신문이나 뉴스를 통해 꾸준히 핫이슈를 접한 사람들은 음성문자변환 못지않은 실력으로 바로 실무반을 통해 취업대비반으로 진출할 수 있다. 초급부터 고급까지 6개월이 걸린 사람도 있고, 1년이 넘어도 초급을 넘어서지 못하는 사람도 있다. 앞서 설명했던 것처럼 이 모든 과정은 현장실습을 통해 취업으로 바로 이어지니, 기본 자리를 빨리 익히고 나서 꾸준히 속도증진에 만전을 가해야 자격증을 취득할 수 있다. 시험대비반에 들어가면 한글속기와 수사속기 등 기출문제와 예상문제를 학습할 수 있고, 급수별 낭독과 시험별 모의 테스트를 통해서 국가 자격증 시험을 앞두게 된다.

마지막으로 실무반은 속기 자격증 3급 이상 취득한 취업준비생을 위한 마무리 반으로 회의록 작성법 및 사례별 실습, 녹취록 작성, 법정속기, 수사속기 등 분야별 속기 실무를 경험할 수 있다. 우수학생에게는 실습비도 지원된다. 6개월에서 1년 사이에 자격증 취득하고 바로 실무에 투입될 수 있는 시스템이 마련되어 있다. '교통비, 식비, 이동시간, 대기시간'을 모두 줄여 화상으로 들을 수 있는 장점이 있고, 실무를 준비하며 실시간으로 '속기 동향 · 취업 정보 · 속기체험' 등 다양한 프로그램들이 마련되어 있다. 기존에 나왔던 자격증이 개편되고 있는 시점에서 한시라도 빨리 유망한 자격증을 취득하고 이를 활용해서 남아 있는 업의 자리를 선점하고 빠르게 공무원이나 정부 조직 등에서 자리매김하는 것이 관건이다. 그러기 위해서는 자격증 취득이 필수이다. 다른 직렬로 공무원 필기를 준비했던 사람들 또한 국회(9급), 의회 속기공무원 시험 응시에 매우 유리하니 이점을 꼭 참고하여 필기와 함께 다른 자격증보다는 속기 자격증을 준비해 보는 것이 면접에서 더 유리하게 작용할 수 있을 것 같다.

현재 디지털영상속기는 대한민국 각 지역에 모두 지부를 설치해 운영 중이다. 서울은 영등포와 강남지부를 시작으로 지방연합지부, 대구 경북지부, 부산 경남지부, 광주 전라지부를 통해 상담 및 체험학습이 가능하고, 시작과 동시에 속기 동향, 취업자 정보, 합격자 명단과 함께 합격기관들의 정보가 모두 공유된다.

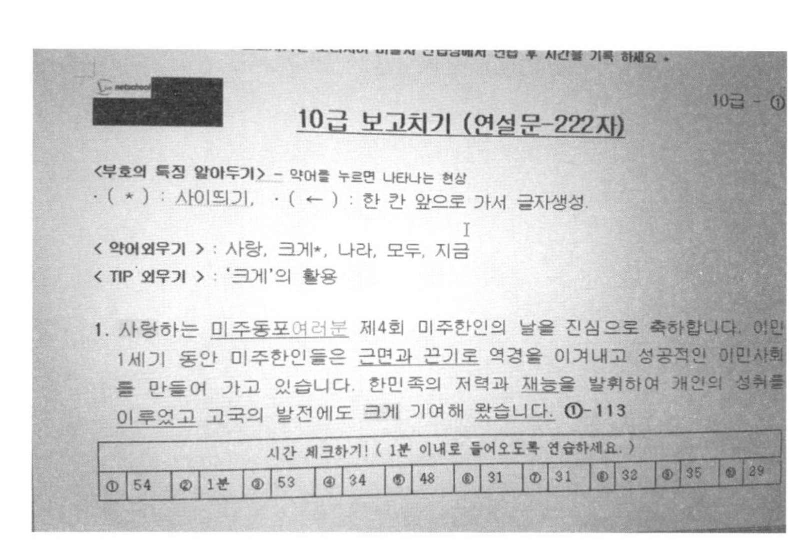

10급 - ①

10급 보고치기 (연설문-222자)

<부호의 특징 알아두기> - 약어를 누르면 나타나는 현상
·(*) : 사이띄기, ·(←) : 한 칸 앞으로 가서 글자생성.

< 약어외우기 > : 사랑, 크게*, 나라, 모두, 지금
< TIP 외우기 > : '크게'의 활용

1. 사랑하는 미주동포여러분 제4회 미주한인의 날을 진심으로 축하합니다. 이민 1세기 동안 미주한인들은 근면과 끈기로 역경을 이겨내고 성공적인 이민사회를 만들어 가고 있습니다. 한민족의 저력과 재능을 발휘하여 개인의 성취를 이루었고 고국의 발전에도 크게 기여해 왔습니다. ①-113

시간 체크하기! (1분 이내로 들어오도록 연습하세요.)																			
①	54	②	1분	③	53	④	34	⑤	48	⑥	31	⑦	31	⑧	32	⑨	35	⑩	29

〈자격증 취득을 위한 연습자료의 예〉

효과적인 나만의 공부 방법

내가 설레는 마음으로 학원에 나가 속기를 배우기 시작한 뒤, 바로 해피엔딩으로 이어졌다면, 또 얼마 안 되어 억대 연봉 받고 취업했으면 좋았겠지만, 절대 인생은 그 모든 걸 호락호락 내주지 않는가 보다. 상담받고, 키보드 사고, 자격증 따면 바로 취업하겠지 싶었지만, 대한상공회의소 속기사 국가자격증 3급 취득까지 만 1년 반이 넘는 시간이 걸렸다. 이 기간은 운지법 익히고 속기계를 내 마음대로 컨트롤할 때까지 걸리는 시간이라 할 수 있었다.

처음 생각으로는 1년이면 최상위 레벨의 한글속기 1급을 딸 수 있겠구나 싶었는데, 교재를 받고 운지법, 숫자 활용 등을 익히는데 걸리는 시간만 두세 달은 족히 걸렸다. 2벌식 키보드를 현란하게 다루며 글을 적고, 채팅하던 실력을 뒤로한 채 더듬더듬 2~3개를 한 번에 쳐내려 가는 키보드를 다루고 있다 보니 10급부터 9급으로 넘어가는 데만 또 두 달이 소요되었다. 10급부터 1급까지의 과정들을 모두 마쳐야 하는데, 성난 엔진처럼 으르렁거리던 마음가짐은 6개월 만에 고민과 의심이라는 짐을 가득 실은 리어카로 변신해 도무지 속도가 날 기미가 보이지 않았다. 4급까지 무한 질주하며 달려야 상공회의소 한글속기 국가자격증 3급 시험을 치르는데…….

'마의 구간'이라고 불리는 중급, 즉 시험 대비반으로 들어가기 전까지의 과정을 '자수반'이라고 하는데, 이곳을 쉽게 벗어날 수 없어 좌절하거나 그대로 머문다는 의미로 우리들은 '자수동굴'이라고 불렀다. 영락없는 '동굴', 끝이 보이지 않는 긴 터널 같은 느낌, '터널은 그 끝이 있기에 긴 어둠을 사랑할 수 있다' 같은 명언을 책상 앞에 붙여 놓고도 속도에 불이 붙지 않아 희미하게라도 앞을 내다볼 수 없었던 시간이었다. 답답한 마음에 나는 '공부 방법 좀 바꿔야 하겠다.'라고 마음먹었다.

» 포인트 하나 – 속도 증진에는 랩이나 국회 난장판 청문회 치기

그래서 생각해 낸 방법이 '랩'을 듣고 쳐 내려가는 것이었다. 이건 속도증진에 아주 탁월한 방법을 보이기도 한다. 후배분들도 한번 꼭 시도해 보셨으면 좋겠다. 요즘에야 래퍼가 대중적으로 인기를 끌고 있지만, 나는 그런 대세를 앞서 경험하고 활용했다고나 할까?

그것도 싫증 난다 싶으면 국회 청문회 같은 방송을 보면서 막 싸우고, 두서없는 말이 난무하는, 즉 속도를 가늠할 수 없는 말들을 막 쳐보는 수밖에 없다. 그러다 보면 내가 넘어서지 못했던 마의 구간, 그 속도며 단어들이 조금 천천히 귀에 박히면서 차분하게 쳐 내려갈 수 있는 자신을 발견하게 될 것이다.

» 포인트 둘 – 정확도는 뉴스 듣고 치기

두 번째 난관은 정확도의 문제. 정치, 경제, 사회, 문화 이슈들을 다루는 낭독문들은 평소에 크게 관심이 없었기에 들리는 단어들이 명확히 와 닿지 않았다. 무릇 아는 만큼 보이고 또 들리는 법인지라, 아는 만큼 속기도 할 수도 있는 건데 나는 '연예 핫이슈' 같은 가십거리에만 관심이 많았었기에 신문, 뉴스에는 관심조차 없었다. 어쩌다 시사 뉴스만 보면 하품만 쩍쩍 났으니까 말이다. 그래서 이 방법을 어떻게 극복했느냐 하면, 키보드를 무릎에 딱 놓고 저녁 먹으면서 엄마 아빠 뉴스 보실 때 나는 밥 한 움큼 입에 넣고 들리는 내용을 타이핑 쳐 내려갔다. 물론 노트북과 연결하지 않는 채였다. 화면이 보이면 틀린 것에 집중하니까 자꾸 멈칫하게 되는데, 화면이 안 보이니 왠지 내가 엄청 잘 치는 듯한 느낌을 받기 때문이다. 그런데 이 느낌이 굉장히 중요하다. 그래야 자신감이 붙고 멋진 속기사의 모습을 상상하며 현실로 만들 수 있는 마음이 다져지기 때문이다.

» 포인트 셋 – 수전증에는 청심환 대신 곰돌이를

술을 따라주거나 혹은 술잔을 받을 때 유독 손을 떠는 사람이 있다. 나는 이 속기 키보드를 다루며 누가 뒤에서 쳐다보면 그렇게 떨리곤 했다. 이런 증상은 국가자격증 취득 시험장에서도 영락없이 찾아왔는데, 나는 그걸 '덜덜이 귀신'이라고 명명했다. 손끝을 시작으로 나를 점령한 덜덜이 귀신은 등이며 다리까지 덜덜덜 떨게 했다. 특히 내가 공부하던 때 남자 강사 선생님이 진짜 젊고 멋졌는데, 내가 치는 손 모양과 속도, 오·탈자 등을 검토해 준다고 그분이 뒷짐 지고 내 뒤에 서 있으면 그렇게 떨리는 거였다. 그래서 방법을 생각한 끝에 집에 커다란 곰돌이 인형을 하나 갖다 놓고 '덜덜이'라고 이름을 붙였다. 그 곰을 '그 강사 선생님이다', '시험 감독이다'라고 연신 자기 암시를 하며 등 뒤에다 놓고 연습을 했다. 그렇게 마의 구간인 4급을 넘어 시험 대비반에 들어서자 웬만큼 속도가 붙었고, 비싼 오일 잘 발린 엔진처럼 다시 부릉부릉하기 시작했다. 그렇게 3급, 2급, 1급을 무사통과 했다.

» 포인트 넷 – 마음 다스리기 "나만의 속도를 존중하자"

지금껏 나는 속기사라는 직군으로 들어오기 위해 '아, 왜 난 안되지?'라는 수많은 자기 실망의 과정을 계속 겪었다. '잘 될 거야.'라고 계속 자신을 타일러도 가슴 이면에는 항상 자기 불신과 의심들로 가득 들어차 있었다. 그러면서 그 와중에 나보다 훨씬 일찍 자격증을 취득하고 먼저 취업하는 친구들이 속속 생겨나자 마음이 급하기도 했지만, 그런데도 늘 나는 나만의 속도가 있다고 나 자신을 믿어줬다. 다시 갖게 될 이 직업에 대한 애타는 마음을 달래고 다독였다.

그 애타는 마음을 조금 더 진정시킬 수 있었던 건 속기사 준비 과정에 경험할 수 있는 장점 덕분이었다. 그건 바로 자격증 취득 전부터 현장을 경험할 수 있다는 사실이다. 녹취록과 회의록의 속기 수수료는 열정 페이가 아니라 이미 책정된 법정 요금표(아래 표 참고)에 따라 받는다. 이런 법정요금은 내가 한 일 즉, 노동에 대한 정당한 대가를 받을 수 있게 해준다. 그 맛은 참 정직했다. 이때 내가 주로 했던 아르바이트는 협회를 통해 의뢰받은 각종 위원회의 회의록 속기, 의회 정례회의 속기록 아르바이트, 주주총회, 조합원 총회, 일반 녹취건 등이었다. 덕분에 많은 것을 경험할 수 있었다. 속기사가 기록한 속기록과 녹취록은 모든 문서의 법적 효력이 있기 때문에, 요금이 낮게 책정되어 있지 않아서, 고수입을 올릴 수 있는 수단이 되기도 한다. 같은 나이에 시작했어도 녹취사무소를 먼저 창업한 친구들은 지금 고수익을 올리며 곳곳에서 이색 직업으로 맹활약하고 있다. 물론 그 친구들은 속기 실력에 더해 소위 말하는 '영업력'이 탁월했던 것도 성공의 핵심 포인트였다. 어쨌든 나는 정부 기관이나 관공서 같은 큰 기관을 꿈꾸었기 때문에 현장속기를 하며 기회를 엿보고 실력을 다지고 있었다. 어쩌면 이 작업을 수행해 오면서 틀 없이 자유로웠던 내 성격도 조금씩 정해진 틀 안에서 일과 삶을 정리하고 추스르며 정돈하는 그야말로 '각'을 잡는 쪽으로 많이 바뀌게 되었다.

□ 녹취록(민사, 형사 법정제출용)

분야	분량	종류	
		전화통화	현장대화
녹취록 (민,형사 증거제출)	5분 이내	70,000원	80,000원
	10분 이내	100,000원	120,000원
	30분 이내	130,000원	160,000원
	60분 이내	200,000원	250,000원
비고	위 금액은 표준요금으로 분량, 음질에 따라 유동적으로 적용되며, 초안 제공시 할인됩니다.		

□ 회의록 · 각종 속기록 작성

분야	분량	종류	
		녹음 및 영상	출장속기
설교 및 강의	60분 이내	150,000원	200,000원
이사회, 각종 위원회, 주주총회, 조합총회, 토론회, 세미나, 포럼, 디스커션, 심포지엄, 워크샵 등	60분 이내	250,000원	250,000원
비고	* 일시, 장소, 기간, 내용에 따라 유동적으로 적용됨 * 중장기 계약 시 조정 가능 * 회의장 영상 촬영 및 녹음 신청 가능		

〈요율은 속기사무소마다 다르지만, 협회 요금표를 기준으로 하고 있다.〉

출처: (사)한국한국AI속기사협회(前.디지털영상속기협회) 홈페이지

속기 인생 10년 차 언니가 알려주는 면접 꿀팁

속기사 면접은 다른 분야와 다르게 어떤 준비를 해야 할까? 서류심사를 통과했다면, 이제부터는 떨지 않는 것이 관건. 쉽게 말하자면, 떨어지지 않으려면 떨지 말아야 한다. 바람만 불어도 쪼개질 유리 멘탈에 시멘트 붓기 작업을 시작해야 한다.

이미 서류심사를 통과한 당신이라면 확률은 50대 50이 된 것이다. 떨어진다는 생각은 문밖에 버리고 들어가라. 눈, 코, 입 다 달렸고 인간인 것 확인했는데, 우리는 면접관이 왜 그토록 무서운 걸까? 떨리는 마음을 가라앉히고 잘 생각해 보자. 이곳에 입사해야 이분들이 내 상사가 되는 것이지, 떨어진다면 그분들이 나에게 무슨 의미가 있는 존재가 되겠느냐 말이다. 아무리 높고 귀한 분이라도 그 순간만큼은 그저 목욕탕에서 만난 아저씨, 동네 아줌마라고 생각하고 나를 떨게 하는 덜덜이 귀신을 얼른 쫓아 보내야 한다. 자, 마음을 다잡고 면접장에 들어가자. 이곳에서 나를 돋보일 힘, 남들과 같은 실력을 갖추고 있다면 지금부터는 제대로 눈도장 찍기 싸움이다.

» 면접관이 좋아하는 속기사는 과연 누구?

면접관들은 '경력직 같은 신입사원'을 선호한다. 이 말은 즉 바로 투입되어도 업무를 할 수 있는 경력과 현장 적응력, 그에 반해 태도는 처음인 것 같은 신입 같은 마인드를 지닌 자를 선호한다는 것이다. 학력, 경력 등 스펙만 본다면 이력서로만 채용했을 것이다. 면접을 보는 이유는 어떠한 노력을 했는지 '스토리'를 듣고 싶은 것이다. 자격증 취득과정이나 인턴경력 등에서 무엇을 배웠는지 과거의 히스토리를 가지고 미래 미스터리를 유추하는 과정이 면접이다. 즉 직무의 적합성, 그리고 그 자리에 맞는 사람인지가 중요하다. 준비되지 않는 사람은 어디에서도 원하지 않는다. 속기사가 포진하고 있는 기관들은 대부분 규정된 '틀'이 있고 보수적인 성격이 강한 곳이 많은 만큼 대체로 부드러우면서도 책임감 있고 성실한 이미지를 선호한다.

자, 그럼 이제부터 면접 스타트~! 면접관들은 이미 정해 놓은 평가 요소에 따라 대개 1차와 2차로 나누어 점수를 매긴다. 질문과 답변이 오갈 때 대답을 들으며 면접관들이 펜을 들고 이력서나 평가 항목에 체크를 하는 경우가 있는데, 이는 '업무 능력 및 직무기술'과 '인·적성' 항목에 체크를 하는 경우다. 해당 속기사가 직무에 대한 역량을 펼칠 수 있는 사람인지 파악하는 것이다. 속기록 작성의 특성상 혼자 일하는 경우가 많지만, 그래도 조직에 속하게 되므로 상하 동료 위계질서에 어울릴만한 인재인지, 아니면 간혹 개성이 너무 강해 조직의 화합을 저해할 수 있는지를 본다. 흔히 면접은 면접장에서부터 시작한다고 하지만 서류합격 통보 전화 받는 순간부터 평가는 시작된다.

» 1) 서류합격 통보 전화 받기

전화라서, 상대가 안 보인다고 건성으로 대답하면 절대 안 된다. 상대에게 먼저 인사를 건네고 이력서를 접수한 이후라면 그 어떠한 모르는 번호에도 '속기사 누구입니다.'라고 전화를 받는 습관을 기르도록 하자. 서류합격 통보 전화를 건 상대방이 끊기 전에 본인이 전화를 먼저 끊지 않는 것도 필수 팁이다.

» 2) 면접 대기 장소 도착

기본 중의 기본이지만 '지각'을 해서는 안 된다. 지정 시각에 도착해야 함은 물론, 지정시간이 없을 경우에는 최소 30분 전에 무조건 도착해서 현장의 공기를 잘 파악해야 한다. 면접 대기 장소에서 불량한 태도를 보이는 것은 금물이며, 바른 자세로 면접 시 오고 갈 질문에 대한 답변과 혹시 있을지 모를 면접관의 돌발질문 혹은 반론 등을 예상해 가며 충분히 마음을 가라앉히는 시간을 갖는다. 그러면서 언제 들러붙어 왔는지 알게 모르게 불어난 많은 양의 덜덜이 귀신들을 털어내는 작업도 병행한다.

» 3) 면접장

이제부터 자신이 탐스럽고 먹음직스러운 과일이라 생각하고, 어떻게 하면 정갈하고 깔끔하게 잘 다듬어진 '나'를 이곳의 접시 위에 잘 플레이팅 할 수 있는지 연구한다. 온갖 매력을 뽐낼 준비태세를 갖춰야 할 순간이 온 것이다. 말투부터 가다듬자. 면접관은 당신의 애인이나 물건 깎아주는 상인이 아니다. 지나친 애교와 눈웃음 같은 것은 삼가고, 남자 면접자라면 당신이 소개팅에서 보여주었던 시크남의 이미지나 상남자 포스, 혹은 번데기 같은 소극적인 거죽은 면접장 문밖에 벗어놓고 들어가야 한다는 사실을 명심하라.

» 4) 입실

1인 입실시 '노크'하고 입장한다. 면접관들은 보통 책상 서류를 보는 경우가 많으므로 '안녕하십니까?'라는 말을 한 뒤, 정중히 한번 고개 숙여 인사한 뒤 정해진 자리로 간다. 말과 인사를 동시에 하지 않는 것이 좋다. 이후 "○○에 지원한 누구누구입니다."라고 인사한 뒤 시간이 허락한다면 "면접기회를 주셔서 감사합니다."라고 말한다. 면접관 중 한 분이 "앉으세요."라고 하면 "감사합니다."라고 인사하고 앉는다. 로봇 말투나 발 연기는 금물. 최대한 공손하고 차분한 음성으로 천천히 대답하고 짧게 심호흡을 하며 자연스럽게 면접 의자에 앉는 것이 포인트이다.

» 5) 태도

면접관들이 본격적으로 질문을 시작하기에 앞서 잠깐의 정적은 아마 여태껏 자신이 살아온 날보다도 길게 느껴질 수 있다. 그 대기의 시간 동안 동공 지진이나 다리 떨기, 손 부여잡고 조물거리기, 천장 쳐다보기 등은 삼가야 한다. 마음속은 거대한 파도가 쉼 없이 몰아치고 있더라도, 평온한 강물 같은 표정으로 질문을 받아낼 준비를 한다. 혹시 준비 못한 것은 "죄송합니다. 미처 생각하고 준비하지 못한 부분입니다."라고 차분히 대처한다. 이때 안정적인 시선 처리가 중요한데, 이것이 중요한 이유 중 하나는 속기사는 어떠한 상황에도 기록의 의무를 다해야 하기 때문이다. 따라서 면접장에서 어떤 당혹스러운 순간이 오더라도 허둥지둥하는 모습을 보인다면 면접관들은 당신이 속기사라는 업무의 성격에 맞지 않는 성향을 지닌 사람이라고 인식하기 쉽다.

예상한 질문이 적중해 가며 면접 분위기가 순조롭게 진행된다면, 면접관 얼굴 전체를 편안하게 바라보면서 대답할 수 있도록 한다. 면접관이 2명 이상일 경우 시선을 골고루 맞추며 대답하는 것이 좋다. 제스처는 자신 있게, 시선은 도전적인 눈빛보다는 겸손하고 성실한 이미지를 부각하기 위해 또렷하게 뜨는 것이 포인트이다. 자신의 목소리가 어떤지 면접 예상 질의를 해가며, 녹음해서 들어보는 것이 좋다. 5분 안에 호감과 비호감이 결정되는 순간인 만큼, 당당한 목소리, 자신 있는 말투, 밝고 생기가 넘치는 건강미 있는 모습을 보이는 것이 중요하며 말을 할 때 속된 표현을 삼가는 것이 좋다.

» 6) 답변

면접관의 질문에는 질문 의도를 정확히 파악하여 최대한 간결하게 답변한다. 면접에서 딱 떨어지는 정답은 없다. 그러나 면접관의 질문 의도를 파악하고, 정확하게 요점을 찾아 대답하는 연습이 필요하다. 절대로 핵심을 벗어나지 말고 장황하게 횡설수설하지 말아야 한다. 다음은 자주 나오는 질문들이다.

- "자기소개 해보세요."

▷ 남들과 비슷한 답변은 지루하다. 호기심을 자극할 수 있는 독특한 이야기 속에서 추상적이지 않게 나를 채용해야 하는 이유에 관해 설명한다.

- "성격의 장단점은 무엇인가요?"

▷ 장점은 무조건 2~3가지 정도 준비하여 생동감 있고 자신 있게 구체적으로 답변한다. '예를 들어' '첫째~, 둘째~' 이런 식으로 나눠서 말하면 좋다. 단점은 함정이다. 수위를 조절해서 부정적인 이미지를 가진 단어를 쓰지 말아야 한다.
▷ 좋은 예) "욕심이 많아서 뭐든 한꺼번에 하려는 경향이 있습니다. 그래서 우선순위를 정해서 처리하도록 습관을 들이고 있습니다."라는 식으로 '개선 가능성'이 있는 단점으로 승화시켜 대답한다.

- "지원하신 우리 기관에 대해 아는 대로 이야기해 보세요."

▷ 지원기관의 소개, 역할, 조직 등 인터넷 사이트에 공개된 정보는 무조건 미리 숙지해야 한다. 예를 들어 검찰총장님 성함, 대법관님 성함 등도 익혀두면 좋다. 기본 정보가 바탕이 된 뒤에 좀 더 차별화된 정보를 분야별로 수집하고 분류하여 관련 자료를 모으면 면접에서 큰 효과를 볼 수 있다.

▷ 좋은 예) 강릉검찰청 지원 시

"강릉지청이 법무부와 대검찰청의 인권 보호와 청렴도 평가에서 국내 최우수 검찰청에 선정됐다는 기사를 접했습니다. 저도 실시간 조서 작성 업무를 통해 국민의 인권 보호에 일조하고 싶습니다."

- "본인이 입사해야 하는 이유에 관해 설명해 보세요."

▷ 자신이 지원한 기관을 얼마나 좋아하고 원하는지 구체적이고 참신하게 답변을 준비하고 눈빛까지 기관에 대한 충성심을 담아 대답해야 한다.

- "입사를 위해 어떤 노력과 준비를 했나요?"

▷ 이것은 해당 기관에 속할 속기사로서의 자질을 평가하는 것이다. 앞부분에 결론을 두어야 한다. '나는 이런 것을 할 수 있고 그래서 나를 뽑아야 한다.' 이런 멘트를 가급적 많이 하는 것이 좋다. '수사업무에 관심이 있었고, 역할을 다하기 위해 무슨 자격증을 취득했고, 이런 실무를 경험하기 위해 협회나 기관에 신청해서 이러이러한 일을 간접 경험했다'라는 식으로 대답하는 것이 바람직한 예이다. 만약 합격한다면 이 경험들을 한껏 살려, 본 기관의 업무에 일조하고 싶다는 소망을 담는 것이 좋다.

▷ 좋은 예) "말을 그대로 기록하는 것은 굉장히 어렵습니다. 왜냐하면,

아는 만큼 들리기 때문입니다. 본 ○○○(기관명)은 다양한 사건을 다루는 만큼 다양한 분야의 지식을 습득하기 위해 평소에 뉴스 시청은 기본이고, 형사소송법 공부, 판례 검색해 보기, 신문 챙겨 보기 등의 노력을 하고 있습니다."

▷ 좋은 예) "실력 있는 속기사는 기능인이 아니라 지식인이라고 생각합니다. 특히 최근에 신조어와 전문용어가 쏟아져 나오기 때문에 첫 번째로 청취능력을 올리는 훈련은 필수이고, 특히 풍부한 어휘력과 폭넓은 이해력이 필요하기 때문에 우리말 공부, 국회 및 의회 중계 회의록을 읽어보는 등의 노력을 하고 있습니다. 두 번째로는 빠른 말이나 사투리 등에도 빨리 대응할 수 있도록 1급 파일을 좀 더 빠르게 재생하여 연습하는 등으로 속도를 올리는 훈련을 하고 있습니다."

- "속기사의 자질 및 자세에 관해 이야기해 보세요."

▷ 좋은 예) "속기사는 첫째, 아는 만큼 들리기 때문에 평소 다양한 분야를 접해야 합니다. 둘째, 단순히 들은 대로만 속기하는 차원을 넘어서 발언자의 발언 의도까지 정확히 간파해야 합니다. 셋째, 나아가 회의 진행 상황 전반을 꿰뚫고 있을 때 비로소 진정한 기록으로 완성될 수 있다는 것을 항상 상기해야 하며, 마지막으로 오청으로 인한 오류를 줄이기 위해 모든 역량을 발휘해야 한다고 생각합니다."

• 경력 및 실무경험에 관한 질문

▷ 과거의 아르바이트 및 인턴 경험을 통해 얻은 좋은 결과를 설명하고, 이를 어떻게 발전시켜 나가고 활용한 것인지 제시해야 한다. 반드시 사건을 구체화하고 풀어서 이미지가 떠오르게 한다. 주어진 업무를 벗어난 약간의 도전적인 이야기도 좋다. 거기에서 느낀 점을 나열하며 "새로운 경험을 할 수 있었다."는 식의 발언으로 이직 전 직장이나 기관도 함께 부각하면서 발전할 수 있는 이야기의 소재가 좋다.

▷ 좋은 예) "○○군 의회에서 회의록 작성 아르바이트를 한 적이 있었습니다. 잠깐이었지만 기존에 있는 녹음파일을 이용하지 않고 실시간으로 속기를 할 수 있는 프로그램들을 활용하여 다른 속기사들보다 훨씬 빠르게 기록을 완성했습니다. 담장 계장께서 '○○○씨 속기록은 빠르기도 하지만 검수할 필요가 없을 정도로 완벽하다'고 칭찬을 많이 해주셨습니다."

• "속기란 뭐라고 생각하세요?"

▷ 좋은 예) "다른 사람의 말이나 의사표시를 속기 장비를 활용하여 신속, 정확하게 기록하는 것으로 생각합니다."

▷ 좋은 예) "무형의 음성적인 언어를 빠르고 정확하게 기록하여 이를 문서화 하는 모든 활동을 의미한다고 생각합니다."

- “속기사가 된 동기나 포부를 말해 보세요”

▷ 자기 직업에 대한 애정과 소명의식을 꼭 덧붙여야 한다. 속기사는 단순히 사람의 말을 받아치는 타자수가 아니다. 기록과 관련된 문구를 인용하는 등 업무의 중요성을 인식, 굳은 신념과 자부심을 엿보이게 해야 한다.

▷ 좋은 예) “속기사는 여러 사람의 입을 통해 많은 새로운 사실들을 듣다 보면 새로운 지식습득에 대한 욕구가 생겨나 전문지식 습득에 꽤 열성적으로 됩니다. 이런 면에서 속기사라는 직업은 항상 지적인 면에서 자극받는 좋은 조건 속에서 근무할 수 있어서 이 직업을 선택하게 되었습니다.”

▷ 좋은 예) 공판중심주의 강화 등 재판환경 변화로 법원 속기사의 업무는 갈수록 늘어나기 때문에, 많은 업무를 소화하기 위해서 속기사의 업무혁신이 필요하다고 생각합니다. 저는 디지털속기 기술 등 다양한 속기술을 접목하여 획기적인 업무 성과를 내도록 노력할 수 있습니다.

▷ 좋은 예) “우리가 과거에 말을 걸 수 있는 유일한 수단은 기록입니다. 또한, 기록은 우리의 미래를 디자인할 수 있는 밑거름이자 나침반이 됩니다. 이런 중요한 기록업무를 담당하는 속기사의 직업에 매력을 느끼기 시작했고, 업무를 할 때마다 책임감과 큰 보람을 느낍니다.”

▷ 좋은 예) “사라지는 말을 기록하는 속기사라는 직업을 접했을 때, 기록문화에 대한 이해가 부족한 저로서는 생소하고 모험적인 분야로 느껴졌습니다. 그러나 기록 없이 그 어떤 사실도 보존할 수 없고 기록으로

남을 때만이 '펜은 칼보다 강하다'는 금언처럼 힘을 발휘할 수 있다는 것을 알게 되었습니다."

▷ 좋은 예) "정보의 독점은 독재 정치와 같은 해악을 남기지만 정보의 공유는 민주주의처럼 다수의 이익에 공헌하며, 정보의 공유가 많을수록 상승효과를 갖는 특성이 있습니다. 속기사가 작성하는 회의록은 국민의 알 권리 실현을 위한 중요한 업무이므로 어떠한 어려움이 있더라도 사명감을 가지고 제가 보유하고 있는 새로운 기술을 접목하여 기존 속기 업무를 혁신해 나가보도록 하겠습니다."

▷ 좋은 예) "회의록 작성공개는 투명 행정의 핵심이며, 미래 세대를 위한 최소한의 책임이라고 생각합니다. 세계 최고의 역사서로 평가받고 있는 조선왕조실록을 기록한 조선 시대 사관처럼 철저한 프로정신으로 본 기관의 회의록 서비스가 최고로 신속 정확하다는 평가를 받을 수 있도록 노력하겠습니다."

▷ 좋은 예) "속기록은 단순히 과거사를 기록해 놓은 것에 그치는 것이 아니라, 미래를 담는 기록이라고 생각합니다. 속기하는 순간 이미 현재에서 돌이킬 수 없는 과거가 되어버리지만, 속기록에 담긴 내용을 통해 과거를 반성할 것은 반성하고 계승할 것은 계승하여 더욱 바람직한 미래를 창출해낼 수 있는 대한민국을 위해 헌신을 하고 싶습니다. 제가 ○○○ 기관에 합격한다면 역사 현장의 파수꾼이 되도록 역할을 다하겠습니다."

» 7) 면접 종료

혹시 면접이 준비했던 것처럼 제대로 이뤄지지 않았다면, 자신에게 30초의 어필 시간을 달라고 말한다. 허락될 경우 입사 후 목표 (단기, 중기) 및 자신의 꿈과 생각을 짧게 어필한다. 자신이 무엇에 강하고 약한지 정확히 알고 그것을 바탕으로 지원 기관의 현재와 미래에 자신을 넣어가며 구체적인 사실을 나열해 간다. 그리고 "끝까지 경청해 주셔서 감사합니다."라고 인사한다.

» 8) 면접자의 반론은 의외로 좋은 반응이다

반론은 반전을 가져올 수 있다. 생각지 못한 질문에서 생각하지 못한 자연스러운 질문이 나오고 면접의 흐름과 상관없이 진짜 나를 어필할 수 있는 시간이다. 또한, 면접관과 면접자가 질문과 답변의 기회를 다시 한 번 새롭게 정비함으로써 면접장의 분위기가 신선하게 흘러가기도 한다. 다수의 면접자를 상대한 면접관이 뻔한 질문보다 이 돌발질문을 통해서 당신의 새롭고 참신한 대답을 얻고 싶었는지도 모른다. 돌발 반론을 함으로써 면접자의 태도나 대처 능력을 보기도 한다.

» 9) 속기사가 받은 돌발질문

- "전공과 상관없는 일인데 속기를 선택한 이유가 뭔가요?"

▷ (좋은 예) "지금은 속기사로서 업무를 희망하고 있지만, 이 전공에 대

해 선택하고 배운 것에 대해 후회는 없습니다. 왜냐하면, 실무 경험을 하면서 느끼는 것이지만, 속기사는 다방면의 정보와 지식을 습득해야만 경쟁력이 있다고 느끼기 때문입니다. 아는 만큼 들리기에 그만큼 신속 정확하게 속기록을 작성하는데 보탬이 된다는 것을 느꼈습니다. 그렇기에 이 전공은 나에게 이러이러한 장점을 주었고, 이것이 속기록 작성할 때 실제로 많은 도움이 되곤 합니다."

▷ (나쁜 예) 성적대로 전공을 선택할 수밖에 없었다거나, 100% 부모님의 의사였다거나, 별생각 없이 선택한 전공이 나와 맞지 않아서라는 대답은 피하는 것이 좋다.

- "이전 기관도 좋은 기관인데, 왜 이직을 하려고 하나요?"

▷ (좋은 예) "이전 기관에서 배운 점이 참 많습니다. 일을 해오며 늘 속기사로서 한 단계 더 도약하고 도전할 수 있는 희망을 품고 있었고, 이전 기관에서의 노하우를 쌓아서 평소에 관심이 있었던 이곳 ○○기관에 꼭 한번 도전해 보고 싶었습니다."

▷ (나쁜 예) 설마 그런 사람은 없겠지만 상사와의 불화 때문에, 혹은 계약직이었기 때문에 이곳에서 공무원 신분으로서 혜택을 누리고 싶다거나 팀 내에서 마음이 맞지 않는 사람이 있었다는 고충을 얘기하지 않도록 한다.

• "들은 대로와 들리는 대로의 차이에 대해 말해보세요."

▷ 속기록과 녹취록의 차이를 돌려서 질문한 것이다. 다소 헷갈릴 수 있게 우회해서 한 질문으로 실무경험이 많은 속기사에게 '기본'에 관해 묻기 위해 이렇게 질문을 돌려서 하기도 한다. 들은 대로 빨리 문서를 기록화시켜야 하는 것이 속기록, 들리는 대로 더하거나 빼지 않고 가감 없이 사실에 정확도를 높여 신중을 기해야 하는 것이 녹취록이다. 속기록은 회의장이나 브리핑 등 현장에서 최대한 신속하고 빠르게 기록을 작성해 초안과 완본을 완성해야 하는 것이며, 녹취록은 법정에서 증거로서 효력을 지니고 있는 만큼 있는 사실 그대로 토시 하나 빼지 않고 적어내려야 하는 것이다. 주로 검찰, 경찰, 법원 등에서는 녹취록을 많이 요구하며, 행정기관 등의 정부 기관, 의회, 국회 등에서는 속기록 작성 위주로 업무를 하는 편이다.

• "이전 직장에서 팀장으로 있었는데 회식은 자주 했나요?"

▷ 내가 받았던 돌발질문이다. 내 경험을 얘기해 보자면, 나는 팀워크를 위해서 회사 카드 말고 내 월급의 일부를 저축한 개인카드로 분위기 좋은 곳에서 직원들과 많은 이야기를 하려고 노력했다. 회의할 때 딱딱한 회의장에서 하다 보니 한 직원이 "이런 회의장에서 하는 회의들은 회의적이다."라는 의견을 내기에, 가끔은 분위기 좋은 곳에서 커피를 마신다거나 회식을 잡아서 서로 의견을 나누었다. 그러다 보면 업무상 있었던

애로나 상충되는 부분들이 부드러운 대화를 통해 해소될 수 있었다. 이런 나의 경험을 참고해서 각자 대응하면 좋을 듯하다.

- **"추천서를 써준 상사와 속기 관련된 에피소드가 있었다면?"**

▷ 속기 관련된 에피소드 하나쯤 상사와 있기 마련이다. 예를 들어서 해당 기관 업무의 속기 외에 부나 팀을 위한 외부 속기록을 행사의 성격상 재능기부 형태로 했다거나, 업무의 난이도가 높았던 속기록을 작성하며 상사에게 신뢰를 얻었다는 등의 내용을 밝히는 것이 좋다. 덧붙여 '상사는 어떤 직원을 편애하는 편은 아니지만, 내가 평소 관심 있던 이 기관에 이직을 희망했을 때 흔쾌히 추천서를 써주신 분이다.'라고 덧붙인다면 서로 윈윈 할 수 있다.

- **"이 기관에 합격하면 본인보다 나이 어린 동료들이 선배로 있을 텐데, 그들에게 선배라고 부르고 팀워크를 지킬 것인가?"**

▷ 고민할 필요가 없다. 조연이 주연이 되고 주연이 조연이 된다고 해서 자신의 가치가 떨어지는 것은 아니다. 이 질문은 당신의 기분이 어떻겠냐고 물어보는 것이 아니라, 프로로서 어떤 분위기나 상황에 휩쓸리지 않고 하나의 색깔을 갖춘 동료의식이 있는지를 물어보는 '답이 정해져 있는 질문' 중 하나라고 보면 된다.

- “속기사는 여성들이 많은데 왜 남자 속기사가 되려고 하는가?”

▷ (좋은 예) “대부분 속기사의 비율은 여성이 우세합니다. 이전 직장에서 혹은 ○○○ 현장 속기 실무에서 만난 여성 속기사들과 여성 상사에게서 여성들 특유의 작업방식에 대한 유연함을 배울 수 있었던 것 같습니다. 그런데 남자 속기사는 해당 업무 외에 생길 수 있는 다른 업무에 좀 더 능동적인 것이 장점이라 생각합니다.”

▷ 군대 생활에서는 여성이 경험하지 못한 남다른 경험들이 있을 것이다. 군대 조직의 상하 관계에서 배울 수 있었던 점을 나열하며 십분 활용하는 것도 좋다.

+요약팁

★ 속기사 이력서에는 오 · 탈자를 조심해야 한다. 또한, 단체 면접 시에는 상대방의 말을 끝까지 경청하고 공감하는 등의 제스처를 취하는 것이 면접에서 지켜야 할 매너이다.

★ 자신을 어필할 수 있는 자료나 사진, 추천서 등을 꼭 챙겨가서 뻔한 면접장 분위기를 환기시키고 자신이 주도해 보는 것도 좋다.

〈열심히 공부하고 있는 예비 속기사들의 모습〉

속기사 일기5

첫 직장에서 겪은 고난의 시절

2008년 나는 문체부 e브리핑 정책브리핑에 속기사로 입사하게 되었다. 예비 속기사들이 꼭 들어가고 싶어 하던 관공서에 참 운 좋게도 빨리 입사하게 됐던 것이다. 그래서 나는 '진짜 운이 좋구나, 고등학교도, 대학교도 시험 없이 진학하고, 또 취직 역시 이렇게 좋은 곳에 필기시험 없이 취직하다니, 난 정말 운 하나는 타고 났구나'라고 생각하며 아주 기뻐했다. 그 이전만 해도 속기사 자격증을 레벨 업 하기 위해 아르바이트를 했던 것이 전부였지만, 이제는 진짜 실전에 돌입하게 된 것이었다. 녹음된 내용을 문서화시키고 정리하고 수정하는 게 아니라, 그야말로 전 부처를 상대로 실시간 속기를 하게 된 거였다. 참고로 실시간 속기는 내가 타이핑 치는 모든 내용이 브리핑 시스템을 통해서, 이를 지켜보는 우리나라 모든 부처 관계자들에게 제공되며, 또한 브리핑실 내에 있는 기자들이 모두 그대로 보고 기사 쓸 때 참고하게 된다. 또한, 이 모든 내용은 정부 기록물로 남아 임의로 수정 및 삭제를 못하게 된다. 국회 중계시스템과 일맥상통하는 시스템이라고 할 수 있다.

그렇게 첫 출근을 하던 날, 정부 서울청사 문 앞에서 삼엄한 경비를 뚫고 '아무나 들어갈 수 없는 그 문'을 지날 때 나는 속으로 또 쾌재를 불렀다. '암울했던 시간은 다 지나갔구나, 난 다시 간지 나게 변모하고 있어. 이제 내 인생도 환한 빛을 보게 되나보다, 역시 맘고생 하고 노력한 보람이 있네.'라고 혼잣말을 했다. 굳이 엘리베이터를 타지 않고 계단 하나하나를 밟아가며 계단 하나에 내 칭찬 하나를 얹어가며 사무실까지 걸어 올라갔다. 그렇게 시작된 첫 출근, 그렇게 수습 일주일이 지나가고 있었다.

그런데 '이후 행복하게 멋진 속기사가 되었습니다.' 하면 좋으련만, 이게 웬일, 역시 인생은 호락호락하지 않다는 것을 또 한 번 느끼게 되었다. 자신감 하나로 들어선 곳에서 나는 내 실력을 반도 선보이지 못한 채 망신을 당하고 있었다. 자격증과 현장실무 경력, 실기 테스트와 막힘없는 면접을 통해 정정당당하게 들어왔건만, 막상 기록하려고 하니, 상식도 지식도 부족해 나의 무지함이 그대로 드러나는 기록을 남기고 있었던 것이었다. 타이핑 실력은 그야말로 꽝이었다. 먼저 입사한 선배 속기사들은 나를 의심의 눈초리로 바라보고 약간의 한숨 섞인 어조로 틀린 점을 지적하며 가르쳐 주었다.

한 달이 다 되어가도록 나는 조직 시스템과 업무에 적응하지 못했다. 거기에 더해 이 악물고 갖춰놨던 실력조차 점점 뒷걸음질 치는 바람에 다시 못난 쭉정이처럼 앉아 시간만 잡아먹고 있었다. 우리 업무는 조를 이뤄 팀워크를 발휘하며 기록을 해내야 하는데, 내가 자꾸 실수를 연발하고 잘못된 정보를 올리고 있으니 팀원들 사이에서 나는 '꽝손'으로 불렸다. 부처에서도 실수를 지적해 사무관님이 난처해하시는 일도 생겨났다. 팀원들은 점점 나와 한 조가 되기를 거부했고, 나로 인해 자신의 업무에 피해를 보게 될까 노심초사했던 동료들은 이내 나를 배척하기 시작했다. 흔히 말하던 직장 왕따, 그게 바로 나였다. 그런데 이유 있는 왕따였다. 그렇게 신뢰를 잃은 나에게 누구 하나 살뜰하게 나서서 업무를 가르쳐 주려 하지 않았다. 그저 '재는 저런 애', '일 못하는 애' 이렇게 낙인찍혀서 입사 취소 검토까지 이르게 되었다.

하지만 나는 퇴근 후 홀로 남아 동료들이 기록한 영상과 타이핑을 보며 필사를 열심히 했다. 쫓겨날 때 쫓겨나더라도 진짜 속기가 뭔지 보여주고 가겠다고 마음먹었다. 업무시간에 나를 그룹 채팅창에서 배제해놓고 자기들끼리

뭐라고 채팅으로 속닥속닥하며 큭큭큭 웃던 일들, 밥 먹을 때 내 딴에는 조금 웃겨보겠다고 개그라도 날리면 오히려 식당 분위기가 싸늘해지던 일들, 내가 일만 하면 팀장한테 불려가 누구나 다 들리게 호되게 혼나던 일들……. 이 모든 일이 예전에 예술이라는 첫사랑의 실체를 깨달으며 겪었던 아픔과 겹치며 '아, 이것도 곧 때려치우겠구나.' 하는 내 안의 목소리로 울려 퍼졌다. 하지만 나는 그런 내면의 목소리를 외면한 채 이 악물고 열심히 필사를 이어나갔다.

그렇게 열심히 한 결과, 나는 그때 나를 찍어내려던 속기팀장 자리에 5년 만에 앉을 수 있게 되었다. 그때 그 자리로 가서 책상을 정돈하며 앞으로 내가 가이드할 속기직원들을 바라보는데, 아니 더 정확히 말하면 약간 내려다볼 수 있었는데, 자리 하나 바뀌었다고 마음도 더 단단해지고 요란하던 마음도 고요히 가라앉으며 비로소 더 업무에 집중할 수 있게 되었다.

어린나무도 몸집을 키우기 위해 더 넓고 좋은 땅으로 옮겨 심으면 아무리 비옥하고 좋은 땅일지라도 한동안 몸살을 한다고 한다. 그런데 몇 달쯤 그 몸살이 끝나면 더 크고 풍성한 훌륭한 나무로 자라난다. 마찬가지로 내가 겪은 취업 몸살도 어쩌면 그와 비슷한 지독한 몸살이 아니었던가 한다. 속기사로서 근사한 첫 직장에서 맛보게 된 그 맛은 진짜 쓰고 달고 난리도 아니었지만, 모두 지나고 나니 참 달콤하다. 마치 아주 고품격 초콜릿을 먹고 음미해보는 기분이랄까. 진짜 맛있는 초콜릿 안에는 매우 쓴맛과 짠맛이 포함되어 있다고 한다. 그 고통스러운 맛이 오히려 단맛의 풍미나 향을 배가시켜서 더 고급스러운 맛을 도출한다나. 그래서 이 맛있는 초콜릿이 되기 위해, 진짜 속기사가 되기 위해 짠 눈물 한 바가지, 쓴 콧물 한 동이를 흘려냈는지도 모르겠다.

내가 속기사라는 직업을 찾고 뿌리내리기까지 내가 겪은 모든 일은 우연이 아니라 운명이었다고도 생각한다. 여기까지 오기 위해, '들은 대로, 들리는 대로'의 속기사의 업무를 잘 수행하기 위해 글짓기, 글쓰기 등의 수련을 해 왔던 것은 아닌가 짐작해본다. 과거의 삶은 지났다고 끝나는 것이 아니라 미래의 많은 날과 이어져 있다고 확신한다. 예술을 사랑했던 현장에서 나를 힘들게 한 것들을 못 참고 도망치듯 뛰쳐나왔지만, 속기사라는 새로운 현장에서도 똑같이 힘든 상황은 존재했다. 그걸 참아내는 힘, 버티는 힘, 올바르게 이끌어 가는 힘을 기르는 것이 중요하다. 문체부 정책브리핑 속기사로 입사하려는 새로운 신입 속기사들 역시 각자의 사연도 전공도 제각각이지만, 그 새로운 도전 자체를 환영한다. 또 '직접 이 일을 해보니 참 괜찮은 직업이구나', '정부 기록물을 작성한다는 사명감, 이 사명감은 굉장히 나의 자존감을 세워주었다'고 말해주고 싶다.

6장

이런 것도 궁금해요

속기에 대한 기본적인 질문에서부터 입문하기 위한 자격, 속기사에 대한 처우 및 직업적 전망에 이르기까지, 속기에 입문하려는 분들이 흔히 궁금해하는 질문들과 이에 대한 답변을 모아보았다.

» Q. 수필속기, 타자속기, 디지털영상속기가 다 뭔가요?

과거에는 수필속기가 대세였고, 이후에는 타자속기, 그리고 지금은 디지털영상속기가 널리 사용되어 가고 있죠. 하지만 종류가 많다고 머리 아파할 필요는 없어요. 모두 기록을 남기는 방식인데, 현재 세상의 흐름에 비추어 어떤 속기가 더 대중화되고 보편화되어 가고 있는지 살펴보세요. 펜을 가지고 쓰는 방식도, 기계를 갖고 기록하는 방식도 모두 속기에 속하는 하나의 방식일 뿐이에요. '빠를 속速 자에 기록할 기記'라는 속기速記라는 단어조차 이미 과거의 작업방식에서 비롯된 산물이라고나 할까요. 요새는 타이핑 못 치는 사람이 거의 없고, 또 2벌식 타자기로도 빠르게 칠 수 있는 사람이 많잖아요. 중요한 건 앞에서도 언급했듯이 이제는 단순히 기록하는 것에서 벗어나 기록의 자동화 추세에 맞춰 속기계도 발전하고 있다는 사실이에요. 좀 더 첨단화된 기계를 보유해서 누가 작성하느냐가 핵심 포인트인 거죠.

※ 참고) 속기방식의 변천

1. 손으로 작성하는 수필 속기 방식

수필속기는 점, 선, 부호 등을 사용해 기록한 뒤 다시 번문하는 방식이다. 속기타자기의 등장으로 90년대 교육처가 없어지고 시험도 폐지되었다.

2. 타자기 및 컴퓨터를 이용한 "컴퓨터속기"(1990~)

90년대 초 미국 속기타자기를 도입해 한글에 맞게 개조되고 발전하였다. 속기타자기는 영어, 한자, 특수기호 입력에 불편함이 크고 여러 사람의 발언 내용 등은 실시간 속기가 불가능해 회의가 끝난 후 녹음에 의존해 입력, 수정을 다시 하며 많은 시간이 소요되는 한계를 가지고 있다. 한편 초고속키보드는 일반 키보드의 역할과 한글음운 체계에 맞아 속기하기에 편리하고, 다양한 최첨단 기능을 접목할 수 있는 입력시스템으로 개발되었다.

3. 디지털 기능 탑재 "디지털속기"(2000-2004)

2000년대 들어 디지털 기능을 적용한 속기키보드가 처음 등장하였다. 실시간 음성을 제어할 수 있는 음성분석 프로그램 및 100m 거리의 소리를 잡아내는 무선시스템, 키보드에 음성 등을 저장할 수 있는 메모리카드 등 속기, 수정, 검수, 편집이 one-stop으로 진행되어 속기록을 몇 배 빠르게 작성할 수 있게 되었다.

4. 속기의 스마트화 실현 "디지털영상속기"(2006~)

뉴미디어를 시작으로 멀티 스마트에 이르기까지 세계 최초로 언제 어디서든 전 세계 원격 속기가 가능한 속기 환경을 구현한다. 최첨단 디지털영상기술과 문자인식을 접목한 디지털영상속기는 대검찰청의 속기교육 및 수사 장비로 선정된 바 있으며, 실시간 속기록 작성을 가능케 하였다.

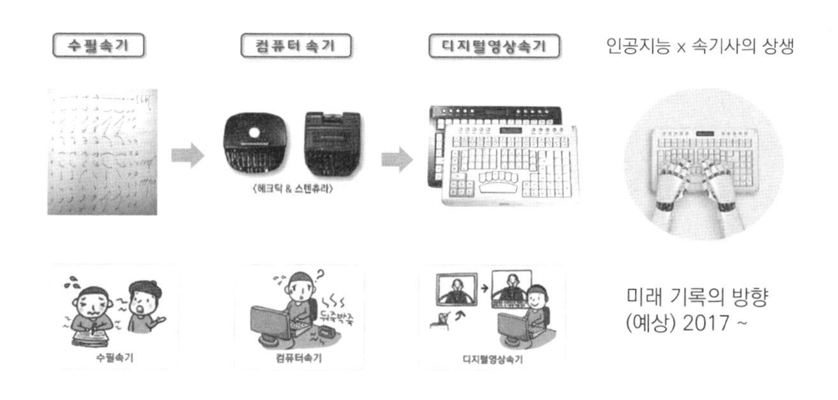

〈자료제공:(사)한국AI속기사협회〉

» Q. 고졸인데 속기사 할 수 있나요?

이런 질문을 꽤 많이 주시는데, 저는 질문 자체에 문제가 있다고 생각해요. 고졸이 뭐가 어때서요? 고졸은 필수교육과정을 모두 마친 사람들이고요, 대입은 선택일 뿐이에요. 명문대 입학했다고 해서 그 이후의 시간이 고졸과 현격히 차이가 나거나 시간의 질량 차이가 있는 건 아니에요. 고졸 학력이 걱정된다면 다른 무언가로 학력의 공백을 메워줄 노력을 하면 되는 거예요. 사실 대부분의 기관에서 새로운 지원자 이력서를 받았을 때 보면 대졸자들이 많죠. 하지만 요새 그것만 가지고는 어필할 수 없어요. 오히려 고등학교 졸업 뒤에 했던 경험과 헌신적인 노력의 결과물이 '대졸'이라는 이력서 한 줄 보다 더 가치 있게 느껴지고 있다는 것이 현장 면접관들의 목소리랍니다. 요새는 경험도 훌륭한 스펙이 되고 경력이 되는 세상이에요. 자신만의 스토리를 담은 경험치가 어찌 보면 더 진솔한 출발점이 될 수 있죠.

단, 특정 학벌에 대해서만큼은 회사라는 조직, 그리고 기관이라는 집단이 가진 고유의 편견이 있기 마련이에요. 그 편견을 깰 자신만의 특수무기 하나쯤은 장착해야 하지 않겠어요? 당장 내 손에 학벌이라는 진격 소총이 없다면 가슴에 수류탄 한두 개쯤은 품고 있어야 해요. 그래야 이 취업 전쟁에서, 숨 막히는 면접장에서 묵직한 위력을 보일 수 있겠죠? 그렇다면 가성비 훌륭한 작은 수류탄 하나 소장하세요. '전방 수류탄'을 외치며 핀을 뽑는 순간, 당장 내 옆의 경쟁자 한 사람, 아니 수십 명쯤은 거뜬히 날려 보낼 수 있을 테니까요.

» Q. 전업주부인데 지금 하면 늦지 않을까요?

사실 대한민국에서 임신과 출산은 제도적으로나 직장에서 바라보는 시선 면에서나 여성에게 매우 불리한 게 사실입니다. 그리고 두 아이를 둔 저조차도 그런 상황에 '속기 한번 해보실래요?'라고 쉽게 권하기는 어려워요. 결국은 스스로 생각해서 선택해야겠죠. 내가 뭔가를 하고 싶을 때 속기사라는 직업이 눈에 들어왔다면, '당장 1년 정도는 자판 배열을 익히고 자격증 따는데 시간을 할애해야 하는데, 그 꾸준함을 유지할 수 있을까?' 이 단순한 물음에 신중히 대답해봐야 해요.

본인이 생각한 대로 저질러 봐야 직성이 풀리는 성격이라면 당장 시도해 보라고 하겠지만, 임신과 출산은 예측하지 못한 상황 변수가 많고 그 상황에 지배되는 날들이 많은 게 사실이잖아요. 사람이 예측을 뛰어넘는 물리적인 상황에 지배되면 그 상황에 매몰되곤 하죠. 그렇게 세월이 지나가는 거예요. 그런데 세월의 물결 속에서 잠시 경로를 이탈해 새로운 세상을 경험하려면 많은 적응기가 필요할 거예요. 나뿐만 아니라 주변의 모든 환경, 아이의 양육이나 내 정신상태 등 재무장이 필요하죠. 그 도전이 '배우기'라면 무엇이 되었든 시도해 보라고 하고 싶어요.

전 오늘 아침에 만삭의 몸으로 출근준비를 하며 거울에 비친 내 모습에 한숨이 새어 나왔어요. 그러다 예전의 내 모습이 번쩍하고 떠올랐죠. '아…, 나는 왜 20대를 그렇게 흘려보냈을까? 그때는 모든 것이 반짝이던 시절이었고, 비록 잠시 빛이 바랬다고 해서 젊음이 모두 소멸하는 것도 아니었는데, 왜 실수가 두려워 다양한 시도를 못했을까?'라는 후회가 갑자기 엄습해 왔어요. 방에서 곤히 자는 아이를 두고 또 다른 아이는 내 배에 품고 출근길에 몸을 실어야 하는 내 현실이 잠깐 비참했어요. 마음의 소리가 드라이어 바람을 타고 우울감으로 변질되어 얼굴과 머리카락을 때리며 무참히 날라 오는데 순간 '멍~' 하더라고요. 그러다 일순간 깨달았죠. '그래, 지금 이 상황 때문에 과거만 탓하며 아무것도 하지 않는다면 또 십 년 후에는 오늘 나의 모습을 회상하며 후회하겠지. 그래도 나는 이 직업이 있어 참 다행이다.' 속기 자격증 덕택에 2년 남짓한 시간 동안 관공서라는 큰물에서 조직 생활을 경험하고, 다시 그 경험을 밑천 삼아 10년이라는 시간을 직업적 품위를 유지하며 보냈으며, 결혼도 하고 아이도 낳고 다시 또 복귀할 수 있었으니까요. '그래 그것참 다행이구나' 하면서 오늘에 힘을 실었어요. 후회라는 과거의 산물을 끌어안고도 더 나은 삶으로 도약할 힘을 낼 수 있는 건 인간만이 할 수 있는 초월적인 능력 같아요.

물론 전업주부나 경력단절 여성, 육아기의 여성이라면, 일부 기관이나 단체 등에 취업하기가 조금 어려울 수 있어요. 하지만 속기 봉사나 강사 녹취사무소 등의 창업을 고려해 본다면, 그곳에서는 혼족들이 경험해 보지 못한 다양한 스킬들을 가장 화려하게 발휘할 수 있어요. 관계 측면의 노련함, 출산과 육아라는 아무나 할 수 없는 경험을 통해서 얻은 용기, 그 모두가 이곳에서는 아주 잘 통하죠. 늦은 나이에 기혼인 상태에서 아이도 있는 상황, 그때 자격증 달랑 하나 가지고는 이미 여러 취업의 문은 닫혀 있다고 봐야 하는 게 당연한 현실이에요. 하지만 그 어떤 문에도 틈이라는 것은 있기 마련이죠. 속기 분야에서 그런 틈이란 사무소 창업이나 속기 봉사, 협회 강사, 복지대학교 등에서 강의록 작성 등등이라 생각해요. 이런 길도 있으니 심사숙고해서 자신의 마음이 이끄는 방향으로 집중해서 실천해 보세요.

주부이자 두 아이의 엄마인 저도 최근에 속기 사무소 창업(10인의 속기 · 녹취사무소)을 앞두고 많은 고민이 있었어요. 어쩌면 속기사로서 다시 한번 새로운 길 위에서 나만의 지평을 열어보고 싶다는 강한 열망과 함께 다시 처음부터 시작한다는 것이 두려워지기도 하더라고요. 관공서 속기사와 사무소 대표이사는 속기록과 녹취록을 작성하는 맥락은 같을지라도 수행해야 하는 업무는 완전히 달라지니까요. 그렇게 이런저런 사업구상을 하다 보니 어느 날은 눈앞이 캄캄해지는 거예요. 그래서 어느 날 켜켜이 쌓여가는 두려움에 대한 감정을 해소하기 위해 소통전문가 '김창옥 강사님의 옥신각신 쇼' 강의를 듣게 되었죠. 비단 제 개인만의 문제를 다뤄주는 강의는 아니었지만, 사람이 살아가며 고민하는 모든 것들은 종류만 다를 뿐 그 고민의 크기만큼 삶을 짓누르는 무게의 고통은 다들 비슷비슷하더라는 것을 느낄 수 있었어요. 60분 강의를 마치면서 600명이 넘는 강연 참석자 중에 딱 두 분만 고민을 들어준다고 손을 들어보라고 하는 거예요. 저는 맨 뒷줄에 앉아 있었는데 '혹시나…?' 하는 마음에 손을 번쩍 들었죠.

처음에는 맨 앞에 계신 한 분이 결혼과 육아 그리고 시댁과의 갈등으로 인해 몸 상태가 많이 안 좋다고 눈물 보이시며 고민을 털어놓으셨고 강사님은 좋은 말씀으로 그분 마음을 달래주셨어요. 그다음에 고민인 사람 손을 들어보래서 제가 또 한 번 손을 들었고 교수님께서는 눈을 크게 뜨시며 "저 맨 뒷줄에 덩치 크신 분이요."라고 하시는 거예요. 저는 뒤돌아봤어요. 그랬더니 다시 강사님이 "어디 보세요. 그래요. 당신이요."라며 웃으시는 거예요. 제가 당첨된 거죠.

저는 떨렸지만, 최대한 차분하게 이야기를 해 나갔어요. "저도 임신 출산 육아 때문에 몸과 마음이 온전치 못하고 또 한편으로는 남편의 전직으로 인해 수입이 불안정해진 때문에 사실 많이 불안하다. 또한, 제가 속기사이고 10년 다닌 직장을 나와 사무소 창업을 하려고 하는데 자신감보다도 매우 불안하고 두렵다."고 말씀드렸어요. 아이도 둘이기 때문에 힘이 나면서 겁도 난다고요. 마지막으로 저 또한 책 출간을 앞두고 있는데 홍보 많이 해달라는 마무리 멘트로 끝을 맺었죠.

교수님은 이런 말씀을 해 주셨습니다. 사람은 힘이 들어야 잘 된데요. 순간적으로 힘이 딱 들어가면 힘들잖아요. 그런데 그건 나를 '업'시킬 힘이라네요. 예를 들어서 세계적으로 유명한 김연아 선수가 빙상장 위를 활주하다가 높은 점수를 받기 위해 플라잉 싯 스핀 Flying Sit spin이라는 점프를 하는데, 안정적으로 높이 올라갔다 착지를 잘 해야 점수를 잘 받잖아요. 그런데 자유롭게 활주를 하다가 순간적으로 점프를 하려면 어떻게 해야겠어요? 한쪽 발에 힘을 딱 주고 순간적으로 중력을 거스르며 점프를 해야 하잖아요. 이게 얼마나 힘들어요. 거기다 빙판인데. 선수는 그 한 동작을 위해서 얼마나 피나는 노력을 했을까요. 발레리나도 마찬가지라네요. 발레리나들도 중력을 거스르는 점프 동작을 위해 하루에도 수십 번 힘듦을 반복해야 하는데 거기에 더해 표정은 가장 황홀하고 멋지게 표현해내야 한다고 해요. 이렇게 힘들지만 '점프'라는 목표가 있기 때문에 노력하는 거라고요. 그리고 저에게 되물었습니다. "어떤 목표를, 꿈을 이루기 전까지의 삶은 내 것이 아닌가요?"

 가슴을 울리는 말들로 인해 저는 그동안 했던 속기사로서의 많은 고민과 새로운 선택들을 즐겨보기로 다짐했어요. 산다는 게 다 이런 것 아닐까요? 우리는 누구나 모두 힘들지만 가장 근사한 표정으로 그것을 이겨내야 하는 순간이 있어요. 지금보다 더 나은 발전을 위해서요.

» Q. 면접에서 자꾸 떨어져요. 어쩌죠?

축하드려요.(웃음) 면접장 덜덜이 귀신을 획득하셨군요. 면접장만 들어가면 이 귀신이 내 등에 딱 붙어서 나의 머리를 백지로 만들고 손과 발을 부들부들 떨게 하며, 발에 밟힌 송충이처럼 안절부절 꿈틀꿈틀하게 하죠. 추가 득템으로 동공 지진까지 오셨다고요? 이력서의 글발이 현장에서 통하는 않는 모양이군요. 아무래도 부적 하나 처방해 드려야 될 것 같네요.

 첫째, 자신이 지원하고자 하는 기관의 특성, 그 기관의 성향, 예를 들면 입법부냐 사법부냐 행정부냐에 따라 그곳에서 속기사는 어떤 일을 하는가를 생각해 보세요. 지원하는 곳이 기업이라면 기업이 개척하는 길에 대한 정보를 잘 파악해야 해요. 사실 속기사를 채용해 기록을 남기고자 하는 기관이라면, 조금 보수적이고 경직된 성향을 가진 곳이 많아요. 따라서 자신의 매무새를 잘 점검하고, 본인이 알고 있는 정보를 최대한 짧고 간결하게 나열할 힘이 필요하답니다.

둘째, 공익광고에 나올법한 성실하고 단정한 이미지를 보여주세요. 자신의 이야기와 경력, 그리고 지식을 조리 있게 표출할 수 있는 능력이 면접장에서의 키포인트죠. 그런데 사실 이것은 기본 중에 기본이고요. 만약 관심이 가는 면접자라면 면접관님들이 돌발질문들을 많이 하고는 하시는데, 이때 센스 있고 유쾌하게 대처하는 능력도 필요해요. 저도 여러 명 면접 지원자들을 봤는데 진정한 어필은 여기서 비롯되는 것 같더라고요.

그런데 면접에서 자꾸 떨어진다는 소리는 역설적으로 부러운 분이란 소리기도 해요. 면접을 자주 본다는 건 서류에서 그만큼 매력이 있고, 속기사로서 필요한 실력을 갖추고 있다는 반증이니까요. 그런데 최종적으로 좋은 결과를 도출해 내기 위해서는 추가적인 노력이 필요하죠. 전신거울과 친해지고 자신이 묻고 답하고 녹음도 해보고 하다 보면 면접장 문을 그냥 가벼운 마음으로 열고 들어가는 순간이 올 거예요. 탈락에 한두 번 상처받다 보면 굳은살도 생기고, '그래, 나는 할 만큼 하고 나올 테니 결과는 알아서 될 대로 돼라'란 정신도 생길 거예요.

셋째, 소위 '운빨'을 잘 살려야 해요. 미신을 맹신하는 건 아니지만 정말 면접장 운빨이라는 거 있어요. 강남스타일 덕분에 월드 스타로 등극한 싸이도 그 노래가 자기를 세계적인 스타로 만들어주었던 건 운이었다고 생각한대요. (그런데 그 이후에는 후속곡들이 그만큼 히트치지 못하는 바람에 낙하산 없이 추락하는 느낌을 받았다죠?) 뭐 어쨌든 제가 드리고 싶은 말씀은 개그맨 강호동 씨의 조언인데, 원래 유행어든 뭐든 실력을 갖춘 상태에서 약간 힘을 빼고 살짝 던지듯 밀었을 때 반짝이는 유행어가 되는 경우가 많다네요. 내가 모든 실력을 갖추고 있어도 면접장에서 너무 힘이 들어가 있으면 안 되는 거 아시죠? 운빨을 잘 살리기 위해서는 기본적으로 준비된 실력, 그리고 몇 분의 짧은 순간 노련함에 진솔함과 간절함을 탑재해 최대한 이미지메이킹을 해야 해요. 이 모든 것이 지원하는 기관과 잘 맞아야 한다는 점도 잊지 마시고요.

넷째, 끝까지 노력하는 것도 중요해요. 사실 법원이나 검찰 같은 곳은 면접에서는 떨어졌어도 이후에 다른 지법에서 연락이 오는 경우가 많다네요. 어떠한 이유로든 잠깐 보류되었지만, 누군가 나를 눈여겨봤다가 대체인력의 필요가 생겼을 때 지원서를 들춰내 연락이 올 수도 있어요. 한두 번 덜덜이 귀신과 손잡고 버벅댔다고 해서 그 면접을 포기해서는 안 돼요. 끝까지 최선을 다했다면 찬스는 다른 문을 통해서도 들어온답니다.

» Q. 속기사, 비정규직이 너무 많은 거 아닌가요?

비정규직이 어디 속기사가 포진한 분야에만 많은가요? 대한민국은 비정규직의 나라에요. 이것은 당신과 내 잘못이 아니고, 전반적인 고용의 형태와 제도적인 틀이 잘못된 거예요. 그래도 지금 들어선 정부는 비정규직을 줄이는 노력에 나서고 있잖아요. 임시, 혹은 무기계약 같은 계약 형태가 속기사들에게도 많이 적용되고는 있지만, 이러한 고용의 형태보다는 지금 내가 취업자냐 실업자냐가 더 중요한 거 아닐까요? 무언가 하고 있다는 건 고귀한 일이에요. 그 형태가 내 삶에 영향을 끼치는 것은 분명 사실이지만, 취업전선에서 첫 단추를, 그리고 연속해서 이어질 근로와 고용으로 인한 삶의 연속선상에서 내가 고용통계에 '쉬었음' 인구로 잡히느냐, 아니면 근로자로 잡히느냐는 큰 맥락에서 볼 때 아주 중요한 사실이죠. 이 점에서 속기사는 어디에서도 좋은 이력이 될 수 있다는 것만큼은 사실이에요.

» Q. 속기사 급여는 어느 정도 수준인가요?

천차만별이죠. 속기사무소 창업으로 1억 이상 버는 분도 있고 영업력이 딸리는 곳은 금방 문을 닫는 곳도 있어요. 관공서, 검찰, 법원은 주로 7~9호봉의 공무원 연봉표를 참고하시면 되고요, 자막방송이나 경찰청은 프리랜서 형식으로 이뤄지는 경우가 많답니다. 설령 급여가 작다고 실망하지 말고 그 외의 복지나 진급 체계 등을 잘 살펴서 지금 나의 상황에 맞는 곳이 어디인가, 이곳에 들어가기 위해 나는 어떤 자격조건을 갖추고 있나 한번 고려해 보세요. 총체적으로 본다면 기업이나 관공서, 공사 등의 경우 최저 임금 수준은 세전으로 150~300만 원 정도이고요. 그 외에 속기사 창업 쪽으로 눈을 돌려본다면 본인의 역량에 따라 많이 달라지고 있어요. 추가로 하나 귀띔해 드리자면, 소속된 기관에서 따로 제약이 없을 경우 여가나 주말을 이용한 투잡도 자격증 하나로 가능하니 이 또한 장점 아닐는지요.

[별표 3] <개정 2017. 1. 6.>

일반직공무원과 일반직에 준하는 특정직 및 별정직 공무원 등의 봉급표

(제5조 및 별표 1 관련)

(월지급액, 단위: 원)

계급·직무등급 / 호봉	1급	2급	3급	4급 · 6등급	5급 · 5등급	6급 · 4등급	7급 · 3등급	8급 · 2등급	9급 · 1등급
1	3,765,700	3,390,100	3,058,500	2,621,300	2,342,600	1,932,500	1,734,200	1,546,200	1,395,800
2	3,897,700	3,515,900	3,171,700	2,728,400	2,437,300	2,022,300	1,813,300	1,621,300	1,461,200
3	4,033,100	3,643,300	3,288,200	2,837,200	2,535,500	2,115,200	1,897,100	1,700,500	1,530,700
4	4,171,500	3,772,000	3,405,600	2,948,500	2,637,600	2,210,000	1,985,100	1,781,300	1,604,700
5	4,313,200	3,902,300	3,524,900	3,061,400	2,742,400	2,307,500	2,076,200	1,865,400	1,682,600
6	4,456,700	4,033,000	3,645,300	3,175,300	2,849,400	2,407,800	2,169,600	1,951,500	1,761,100
7	4,602,300	4,165,300	3,767,200	3,290,300	2,958,000	2,508,400	2,263,700	2,038,000	1,839,300
8	4,749,200	4,297,500	3,889,400	3,405,900	3,067,900	2,609,300	2,358,200	2,120,900	1,914,800
9	4,898,000	4,430,500	4,012,700	3,521,800	3,178,200	2,710,500	2,448,100	2,200,200	1,987,000
10	5,047,800	4,563,600	4,135,800	3,637,600	3,289,300	2,805,400	2,534,100	2,275,000	2,056,400
11	5,197,300	4,697,200	4,259,100	3,754,400	3,392,900	2,895,400	2,615,100	2,347,600	2,122,700
12	5,351,700	4,835,300	4,387,000	3,864,300	3,493,000	2,984,000	2,694,600	2,418,500	2,188,500
13	5,507,100	4,974,400	4,505,900	3,967,200	3,588,000	3,067,400	2,770,200	2,486,700	2,251,600
14	5,662,900	5,100,100	4,616,100	4,063,200	3,676,700	3,146,200	2,842,500	2,551,700	2,312,900
15	5,799,000	5,216,200	4,717,700	4,153,500	3,760,300	3,221,900	2,911,400	2,614,200	2,371,500
16	5,919,800	5,322,600	4,812,600	4,238,700	3,839,100	3,292,700	2,976,800	2,674,500	2,428,200
17	6,027,000	5,420,600	4,900,700	4,317,900	3,913,100	3,360,400	3,039,500	2,730,900	2,483,600
18	6,122,500	5,509,900	4,982,600	4,391,800	3,983,100	3,424,400	3,099,400	2,785,700	2,535,200
19	6,208,000	5,592,600	5,058,400	4,460,800	4,049,000	3,485,000	3,155,700	2,838,100	2,585,900
20	6,284,600	5,668,100	5,129,300	4,525,300	4,110,700	3,542,100	3,209,500	2,888,100	2,634,300
21	6,355,200	5,736,900	5,194,900	4,585,600	4,168,800	3,597,100	3,260,800	2,935,900	2,679,900
22	6,418,100	5,800,200	5,255,700	4,642,200	4,223,400	3,648,700	3,309,300	2,981,900	2,723,700
23	6,471,200	5,858,100	5,311,900	4,695,300	4,274,900	3,697,200	3,356,000	3,025,500	2,765,400
24		5,905,400	5,364,200	4,745,200	4,323,000	3,743,400	3,400,600	3,067,600	2,805,500
25		5,950,600	5,407,400	4,791,100	4,368,600	3,787,400	3,442,600	3,107,500	2,843,700
26			5,448,400	4,829,800	4,411,400	3,828,800	3,482,900	3,146,400	2,878,200
27			5,486,600	4,865,600	4,446,900	3,868,300	3,517,100	3,178,600	2,907,900
28				4,899,800	4,481,100	3,901,300	3,548,900	3,209,800	2,936,700
29					4,512,500	3,932,300	3,579,700	3,239,200	2,964,300
30					4,543,000	3,962,900	3,609,000	3,267,800	2,991,200
31						3,991,100	3,636,600	3,295,500	3,017,500
32						4,017,800			

» Q. 키보드가 비싼데, 어떤 거로 선택해야 하나요?

물론 비싸죠. 하지만 비싸다는 건 '내가 지금 이것을 소비하는 것이 마땅한가'와는 다른 문제에요. 물론 사고 싶다는 마음과 살 수 있는 상황, 두 조건이 적절히 잘 조화를 이루면 좋겠지만, 이것은 내게 필요한 어떤 시즌 화장품이나 액세서리의 개념이 아니라, 어쩌면 내 삶

의 전반에 큰 영향을 끼칠 수 있는, 직업에 필수적인 도구거든요. 그렇기 때문에 그 기능이나 성능, 그리고 그것을 만드는 회사, 브랜드 모두 따져봐야 하는 거죠. 거기에 개인의 취향을 가미해 선택의 질을 높여야 마땅해요. 적절한 비유일지는 모르지만 우리는 매달 유명한 맛집이나 여행지에서의 좋은 숙소에는 과감히 몇 십만 원씩 혹은 백몇만 원씩 투자하면서도 정작 장기적으로 자신의 무기가 되어줄 도구 하나 사는 데는 고민만 몇 달이 걸리곤 하죠. 모든 것에는 장단점이 있기 마련이라고 생각하고 시각을 달리한다면, 이것 그렇게 비싼 거 아니에요. 취업 후 한 달 혹은 두 달 만에 본전은 되찾는 셈이거든요.

키보드의 선택은 신중하게 하세요. 가장 크게는 S사와 C사가 있는데 모두 훌륭한 속기사들이 선택하고 있는 곳입니다. 물론 '판매'를 하는 입장에서는 그 어떤 곳이든 과대 · 과장 광고를 아예 배제할 수는 없죠. 합리적인 가격이냐를 따져 보기 전에, 자신에게 더 적합한 속기계의 기능(예를 들어 실시간 속기 기능 등)이 어떤 회사의 것인가, 그리고 그 속기계를 내가 어떻게 잘 활용해서 직업적 명예를 얻고 또 다른 부가 소득을 창출할 수 있을까에 집중해 보세요. 속기사에게 속기계는 전쟁터의 무기와도 같으니까요.

» Q. 미래에 속기사 자격증이 사라지면 어쩌죠?

물론 언젠가 사라질 수도 있겠죠. 하지만 보다 구체적으로 예측하자면 속기 자격증은 소멸이 아닌 변화의 길로 갈 거예요. 기존에 단순히 빠르고 정확하게 기록을 남기는 형식에 자동화의 바람이 불면 자격증에도 변화가 오겠죠? 그런데 어떻게 되든 이 직업은 남습니다. 왜냐하면, 기록이 가지는 의미는 크니까요. 관건은 기록을 누가, 어떻게, 무엇으로 남기느냐에 달려 있는데, 이에 따라 자격증의 난이도나 형식에 변화를 가져올 것입니다. 그래서 속기계의 선택이 중요해요.

» Q. 속기사로 취업 후 겪는 어려움은 뭔가요?

저는 한국AI속기사협회(前.디지털영상속기협회)를 통해서 자격증을 준비하면서 실무 경험을 쌓을 기회도 많았기 때문에 막상 취업하고 나서 업무에 임했을 때 크게 어려운 문제는 없었어요. 하지만 들은 대로, 들리는 대로 빠르게 속기만 하는 것에는 한계가 있다는 것을 느껴요. 기록은 한 글자의 오·탈자로 인해 전혀 다른 내용으로 바뀌며 해석의 가치가 달라질 수 있기 때문에 제대로 된 단어습득 능력과 검색능력이 필요하다는 것을 알게 되었죠. 취업기관의 특성에 따라 전문용어 사용이 많을 수도 있으니, 자신이 계속 노력하여 비전공 분야에서의 상식을 쌓아 나가야 합니다. 또한, 평소에는 관심 밖이었던 여러 분야에도 눈을 돌려 그 내용이 기록 업무에 자연스럽게 스며들 수 있는 능력을 키워야 합니다. 이것이 속기사라는 직책을 얻을 수 있는 진정한 길임을 현장에서 일 해오며 절실히 느끼고 있습니다.

» Q. 속기 현장에서 흔한 돌발 상황엔 뭐가 있나요?

보통 녹음 기계의 오류라고 볼 수 있어요. 자신만의 속기 역량에만 집중하더라도 다음에 감수절차를 거쳐야 더 정확한 기록을 도출할 수 있기 때문에, 녹음이나 녹화가 잘 이뤄지는 환경이어야 합니다. 하지만 보안상의 이유로 인터넷 접속이 불허되거나 녹음이 불가능한 경우에는 환경에 따라 속기록의 질이 조금 차이가 발생하기도 합니다. 그런데 다행스럽게도 현재 속기계가 가진 음성녹음, 영상녹화 원격전송접속 방식의 특성 때문에 많은 현장에서 속기의 질을 높일 수 있고 그로 인해 속기사의 경쟁력을 높일 수 있는 여건이 마련되고 있답니다.

속기사 일기 6

위안부 할머니, 제가 한번 써볼게요

위안부 할머니 안녕하세요. 저는 속기사입니다. 저를 비롯한 대한민국의 많은 속기사는 현재 우리나라에서 행해지는 정치 · 경제 · 사회 · 문화 이슈들과 관련된 입법 · 사법 · 행정의 여러 소관 사항들을 기록하여 문서화시키고 남기는 일을 한답니다. 저는 이십 대 중반에 정부 기관 속기사로 들어와 10년째 수천 건의 정부 정책들을 작성하는 일을 배우고 또 담당하고 있습니다. 그리고 그중 잘못 기록된 일이 있다면 여러 번의 감수를 통해 한 단어 한 글자에 오류가 없도록 온 신경을 집중해 오고 있습니다.

그렇게 기록물의 가치에 힘써오던 시간이 저에게는 사명감을 느끼며 업무를 해왔던 시간이라고 말씀드리고 싶습니다. 그런데 얼마 전 저는 속기사로서 참 침통한 감정을 느끼게 되었습니다. 아니, 침통함을 넘어서 심지어 참지 못할 분노까지 끓어오르게 했습니다. 그래서 이렇게 펜을 들게 되었는지도 모르겠습니다.

저는 일반인들이 접하는 뉴스 보도보다 앞서 속보를 접하는 정부 기관에서 일하다 보니, 조속 변이처럼 변하는 국제 정세 및 사회 변화와 여러 사건 · 사고에 가슴이 덜컥 내려앉듯 놀랄 때가 있습니다. 그리고 그에 대한 정부의 대응이나 입장을 한 해 두 해 기록하고 지켜보며, 속기사로서 제 나름대로 찬성과 반대의 생각들을 마음속으로 펼치던 시간을 쌓아오고 있었던 것 같습니다. 그런데 천안함, 세월호 같은 여러 굵직하고 큰 사건을 거치며 가슴속에 무엇인가 작은 불씨가 일고 있었던 듯합니다.

이후 한일 위안부 합의 관련 문제, 이를 기록하고 있는 역사 교과서 문제, 독도 영유권 주장과 최근 소녀상 철거 문제에 이르기까지 외교부 정례브리핑 속기록을 진행해오다가 업무를 잠시 중단하고 벌떡 일어날 것만 같았습니다. 그것은 바로 할머님들에 대한 공식적인 사과와 법적 배상 문제를 '위안부 합의 문제'라고 명칭한 정부의 단어선택에서부터 시작된 것 아니었나 생각합니다. 할머님들의 입장은 고려하지 않은 채 일본에 사과와 합의문, 그리고 배상액을 받고, 박 전 대통령이 사과를 대신 받는 등의 어처구니없는 위안부합의에 따라 일을 진행해 놓고는, 우리 국민에게 그것을 받아들이라는 식의 발언을 공식 브리핑을 통해서 하고 있었기 때문입니다. 기자들도 저와 같은 마음이었을까요? 감정 섞인 열띤 질문이 쏟아졌습니다. 수분의 질의와 응답을 거쳤음에도 '한일 위안부 합의 조항에 따른다'는 외교부의 일관된 공식 입장을 바라보며, 제가 남기고 있는 기록들, 그 글자 하나하나에 가슴이 먹먹해졌습니다.

이후 저는 할머니들이 겪었던 일들을 기록한 문서와 영상물을 보게 되면서 우두커니 침묵에 잠겨 있을 수밖에 없었습니다. '그 지옥 같았던 시간을 어떻게 견디고 여기까지 오셨을까?', '참혹한 심경을 내가 같은 여성이라고 감히 헤아릴 수나 있을까?', '그 실낱같은 감정의 흐름을 가슴에 담아낼 수 있을까?' 하는 온갖 상념들이 스쳐 지나갔습니다. 꽃다운 나이에 세상의 모든 꽃다움에서 멀어져야 했던 할머니 한분 한분의 삶이 너무 가슴 아파 차마 떨군 고개를 들지 못했던 시간도 있었습니다.

인간성과 인류의 보편적 가치가 상실된 생지옥 같은 곳에, 할머니들을 삼키기 위해 이글거리는 악마들 사이로 꽃다운 청춘들이 내던져졌다는 역사적 사실에 가슴이 쓰려 옵니다. 감히 상상조차 할 수 없는 일입니다. 폭풍전야는 오히려 고요하다고 했던가요. 위안소로 가는 기차 안에서 할머님들은 어떤 소곤거림으로 그 낯선 길 위에서 두려움을 이겨내고 계셨을까요. 나지막한 음성들이 곧 비명이 되고, 자신의 삶에서 뽑아낼 수 없는 비수가 꽂힐 것이라는 사실을 예측조차 못하셨겠죠.

대한민국의 여자로서, 그리고 오늘의 역사를 한 줄 한 줄 기록하는 사람으로 살아가는 저는 지금 이 문제를 제대로 짚어내지 못한다면 우리의 모든 딸이, 친구들이, 나의 어머니와 가족이 그때의 일을 또다시 겪을 수도 있다는 메시지를 꼭 남기고 싶습니다.

지금 대한민국은 심각히 흔들리고 있다고 느낍니다. 지금 이대로 위안부 문제가 진행된다면, 살아서 돌아오신 할머니들의 고귀한 생명과 가슴 아픈 우리 역사에 내 나라 내 조국이 다시 한번 사형선고를 내리는 것이나 다름없습니다. 그때 힘없이 꺾인 꽃들에 대한 항변을 대한민국과 일본이 다시 한번 짓밟고, 공동으로 역사를 은폐하는 것이나 마찬가지라 생각합니다.

국가 기록물은 존엄한 가치를 지니고 있습니다. 정부 기록물을 작성하는 속기사로서 그러한 정부 입장을 적어내리고 있는 순간들이 침통하기 그지없습니다. 하루빨리 할머니들의 마음부터 헤아릴 수 있는 진정한 사과와 정책들이 조속히 나오기를 기대합니다. 그 모든 사항을 기록할 소중한 기회를 하루빨리 얻고 싶습니다.

대한민국 여성분들, 날씨가 좋으니 옷을 사고 신발을 사고 그에 어울리는 가방까지 산다고 참 부산스러운 봄이 왔네요. 그런데 우리 한 번쯤, 아니 할 수 있다면 수없이도 여러 번 그때 그 시절에 우리와 같은 젊은 여성이 박탈

당했던 수많은 봄을 생각해야 합니다. 그리고 우리 모두 함께 이 모든 행위에 깊은 통찰과 반성의 시간을 가져야만 합니다. 그렇게 우리 모두 다 함께 한목소리를 내어야만 일본 정부의 간접적인 사과가 직접적인 공식 사과로 바뀔 수 있습니다. 그래야 '지원'이 아닌 공식적인 '배상' 그리고 법적 책임을 다해줄 것입니다. 바른 대한민국을 위해 켠 촛불에 다시 힘을 실어야 합니다. 위안소를 자원해서 간 것이 아니라 일본군이 직접 개입한 '강제 동원'이었으며 그로 인해 '불법적 인권침해'가 발생했음을 밝히고 이 문제를 공론화시키는 촛불을 들어야 할 때입니다. 이 모든 일이 하루빨리 이루어지고 재발 방지를 위한 역사교육도 함께 시행되어야 다시는 또 이런 일이 일어나지 않을 수 있지 않을까요? 한일 위안부 합의는 파기 되어야 마땅합니다.

잠시 감정을 누르고 '제가 할 수 있는 일이 무엇일까' 생각해보건대, 속기사로서 올바른 역사를 기록해야 한다는 것, 이 사명감에 무게를 얹는 순간이 좀 더 나은 대한민국을 향해 가는 작은 한 걸음이 되지 않을까 생각해 봅니다.

7장

속기사의 미래

'인공지능이 발달하면 장래에 수많은 직업이 없어질 것'이라는 기사들을 보며, 속기사 역시 '곧 사라질 직업' 아닐까 생각하는 사람들이 있다. 하지만 다년간 속기사로 일해 본 나는 이 직업이 가진 생명력과 가능성에 대해 낙관한다.

변화하는 속기의 패러다임

광화문에 위치한 중앙정부청사에 근무하고 있는 나는 얼마 전 첫 아이 육아휴직을 끝내고 복직하려 출입문을 들어서는 순간 예상치 못한 난관에 부딪혔다. '아, 저 긴 줄은 뭐지?' 자칫 지각할지도 모르겠다는 불안감이 엄습해왔다. '예전엔 출입증만으로 허가를 받았는데, 뭔가 새로운 시스템이 도입됐나 보네…….' 사람들이 무언가 앞에서 빨간 불과 초록 불에 희비가 엇갈리는 모습, 눈을 크게 떴다가 고개를 내렸다 올리기를 반복한다. 그 표정을 보는 검색대 방호 아저씨께서 슬쩍 웃어 보이기도 한다. 이것은 다름 아닌 '얼굴인식 시스템'이라는 것이었다. 나의 얼굴 생김 데이터베이스를 바탕으로 신원을 확인한다는 표지판이 보인다. 무표정, 찡그림, 안경 착용 등 어떠한 변수에도 나를 확인해서 이 기관의 출입 허용 여부를 결정하는 것, 준비 없이 다가온 낯선 것에 대한 약간의 거부 반응과 함께 그 처리속도에 이내 속이 터졌다. '어머나, 내가 잠깐 쉬고 있는 동안 이 세상은 또 이렇게 변한 거구나'라는 생각을 하는 사이 나에게는 영락없이 빨간 불이 켜졌다.

눈뜨면 또 다른 시대가 다가와 있다. 인공지능이 우리의 직업을 하나둘씩 먹어 치우려 하는 사이, 여러 지능을 탑재한 기기들이 벌써 두세 발짝 더 들어와 있음이 분명하다. 인터넷의 발달로 시작된 지식 정보화 사회, 지식 과잉 시대에서 파생된 인공지능, 이 시대에 나는 어쩌면 너무나도 아날로그식 직업을 가진 것은 아닐까? 요즘 들어 수없이 의문과 반문이 든다. 이 직업도 언젠가 저런 시스템 앞에서 '빨간 불'이 켜지며 통과를 못하게 될지 모른다는 불안감도 이따금 엄습해 온다. 그래서 나는 이 직업을 소개하며 돌파구도 함께 제시해 보려 한다.

인공지능은 나를 비롯한 인류를 생하게 할 것인가, 멸하게 할 것인가? 과연 이 시대 속기사라는 직업은 미래로 가는 기차에 올라탈 수 있을 것인가? 현재는 스피드와 정확도를 향상하며 기록을 남기는 속기의 시대를 사는 중이다. 수필속기에서 컴퓨터속기, 그리고 디지털 영상속기, 이제 다시 스마트 기기가 첨단화된 인공지능의 발달로 도약하기 위해 발돋움을 하기 시작했다. 인건비를 줄이기 위해 기계들이 인간의 자리를 대체하고, 그렇기에 소멸하는 직업이 많이 등장했다. 어쩌면 인간의 휴식과 휴머니즘을 도모하기 위해 도입된 첨단 기계들이 결국 또 다른 인격을 부여받고 그 기능을 육체화하여 그것들의 노동력과 학대로 다시 관심이 쏟아질 것이다. 이에 더해 인간의 삶을 도와주던 휴머니스트 기계들은 자신의 판단과 의지로 자신만의 명령어를 수행하고, 이에 인공지능을 가르치는 학습관리사, 또 그러한 인공지능이 겪는 혼란을 예방할 수 있는 AI 정신과도 등장하지 않을까? 휴식과 정신병, 바이러스는 앞으로 인간에게만 한정된 병이 아닐 수 있는 것이다. 인간이 만들어낸 이 작품의 수정 보안대책은 결국 인간이 다시 만들어 내야만 한다. 그렇기에 현시점의 인간의 직업은 사회 현상 사이에 있는 틈을 발견하고 상생 발전하는 방법을 찾아 나가야 한다. 속기사도 그러한 기로에 서 있는 것은 사실이다.

자, 그렇다면 속기의 미래 패러다임은 어떻게 변화할 것인가. 현재 음성인식 기술은 수집된 데이터를 그냥 기계적으로 비교하던 과거의 방식과 달리 인공지능 딥러닝 기술이 적용되어 비약적인 발전을 하게 되었다. 사람의 뇌가 학습하는 방식으로 인공지능이 스스로 학습을 거듭해 구문 전체를 분석하고 의미를 추론하는 수준까지 이른 것이다. 만약 그렇다면 현재의 속기사는 사라질 것인가? 이런 얘기를 해주면 여러 속기사들의 반응은 이러했다. "아, 만약에 그런 게 나온다면 우리 자리 다 뺏는 거 아니에요?" 기계 한 대가 여러 사람 몫을 할 텐데…….'

과연 그럴까? 내 생각은 조금 다르다. 물론 인공지능 딥러닝 기술로 인해 음성 인식률이 점점 높아지는 것은 확실시되지만, 환경적으로 음성 인식이 불가한 상황이나 보안상의 문제로 허가되지 않는 경우도 있을 것이다. 또한, 반드시 속기사가 대처해야 하는 각종 돌발 상황도 일어날 수 있다. 이보다 더 중요한 것은 정확한 속기를 위해서 '음성을 인식해 문자화'하는 것뿐만 아니라, 상황과 분위기를 고려하고 음성 언어 외에 표정이나 행동, 어조 등을 종합적으로 반영해서 수정하는 작업이 필수적이라는 사실이다. 그 때문에 인공지능 음성 인식 기술과 속기사의 협업은 반드시 이루어져야 한다.

예를 들어 여러 사람들이 말하는 기자회견이나 회의 등에 마이크라인 설정이 없으면, 순서 없이 오가는 질문과 답변을 혼동할 수도 있다. 문체부 브리핑실에서 진행하던 일일 정례브리핑, 담화문 발표 등 말 사이의 간격이나 쉼이 일정하고 질문과 답변의 시작과 끝이 순차대로 진행되는 형식의 일이라면 모르지만, 갑자기 등록되는 속보형 브리핑, 예를 들어 신종바이러스 유입, 재난재해, 사건·사고 등에 관련된 브리핑은 발표 도중 질문이 튀어나오기도 하고, 마이크를 사용하지 않고 바로 질문과 답을 하기도 한다. 기자들과 부처 관계자의 참석자 수는 예측할 수 없고, 보도 내용 또한 보고가 내려오는 대로 수시로 바뀐다. 거기에 더해 사투리와 표준어의 혼용도 난무한다. 그렇기에 실시간 속기 현장에서의 정확도는 더 떨어질 것으로 예측된다.

물론 그래도 언젠가는 이 모든 기능을 탑재한, 그야말로 스마트를 넘어선 자기학습주도형 기계, 속기사의 판단과 기록하는 속도를 하나로 압축한 새로운 신기능이 탄생한 기계마저 등장할지도 모른다. 하지만 우리가 생각하고 고민해야 할 것은 이러한 새로운 속기시스템이 속기사와 함께 어떤 방식으로 협업하고 상생할 수 있는지를 검토하는 것이다. 만일 속기가 현재에 머물러 있다면 인공지능이라는 누에가 먹어치우는 하나의 뽕잎이 될 운명을 피할 수 없을 것이다. 하지만 이제 인공지능이라는 누에를 이용해서 뽕잎 수준에 머물렀던 속기를 비단옷으로 업그레이드할 방법을 찾아야 한다. 아마도 그것은 바로 인공지능 음성인식 속기 시스템이며 우리는 지금 그것에 주목해야 하는 시점에 서 있다. 앞으로 속기사는 새로운 시스템을 받아

들여 활용하고 교육하는 시스템 관리자와 감수자의 역할을 하게 될 것이다. 그리하여 더욱 양질의 속기 기록물을 만들어낼 것이고 이는 후대에 더욱 많은 미래 비전을 제시해 주는 가치를 갖게 될 것이다. 그러므로 새로운 인공지능 음성인식 시스템이 나온다 해도 속기사의 의무는 끝나는 것이 아니라 더 강화될 따름이다.

속기사와 인공지능의 컬래버레이션

'2020년이면 인공지능 및 로봇 자동화에 의해 5,500만 개 일자리가 사라질 것이다.' 2016 세계경제포럼에서 나왔던 말이다. 4차 산업혁명이야말로 인간과 인공지능의 대결로 간주되어 수많은 직업이 소멸할 것으로 전망되고 있다. 그래서 더욱더 '속기라는 직업이 없어지는 것 아니야?'라고 고민하고 있을 당신이 느껴진다. 그런데 어딘가에 늘 반전이 있기 마련. 이미 옛날 직업이라고 생각했던 속기사는 그 예상들을 비웃기라도 하는 듯 이 전쟁에서 다시 신무기를 장착하고 있다. 타자식 속기에서 디지털영상속기로, 실시간 녹음녹화 기능을 갖추고 감수 없이 바로 회의록 및 속기록 녹취록을 제출할 수 있는 속기가 2000년 초부터 대세 속기방식으로 자리 잡아 가고 있다. 이는 오히려 여러 입법 · 사법 · 행정 기관들에서 다수의 속기사를 대거 채용하게 했고, 또한 녹취사무소의 억대 매출을 올리게 해주는데도 크게 일조한 바 있다. 속기계의 발달은 청년실업 해소와 창업에 좋은 시너지를 내고 있는 것이다.

하지만 아쉽게도 여기까지가 현재의 속기 진행방식의 한계이다. 이미 도래된 4차 산업혁명에 발맞추어 이제 속기사들은 빠르고 신속하게 기록하는 것 외에 다른 일을 해야만 하기 때문이다. 바로 빅데이터에 기반을 둔 속기계가 음성을 문자로 출력해 내면, 이를 신속히 바로 잡고 수정 · 보완하는 작업을 속기사가 해내는 일이다. 그야말로 인공지능을 활용하는 속기사가 등장해야 할 시점이다. 인간 속기사에게 오타가 있기 마련이라면, 인터넷에 기반을 둔 모든 자동화의 결과물들에는 오류가 있기 마련이다. 이 둘의 단점을 보완하여 만든 미래형 속기계는 인간과 인공지능이 서로 적절한 프렌드십을 유지하며 윈-윈 할 수 있는 보완관계를 형성한다. 이 가치는 '속기사'이기에 지닐 수 있는 유일무이한 장점이다.

이것을 나는 이미 2013년에 한 영화를 통해 예상했다. 그 예상이 기정사실로 되고 있다는 사실에 나는 이 글을 쓰고 있는 지금 소름 끼치게 기쁘다. 영화 'HER'(2013년 출시)에서 남자 주인공 테오도르 역의 호아킨 피닉스는 남에게 편지를 대신 써주는 대필작가이다. 그의 작업방식이 좀 특이한데, 편지를 음성으로 작성, 수정 보완하여 송부하는 방식이었다. 2013년에 나온 이 영화가 속기사인 나에게 굉장히 신선한 충격을 주었는데, 이는 곧 우리의 현직 속기사에게 다가올 가까운 미래상으로 예측되었기 때문이다. 그 낯선 것을 접하면서도 과연 이런 미래가 얼마나 빨리 다가올까 했는데, 당장 내 눈앞에까지 도달하는 데는 불과 5년이 채 걸리지 않았다는 사실에 2차 충격을 받았다. 더욱이 여자 주인공(얼굴은 나오지 않고 음성으로만 출연)인 스칼렛 요한슨이 인공지능 OS로 등장해 인간 남자주인공과 교감하며 사랑에 빠지고, 같은 시각에 다른 6만 9,000명이 넘는 사람들과도 대화하고 또 다른 사랑을 꿈꾸는 스펙터클한 합법적인 불륜을 저지르고 있었다. 인간끼리의 1대1 사랑매칭 시스템을 넘어서, 1 인공지능의 광범위한 동시다발적 러브스토리에 경악을 금치 못했다. 그런데 속기도 이렇게 할 수 있다면? 한정된 시간에 한정된 속기록을 남기는 게 아니라, 국제회의도 하고, 대국민 담화도 남기고, 또 사건・사고 녹취록을 남길 수 있다면 어떨까? 말로만 듣던 억대연봉자가 바로 내가 되는 것 아니야?

사실 처음 영화를 봤을 때 들었던 생각은 '속기사 곧 없어지겠군.'이었지만, 두 번 보며 들었던 생각은 '속기도 동시다발적으로 할 수 있다면 좀 더 많은 양을 기록할 수 있을 텐데…….'였다. '그러면 야근도 줄고 월급은 더 받을 수 있지 않을까?'란 생각도 든다. 현재 음성인식 기능은 많이 상용화되고는 있지만, 이를 문자로 문서화 했을 때는 아직 많은 오류가 발생한다. 그렇기에 구글도 5.9%의 음성 문자 변환 오류를 극복하지 못해 상용화에 계속 고비를 맞이하고 있다.

그래도 어쩌면 이른 시간 안에 신속・정확하게 기록하는 기록자로서의 '속기사'는 사라질지도 모른다. 이제 단순히 '듣고 치는' 일에 매달리던 기존의 속기 방식은 사라지고 인공지능 음성인식과 협업을 이루는 속기사가 등장할 것이다. 동 시간대에 이뤄지는 여러 회의나 사건에 관련된 속기록이나 녹취들을 한건 한건이 아닌 다수의 건으로 한정된 시간 안에 마무리하는 인공지능 협업 속기사가 새롭게 등장하는 것이다.

평균 급여 200만 원대 속기사들이 하루에 기록할 수 있는 양은 어느 기관을 막론하고 일정 부분 정해져 있다. 이는 일급이나 시급으로 책정해 아르바이트 비용이나 월급으로 환산되는 방식이다. 대한민국에서 생성되는 모든 기록물을 기록할 수 있는 권한을 '업'으로 규정해 속기사에게 임금을 주고 있는 것이다. 그런데 이 양을 무한대로 늘린다면? 당신의 월급이나 시급은 '더하기가 아닌 곱하기'가 될 것이다. 우리는 이러한 속기계를 무기로 장착해 여러 현장에 포진할 것이고, 2인 1조 혹은 그 이상의 조를 이뤄 속기를 했던 기존 방식에서 벗어나 하나의 기관에서 '1기관 1속기사(속기계)' 혹은 '1부서 1속기사(속기계)' 채용방식으로 바뀔지도 모르는 것이다. 우리는 이 영화의 여자 주인공처럼 동시간에 여러 일을 하는 미래형 지능 인간이 되는 것이다. 이에 대한 명칭을 무엇으로 할까? 오타는 있어도 오류는 없는 속기사. 미래의 모습이 아닐까?

2020년대의 속기사는 4차 산업혁명에 새롭게 재탄생한 유망 직업 중 하나로 재도약할 것이다. 그 배경에는 속기계의 스킬업을 유도하고 있는 한국AI속기사협회가 있는데, 이 추세에 발맞추지 않는다면 도태될 뿐이다. 우리 속기사들은 속기계와 함께 새롭게 도약할 것이다. '도태가 아닌 도약'. 인공지능 음성인식 시스템을 갖춤으로써 새로운 미래 직업의 주인공으로 거듭나는 것, 그것이 지금 바로 속기사가 추구해야 할 변화이다. 그렇기에 디지털영상속기협회는 4차 산업혁명의 발전 위에 첨단화된 AI 속기계 출시를 앞두고 있으며, 이에 상호 또한 '한국AI속기사협회'로 변경되었다. (2017년 12월)

인공지능 로봇의 발달이 서비스 및 제조업 분야의 일반 사무직에 종사하는 모든 사람을 몰아내고 있다지만, 감성과 철학을 대신할 대체재는 여전히 인간일 것이다. 기록이 체계화된 기관, 올바른 기록을 적어 내릴 수 있는 대한민국. 그 정확성은 우리가 그것들(자동화, 지능화)과 더욱 공조해야만 하는 이유다.

알을 깨고 나온 속기사

"새는 알을 깨고 나오기 위해서 투쟁한다. 그 알이란, 이 세계이다. 진정한 삶으로 다시 태어나고자 하는 자는 이 세계를 깨고 나와야 한다." (헤르만 헤세 '데미안' 중에서)

'속기사와 알이 무슨 관계냐' 그러면서 '뭔 새알 까먹는 소리 하고 있느냐'고 하는 사람들도 있겠지만, 모든 직업이 자동화에 노출되어있는 만큼 본래 업이 줄어들고 소멸하는 것에 대비하여 업을 업그레이드시키고 새로운 기술과 상생하고 발전할 방안을 모색해야만 한다. 그렇게 미래의 속기사는 더 나은 기록자가 되기 위해 현재의 세상을 깨고, 알을 깨고 나와야 한다는 말이다.

'열심히 자격증 준비하고 있는데 속기사가 없어지는 거 아니에요?'

라고 우려 섞인 걱정을 하는 사람들이 있다. 그렇지만 두려워 말자. 변화의 시대는 언제나 있었고 그렇게 한번 '사후체험'을 한 후 살아남은 직업은 더 수명이 길어질 테니 말이다. 우리는 이 직업으로부터 잠시 유체이탈을 하여 자신의 모습을 정면으로 바라보는, 무섭지만 새로운 경험을 하여야 한다.

암호화 부호를 썼던 수필속기가 컴퓨터 보급으로 타자속기로 변모하고, 또 스마트 시대의 실시간 영상속기가 되었던 것처럼, 속기는 알을 깨고 또 다른 세상으로 나와 새로운 분야의 곳곳에 정착했다. 그리고 이제 더는 빠르게 기록하는 자, '속기사'가 아닌, 기록을 지배하는 자가 되어 스스로 한세상을 파괴하고 나와야 비로소 자유를 느낄 수 있는 시점에 도달해 있다. 부정적인 언어로 말한다면 소멸의 위기지만, 긍정적인 시각으로 바라보자면 도약, 즉 기록의 새 시대가 열린 것이다.

직업이 탄생한 원츠와 니즈, 이것을 자동차로 예로 들어 비유해 보자. 1900년대 이전까지 말과 더불어 마차 산업이 주를 이루었던 시대가 있었다. '거리 간 이동수단'이었던 말, 그때 사람들의 원츠는 '더 빨리 달리는 말'이었지만, 사실 진짜 니즈는 결국 '목적지 더 빨리 가기 위한 수단'이었다. 원츠를 넘어선 니즈, 그것이 바로 헨리 포드가 읽어냈던 변화 아닐까. 마차 위에 차대를 얹고 직접 자신이 만든 2기통짜리 휘발유 엔진을 장착하여 만든 '말 없는 말'. 이후 도로에서 말이 사라진 것처럼 미래에는 운전사가 사라지는 것으로 이어질 수 있다. 그렇다면 운전사는 다 사라지고 말 것인가? 우리는 무인 시스템에 우리의 모든 생명과 안전을 맡기고 도로나 하늘 위를 안심하고 날 수 있을 것인가. 속기사에게 이「말 없는 말」이란 무엇일까? 여기에 더해 진짜「말은 소멸하였는가」라는 이 두 가지 의문을 풀어내면 속기사의 새로운 미래 비전도 함께 제시할 수 있을 것 같다.

올드잡(old job)에서 뉴잡(new job)으로

빠를 '속速'자에 기록할 '기記', 그렇게 생겨난 속기사. 예측컨대 가까운 미래에는 현재와 같은 속기사는 사라지고 기록과 함께 준비된 미래의 속기사만이 존재하게 될 것이다. 미래의 기록은 로봇이나 기계의 언어로 출력될 것이기 때문이다. 그렇기에 빠르고 신속하게 기록하는 바탕 위에 우리는 다른 무언가를 더 해내야만 한다. 해킹이 안보를 위협하고, 많은 양의 정보는 신뢰성을 무너뜨리고 있다. 그러한 정보들이 기계를 통해 자동으로 언어로 출력되었을 때의 정합성을 유지해주는 것, 이것이 바로 속기사들이 업을 유지하는 동시에 새로운 업으로 재탄생할 수 있는 틈새이자, 공략 포인트이다.

국가기록물관리시스템은 이전 기록물을 그냥 보전하는데 그치지 않고, 공개할 수 있는 정보와 공개할 수 없는 정보를 구분하고 이를 다시 신뢰성 있는 정보로 재탄생 시켜 국가의 역사적 재산으로 남겨야 한다. 이처럼 비공개되어야 할 기록들은 암호화 언어를 개발하여 사용할 수 있도록 다시 약어체계를 암호체계로 개편하여 언어 기록의 백업시스템을 구축해야 하는 것이다. 다가올 미래를 위해 속기사와 속기계는 이 새로운 언어로서 안전한 기록을 할 수 있는 시스템을 구축하고 자격증 체계를 개편해야만 하는 변화를 모색해야 할 시점이 온 것이다.

얼마 전 지지통신의 보도에 따르면, 일본 정부는 국회 속기사를 인공지능(AI)으로 대체하는 방안을 추진하고 가까운 시일 내에 AI가 각료들의 답변 초록을 작성할 수 있을지를 시험해 보기로 했다고 한다. 사실 일본의 경우 아직 수필속기 방식에 머물고 있기 때문에 이미 컴퓨터속기로 비약적인 업무 효율 신장을 이뤄낸 우리나라와 달리, 인공지능을 통해 업무 효율을 높이고 인건비를 절감하려는 목적이 크다.

하지만 새로운 인공지능이 기록 작업을 수행할지라도 언어가 가지는 다양성을 모두 포착해 기록할 수는 없는 일이다. 언어는 쉽게 처리할 수 있는 기능이 아니다. 모든 것이 잘 표현되어야만 기록 간 소통이 이뤄지기 때문이다. 특정 업무나 언어를 속기사보다 빠르게 번역해준다고 해서 그 시스템이 우리의 언어 전반에 깊숙이 들어올 수 있는 것은 아니다. 언어가 가진 부정확하고 모호하며 함축된 것들의 특징들 때문일 것이다.

또한, 이렇게 작성된 국가 관련 기록물들이 과연 어디까지 신뢰성을 얻을 것인가 하는 부분은 마주해야 할 과제이다. 인공지능 기술을 활용한 소프트웨어는 누군가에 의해 조작되고 해킹되고 임의 삭제 및 수정

될 위기에 더 크게 노출된다는 것도 반드시 해결해야 할 문제이다.

속기계가 새로운 언어로 다시 체계화된다는 것, 그렇게 작성된 국가 기록물들이 갖는 가치는 크다고 본다. 또한, 기계가 미처 체크 못하는 언어의 다양성을 인간이 판단하여 정확하게 기록해 내는 것, 이것은 대한민국의 미래 속기사가 갖추어야 할 덕목이고 지켜가야 할 새로운 사명이다. 이것이 우리를 더욱 굳건히 자리매김해줄 것이라 믿는다. 시대의 변화라는 파도가 생겨났고 그 파도는 언젠가 현재를 지키던 굳건한 바위의 모습을 변형시키기 마련이다. 새로운 패러다임은 소멸이 아닌 변화의 한 축이다.

4차 산업혁명 시대의 속기사

현재 있는 직업 가운데 그 어떤 것도 평생 안정적인 직업으로 남을 수 있다고 장담할 수는 없는 세상이 되었다. 어떤 분야를 막론하고 인공지능을 활용한 각종 기계들이 계획되고 있는 상황에서 한 가지 분명한 것은 로봇과 일자리를 놓고 경쟁해야 할 이 시점에 '내 일자리, 내 일거리가 앞으로도 지금처럼 유지될 것인가' 하는 논의 자체는 이제 더는 무의미해졌다는 사실이다. 내가 선택한, 혹은 앞으로 선택할 내 직업이 어떻게 시대의 흐름에 맞춰 기계와 상생해 나갈 수 있을지 고민해야 하는 시점이다.

자신이 가진 직업이 인공지능으로 대체되었을 때 직업의 존폐를 생각해보자. 나와 내 분야에 있는 사람들은 다른 업을 찾아야만 할 것인가, 아니면 인공지능을 통한 자동화의 홍수 속에서 현업의 존재 가능성을 따져보고 다시 재도약할 기회를 꿈꿀 것인가. 앞으로 다가올 가까운 미래에 '좋은 직업이란' 그 직종에 좋은 일자리가 얼마나 존재하느냐에서 판가름 날 것이다. 기록을 업으로 하는 속기사는 어떠할까?

잠시 반짝이다 끝나버리는 직업군은 이미 넘쳐난다. 화려한 이목을 집중시키는 분야에서는 수십억 원대의 펀딩을 받고 거창하게 탄생하였다가 사라지는 신생회사들이 즐비하다. 하지만 비록 화려하지는 않더라도 역사와 전통을 바탕으로 한 직종은 굳건한 토양 위에서 시대의 변화를 수용하며 발전할 것이다. 대한민국은 국정농단의 파문, 철저한 이익 중심의 글로벌 경제 속에서 계약과 파기를 반복하는 사건들을 겪으며 시시각각의 기록들을 남기고 보존하는 작업을 재점검하고 있는 시점에 있다. 속기사는 그러한 일을 하는 직군이기에 오래 살아남을 것이다. 비록 눈 번뜩이는 화려한 직업군은 아니지만, 기록이라는 굳건한 업의 토양 위에서 앞으로 다가올 시대와 이 업이 어떻게 잘 맞물릴 수 있는지를 고민해가며 발전할 것이다.

4차 산업혁명의 와중에서 당신이 현재 속기사를 업으로 삼고 있다면, 자신의 직업을 유지하기 위해 어떤 노력을 해야 할까? 시시각각 변화하며 쏟아지는 기록들, 지금으로는 소화할 수 없는 많은 양을 자동화와 더불어 기록하는 방법을 모색하고 이에 맞추어 가는 노력이다. 그래서 기록의 영역을 대폭 넓혀야 한다. 현재·기록을 작성하는 업을 가진 사람들이 포진해 있는 영역을 한 국가에서 벗어나 글로벌 국제무대로 확장해야 하고, 지속해서 문제와 이슈가 되고 있는 정치 외교, 통상, 국제 거래, 관례 등의 법과 제도의 영역으로 기록 범위를 확장해 나가야 한다.

정부 기록물을 작성하며 FTA 등 글로벌 경제의 다변화 속에 기록과 기록이 맺는 경제적 의의와 역사는 매우 큰 가치를 지니고 있다는 것을 느낀다. 사건의 과정이 아무리 복잡해도 결국 결론은 기록의 한 줄로 정의된다. 예를 들어 2017년 3월 18일 미 국무부 공식 홈페이지에 게재된 미 · 일 외교장관 공동기자회견 전문을 보면, 일본군 위안부의 영어 표현인 'comfort women'대신 'conflict women'이 두 차례 표기된 것을 확인할 수 있다. 갈등, 충돌을 뜻하는 'conflict'는 위안부의 영어 표현인 'comfort women'을 대신해 사용하기엔 무리가 있는 단어다. 다만, 질문이 통역사를 거쳐 전달된 만큼 통역사가 애초에 이 단어를 사용한 것인지, 속기사가 잘못 기록한 것인지는 알려지지 않았다.

역사가 단어의 한 끗 차이로 뒤바뀐다. 또한, 은밀하게 현 사태를 반영하기도 한다. 이것에 어떤 의도가 숨겨져 있든 숨겨져 있지 않든, 우리는 정확히 기록을 해내야만 한다. 아무리 성능 좋은 번역기와 통역사 자동입력장치가 있다고 하더라도 오류는 나올 것이고, 이때 이것을 정정하고 확인할 직군 및 직업은 꼭 필요하다는 이야기다. 위안부 표현은 작은 해프닝이라고 생각하겠지만, 단순한 번역과 해석만 가지고는 나라 경제나 이미지 전반에 큰 해악을 입힐 수도 있는 일이라는 생각을 지울 수 없다.

당신이 현재 속기사를 준비하고 있다면 다른 업과 더불어 기존의 속기형식이 사라지기 전에 과거의 산물을 익히고 이 직업으로서 영위할 수 있는 안정적인 기관의 혜택과 복지에 하루라도 빨리 진입해야 한다. 그게 4차 산업혁명 그리고 다가올 또 다른 혁명에서 자신을 발전시키고 혹은 후퇴하지 않고 머무르며 재도약을 꿈꿀 수 있는 현명한 방법이라 생각한다.

속기사는 수많은 시간 동안 우리의 역사를 기록하며 발전해왔다. 또한, 앞으로는 인공지능의 광범위한 힘을 빌려 인간과 인간, 혹은 인간과 인간 외의 모든 것과의 기록까지도 공유하고 작성하며 성장할 단계에 와 있다. 그것을 무엇으로 기록하는가, 누가 기록하는가는 앞으로 속기사들이 지녀야 할 숙명이고, 국가가 이들에게 주어야 할 책임이자 의무이다. 이 업의 생존은 지속해서 이어질 인류의 역사로 꾸준히 기록될 것이다.

자면서도 손을 움직이는 잠버릇이 생기다

언젠가 갑자기 생긴 주말 브리핑을 마치고 잠이 들었는데, 신랑이 나를 흔들어 깨웠다. 자면서 내가 막 타이핑 치듯이 열 손가락을 타닥타닥한다는 것이었다. 거짓말하지 말라고 했더니 동영상으로 찍어놓을 걸 아쉽다며 혀를 내둘렀다.

그렇게 나는 만 9년이 넘는 시간 동안 정부 기록물을 작성해 오며 잘 때 잠꼬대를 대신해서 가끔 손가락을 움직이는 버릇이 생겨났다. 우습지만 무의식중에도 나는 이일을 못 내려놓나 보다. 이렇게 되기까지 참 많은 에피소드가 떠오른다. 대한민국 직장인들의 모든 출근 시간이 한 시간 늦춰지던 수능날에도 우리 정책브리핑 속기사들은 두 시간 먼저 출근해 시험 예상 난이도 및 출제 경향을 기록했고, 긴 시간 국민을 공포에 떨게 했던 사스와 메르스 사태 때에도 '재택근무 권고 및 이상 시 출근 금지'라는 공문을 뒤로한 채 서로의 상태를 단톡방으로 확인해 가며 마스크와 장갑에 몸을 맡기고 출근길을 씩씩하게 나섰다. 이게 무슨 우스운 꼴이냐 하면서도 '기록을 해야 한다', '이것이 속보로 나갈 수 있으니 최대한 신속하고 정확해야 한다'는 사명감으로 누구 하나 지각하지 않았다.

3.1절, 광복절, 제헌절, 국군의 날 등 나라의 기념일을 기리는 행사 때마다 북한에서 긴급 발표하는 성명 탓에, 남들은 어떻게 하면 이날 징검다리로 해

외여행이나 할까 할 때, 우리는 연신 비상조를 이뤄가며 통일부, 국방부, 외교부 브리핑을 기다리며 대기했다. 또 일본의 교과서 역사 왜곡이나 위안부 할머니 문제, 중국의 동북공정, 사드 배치로 인한 한한령 등 이웃 나라들의 일방적인 시비와 조치, 돌발 성명 등에도 차분하게 정부의 방침을 적어 내려가기 위해 나를 비롯한 속기사들은 항상 긴장 태세를 늦출 수 없었다.

8월에서 10월 사이에 어김없이 불어오는 태풍 탓에 긴급재난지역 선포 등 피해 지역의 상태 및 복구 현황 등 상황을 수시로 정리해서 기록해야 했기에 속기사들은 7~8월 휴가보다는 9월 휴가를 떠나기로 서로 합의했고, 그래서 전력수급이 극히 어려웠던 어느 해 여름, 에어컨 선풍기 하나 틀지도 못한 채 얼린 수건 주머니를 목에 감고 연신 등록되는 브리핑들을 눈여겨보았던 시간도 있었다.

구제역, AI, 조류독감 탓에 그 발병원인, 살처분 개체 수 등을 기록하며, 죽어 나가는 동물들에 마음 아파 눈물짓고, 이 눈물보다 형용할 수 없이 더 크고 아팠던 천안함, 세월호 사고 등등을 겪으며 장기화하는 브리핑, 하루에도 두세 건씩 올라와 긴 시간을 할애하던 관련 브리핑을 기록할 때마다 평일이고 주말이고 지칠 수 없었다. 이런 다방면의 많은 작업을 해오며 속기사로서 정확도와 신속함은 늘어났고, 한때 나로 인해 해체되었던 팀워크는 이렇듯 정책브리핑의 수많은 이슈로 인해 다시 합치점을 되찾았다.

왠지 모르게 설레는 연말연시에 남들은 회식 잡고 모임에 나가기 바쁠 때 우리에게는 각 부처 대통령 업무보고, 새해 연두예산안, 기금 운용계획(안), 예산안 심의 · 확정 및 활용방안 등 개별부처 업무보고와 관련된 업무가 시작되었다. 그래서 파티복 벗어 던지고 언제나 전투복 태세를 갖추고 있었다.

거기에 더한 잊지 못할 두 가지 사건. 하나는 세월호 사고, 다른 하나는 일명 국정농단 사건이었다. 지금도 잊을 수 없던 장면, 세월호 사고 때 해수부의 브리핑이 지속되던 어느 날, 장관님의 가슴속에서 유해의 일부도 발견 못한 나머지 학생들의 증명사진이 나올 때, 기록하는 내 손이 파르르 떨리며, '아, 속기사는 손으로 눈물이 흐르는구나.'하는 것을 느낄 수 있었던 시간이 있었다. 또한, 2017년 일명 국정농단 사건의 마지막 페이지. 내가 근무하는 정부서울청사의 광화문대로가 매일 밤 연신 촛불로 물들던, 모든 부정부패와 비리 척결 등을 외치던 모든 국민의 한목소리가 정부 대변인의 성명으로 마무리 발표가 될 때, 대한민국에 숨은 정의의 실현을 직접 손으로 기록하며 가슴이 벅차올라 뿌듯하기만 했다.

사정이 이렇다 보니 임신 기간에도 태교는 어김없이 3벌씩 타이핑으로 속전속결 이뤄지는 문서작업으로 대체했다. 아이가 기어 다니기 시작할 무렵 내가 치고 있는 키보드로 엉금엉금 다가와 입으로 쭉쭉 빨아대더니 헤죽헤죽 웃고 침을 실컷 발라놓고 간다. 장난감보다 키보드에 관심이 더 많은 녀석이다. 이 녀석 자랑 아주 조금만 하자면, 뉴스를 좋아한다. 이런 모습을 본 주변 어른들은 태아 때부터 정치, 경제, 사회, 문화, 외교, 환경, 전반에 걸쳐 뉴스를 들었기 때문이라고 하신다. 그리고 손가락을 움직이는 일이 아이의 두뇌 발달에 좋은 영향을 미쳤을 거라고도 한다. 영재발굴단에 나올 정도는 아니지만, 만 2살 아이가 키보드로 한글 영문 한자 변환도 자유롭게 하고, 어린이집 선생님은 언어습득 능력이 좋다면서 "집에서 영어나 한글 단어 노출을 많이 해주나 봐요."라고 하니 놀랄 따름이다. 하지만 일하는 엄마의 사정을 다 알지 않는가. 교육적으로 의도된 노출은커녕 거의 방치 수준이었으니 말이다.

하지만 속기사라는 직업은 일하며 두 아이를 무사히 출산하고 육아할 수 있게 해주었다. 내가 출산휴가와 육아휴직에 들어간 시기에는 다른 속기사가 대체 되어 그들 또한 짧지 않은 관공서 경력을 얻는 기회를 잡았다. 이 모든 것이 너무 의미 있고 즐거운 시간이었다. 속기사로서 지나온 수많은 어제도, 그리고 이 글을 작성하는 오늘도 속기사이기에 행복하다. 직업인으로서도, 대한민국 엄마로서도 당당한 나와 우리 속기사들은 TV의 이색직업 소개 프로그램에 출연도 하며 '대변인을 대변으로 잘못 기록하는' 등의 에피소드를 소개하기도 하고 실시간 속기 생중계 현장을 선보이기도 하며 현대판 사관들의 면모도 소개할 수 있었다.

우리 속기사가 기록한 기록물들을 절대 임의 수정 및 삭제 못 하게끔 하는 관계 부처의 지시도 있었다. 그렇기에 이 자격증은 그냥 국가자격증이 아니라 '진짜 의미 있는 자격증'이라는 자부심도 든다. 속기사의 기본 소양은 그저 빨리 타이핑하는 것에 그치지 않고 손과 귀와 마음이 하나로 삼위일체가 될 수 있는 능력이며 그것이 진정한 기록을 탄생시킬 수 있다는 사실을 업무를 해오며 느낄 수 있는 시간이었다. 이렇듯 나의 두 번째 찬스인 '속기사'는 예상을 깨고 내 인생에서 참 많은 일을 해냈다.

그런데 나는 여기서 만족하지 않으려고 한다. 속기사이기에 가능한 몇 가지 행복한 단꿈에 다시 푹 빠질 준비를 하고 있기 때문이다. 막상 하고 보니 여러모로 멋진 전문직이었던 속기사로서의 경험에다가 내가 좋아했던 글쓰기를 얹어 〈속기사로 먹고살기〉라는 이 책으로 국내 속기사 작가 1호라는 타이틀로 세 번째 찬스를, 거기에 더해 2017년 새롭게 창업한 '10인의 속기·녹취사무소'로 국제회의록, 기업회의록, 연예인–기획사 소송/개인 간 분쟁시 녹취록 작성 등을 기록할 CEO가 될 찬스를 이뤄나가기 위한 목표가 생겼다. 그래서 오늘도 내 가슴은 벅차기만 하다. 이 찬스들을 살려 속기사로 두 번, 세 번, 거뜬히 더 제대로 먹고 살아보려 한다.

〈속기로 태교를 받은
아들 녀석은 키보드로 놀기를
좋아하고 뉴스도 좋아한다.〉

엘리트 속기사 5인과, 서초·삼성 소재 법무사, 개인, 기업소송 전문 변호사, 엔터테인먼트가 협력사로 제휴되어 보다 전문적이고 체계적인 "기록물"을 제공해 드릴 수 있는 국내 유일 "녹취 · 회의록 전문기업"

- 인공지능 속기계 도입 / 전국 당일 녹취록 발송
- 의회 회의록 및 법원 제출 녹취록 전문
- 소속사-연예인간 분쟁 발생 시 녹취록 작성(철통보안)
- 기업 회의록, 주주총회 현장 속기록
- 정치, 경제, 사회, 문화 강연 및 포럼 속기록 전문
- 관공서 경력 속기사 2명
- 국회 경력 속기사 1명
- 전 헌법 재판소 속기사 출신 1명
- 전 법원 속기사 출신 1명

이상 10인 대표 손효진

에필로그

한쪽 문이 닫히면 다른 쪽 문이 열린다

이 책을 통해 만나는 이름 모를 후배님! 이제 책을 마감하면서 나름대로 조언을 정리할 시간이네요. 제가 속기 관련 카페에 글을 1년여 정도 게재하고 있을 때, 이런저런 고민이 쪽지와 메일로 참 많이 날라 오고는 했어요. 그런데 대략 비슷한 고민이 주를 이루었지요. 사실 속기사는 보통 직업을 찾는 사람들이 처음부터 생각하는 직업은 아닙니다. 취업하고자 자격증을 검색하거나, 혹은 사회에 발을 내디딘 후 자신이 선택한 직업이 생각과는 다르다는 것을 발견했을 때, 그래서 한 번씩 이직을 생각해 볼 때 검색을 통해 만나게 되는 직업이라고 할 수 있지요. 또 주로 여성이 관심을 두게 되는데, 임신이나 출산으로 인해 경력이 단절되거나 자의든 타의든 육아맘을 했다가 애 좀 크고 틈나는 시간에 돈벌이를 구상할 때 '한 번 해볼까'하는 직업 리스트에 오르고는 합니다.

그런데 중요한 한 가지가 있어요. 예전에 일했을 때 내 모습, 어쨌거나 지금보다 화려했던 이전 그 모습보다 덜한 직업을 선택하기는 싫거든요. 사람은 누구나 그래요. 흔히 '보이는 것이 중요하지 않다', '내면이 중요하다'고 말들은 하지만, 실상은 확실히 아니에요. 남에게 어떻게 보인다는 게 너무나 중요한, 어쩌면 거의 전부일지도 모르는 세상이고, 그 속에서 나를 도태시키고 싶지 않은 마음, 그럴 때 그런 직업들이 무엇이 있을까, 잠깐 생각에 빠지고는 하지요. 돈도 벌고 시간도 좀 여유롭고, 요즘 흔히 얘기하는 간지도 좀 있으면서, 나를 이 삶에서 좀 더 스킬 업 할 수 있는 그 일들이 도대체 뭐냐고 말이죠. 사실 후배님들이 바라보는 시각의 아줌마, 아주머니들도 한때는 예쁜 아가씨들이었어요. 어쩌면 끝내줬겠죠. 그래서 남들보다 먼저 선택되었고, 그래서 누구보다 빨리 아름다움을 갉아 먹힌(?) 상황에 부닥친 거니까요. 옛날 사진들 보며 많이 놀라곤 해요. 대부분은 혼자만의 회상신으로 그치고는 말지만요. 그러니 두 번째, 세 번째 인생의 전환에서 끼우는 직업의 단추는 매우 중요해요.

때로 구인구직난을 뒤져보고는 하겠지요. 한두 시간 잠깐 뒤적거렸을 뿐인데, 한숨과 절망에 그냥 숨이 막혀 버릴 것 같지 않나요? 도대체 나는 뭐 하고 살았나, 내가 이 나이 먹고 다시 새로운 곳에서 새로운 일을 할 수 있을까? 최저 시급 이런 걸 따지고 있는 내 모습이 최소한의 생계를 유지하고 있는 현 상황이랑 맞물려 참 난감하기도 하고요. 그때 잠깐 고개를 돌려 바라본 저 창밖 너머에는 나만 볼 수 있는 인생의 잿빛 구름이 막 몰려와요. 나도 다 겪어봐서 알 것 같아요. 그런데 중요한 건 그런데도 이미 누군가는 시작했다는 거예요. 화려한 삶에도, 저조한 삶에도 빛과 어둠은 늘 존재해요.

저는 직업 선택에 있어 '직업+돈=자부심'이란 공식을 세웠었는데, 속기사로서 계속 일을 하다 보니 이 공식은 깨지고 전혀 다른 해석이 생기더라고요. 내가 하는 기록들이 어제의 역사가 되고, 오늘의 현재가 되고, 내일의 미래가 되고 있다는 사실을 알아간 거죠. 저도 처음에는 자격증 취득한 뒤 이곳저곳에서 일하며, 급여나 처우 복지 등을 다른 곳과 비교 운운하며 불평불만을 많이 했었어요. 하지만 그것은 속기사였기 때문이 아니라 내 능력이 아직은 부족한 것일 뿐이라는 사실을 인정하는 순간이 오더군요. 그리고 연봉이 내게 다 채워주지 못한 의미를 기록에 대한 사명감으로 채워나갔던 것 같습니다.

속기사를 돈벌이 수단으로만 생각했던 어제를 넘어선 오늘은 전혀 다른 세상입니다. 자부심은 돈만 많이 번다고 생기는 게 아니라는 사실, 그리고 그 금액만큼 행복을 보장해 주는 것도 아니라는 것을 깨달았죠. 그걸 속기를 통해서 알아가고 있어요. 물론 억대 연봉을 받으며 자부심도 있고 사명감도 느낀다면 더할 나위 없겠지만, 이런 삼박자는 현재 이만큼의 노력만 가지고는 얻어지는 게 아니라는 사실을 염두에 두어야겠지요.

요즘 취업 문제로 다들 걱정이 많죠. 4차 산업혁명을 맞아 직업의 위기설이 나돌고, 현업이 차츰 사라지며 기존 업에 대한 새로운 패러다임이 요구되는 시점에 와 있어요. 그럴 때 내가 이 자격증을 취득해서 이곳까지 왔다는 것, 후배님들과 나는 적어도 일정 궤도에 올라 미래를 내다볼 수 있는 자격은 주어졌다고 봐요. 그저 안심하라는 얘기가 아니라, 잘하고 있으니 너무 불안해 말라고 얘기하고 싶은 거예요. 같은 속기사라도 갖고 있는 마음가짐에 따라 이 직업을 바라보는 시각이 다르고, 그렇기 때문에 해줄 수 있는 조언의 방향이 다른 것은 사실이에요. 다른 갈래의 여러 소리도 다 필요하지만, 이왕이면 긍정이 좋잖아요. 나는 부정적인 것을 긍정으로 돌릴 수 있는 힘은 포기하지 않는 사람에게만 주어진 능력이라고 생각해요. 내일 또 갑자기 태풍이 불고 우박이 떨어지고 할지 예측할 수는 없어요. 하지만 우리에게는 지금 무언가를 하는 노력이 있기 때문에, 앞으로 닥칠 시련과 고난에 조금은 용기 있게 대처할 수 있는 것 아닐까요?

내가 속기사로서 어떤 고민에 직면해 있을 때 출근길 편의점에서 만난 우리 속기 감수 선생님께서 이런 말씀을 해주시더라고요. '한쪽 문이 닫히면 다른 문이 열리게 되어 있어요.' 그러면서 웃는데, 참 이런 게 진짜 조언 아닌가 싶더라고요. 나는 이 책이 그런 희망을 품고 우선은 두드려 보는, 취업 진로에 있어 작은 희망의 책이 되었으면 좋겠어요.

취업의 문도, 아니 인생의 그 어떤 문도 현재의 삶에 어떻게든 영향을 주게 되어 있죠. 그러니 이제 도전해보세요. 고민한 만큼 인생이 좋아졌다면 방구석에 처박혀서 고민만 실컷 하면 되겠지요. 하지만 어차피 삶은 예측불허에요. 예상한 대로 진행되는 것이 열 개 중에 하나둘이라면 나머지 여덟, 아홉은 변수와 변화의 파도들로 넘실거려요. 어떤 대단한 삶을 사는 것처럼 보이는 사람도 그들 삶 역시 '사는 건 모두 힘들다.'라는 공식에서 벗어나지 않는다는 걸 알면, 지금 내 고난이 한결 가볍게 느껴질 수 있을 거예요. 그러니 우선 직진. 이후의 도로 상황이나 날씨 상황에 대해서는 운에 맡겨보기로 해요. 노력했다는 것으로도 의미 있잖아요. 어차피 지나고 나면 고민, 과정, 결과 모두 진정으로 했던 그 순간, 그것만큼의 세상이 되어 있을 테니까요.

〈문체부 속기사로 근무하는 모습〉

속기사 편지

대통령님께 드리는 글

대통령님, 저는 속기사입니다. 너무나 잘 아시는 바와 같이 속기사는 있는 그대로의 사실을 기록하는 일을 업으로 또 사명으로 삼는 이들입니다. 현재 대한민국에는 입법부, 사법부, 행정부 내에 훌륭한 속기사들이 포진되어있으며, 그뿐만 아니라 공사와 대기업, 은행 등에서도 우리가 작성하는 기록들은 한 나라 또는 한 기관의 살아있는 역사로 남겨지고 있습니다.

이렇게 속기사가 포진되어 많은 기관 중에서도 저는 2007년 취재지원 선진화를 위해 도입된 문체부 'e브리핑시스템'의 속기원으로서 2008년 입사하여 부, 처, 청, 위원회의 소관 업무와 관련해 발표되는 모든 내용을 기록하여 왔으며, 그렇게 저와 동료들이 작성한 수만 건의 기록물들은 현재는 물론 먼 미래까지도 중요한 국가기록물로 남겨질 것이라 확신합니다.

대통령님. 그런데도 속기사는 드러나는 화려한 직업이 아니라는 이유로 조명을 받지 못하고 있으며 아직도 많은 곳에서는 직업적 가치나 위치, 처우가 많이 저평가되고 있는 것 또한 사실입니다.

2017년 19대 대통령 선거를 맞이하기 전까지 우리가 마주해야 했던 수많은 사건은 어쩌면 대한민국이 '제대로 된 기록, 신뢰할 수 있는 기록'이 없었다는 것을 증명해 준다고 생각합니다. 우리는 훌륭한 새 지도자를 맞이함과 동시에 이제는 국민이 바뀌었고 그렇게 대한민국이 바뀌어 가고 있습니다. 대한민국의 희망찬 새 시대를 맞이하기 위해 다가온 제19대 대한민국 정부에 속기사로서 바라옵건대, 대한민국의 모든 명과 암을 사실 그대로 올바르게 기록할 수 있기를 간절히 희망합니다. 그러기 위해서는 속기사의 일자리 확대 및 채용방식, 고용 형태, 임금 수준의 다각화를 도모하는 정부의 지속적인 관심을 요청하는 바입니다.

계절의 모습이 모두 다르듯 다음 지도자를 맞이하며 변화하는 대한민국 정부의 모습 또한 모두 다르겠지요. 훌륭하고 빛난 업적들만 생겨나고 또 그런 기록들만 작성할 수 있다면 행복하겠지만, 속기사에게 기록하지 못할 사실이란 존재하지 않습니다. 그건 사실이 아니라 은폐이니까요. 사실 그대로의 제대로 된 기록이 있다는 건, 또한 이를 기록하는 우리 속기사들이 있다는 것은 어찌 보면 지금 당장은 불편한 일일지 모르나 훗날 귀한 역사적 자료로 남아 비록 언젠가 대통령님의 임기가 끝나더라도 우리가 기록한 19대 정부의 모든 내용은 사람들의 마음속에 연임되어 계속 남을 것입니다.

성실한 기록은, 고도화된 음성인식기의 대체로만 이뤄질 것이 아니며, 그것과 더불어 우리 속기사들의 견해와 현장의 생생한 목소리까지 담아내는 것, 이는 대한민국이 반드시 지켜내야 할 국가적 재산이라 생각됩니다. 올바른 기록의 토대 위에서 성장한 국민의 역사의식은 지금의 대한민국뿐 아니라 미래 이 나라의 든든한 초석이 되어 그 누구도 감히 건드릴 수 없는, 우리 국민 모두의 뿌리 깊은 올바른 의식이 되리라는 것을 속기사의 사명감으로 백번 천번 만번 강조해도 모자랄 것이 없습니다.

우리가 적어 내린 대한민국은 지속적인 생성 보존을 통해 더욱 가치 있게 재해석될 것이라 확신합니다. 속기사의 손은 고려청자를 빚어내는 장인의 손길과도 닮았습니다. 이 기록들의 기품이 많은 세월이 흘러도 절대 바래지 않을 위대한 유산이 되어가기를 대통령님과 한뜻 아래서 간절히 소망해봅니다.

2017년 11월

청명하고 맑은 대한민국의 아름다운 가을 하늘 아래에서

속기사 손효진 올림

속기사로 먹고살기

1쇄 발행 | 2017년 12월 1일
4쇄 발행 | 2022년 1월 10일

지은이 | 손효진
발행인 | 김명철
발행처 | 바른번역
디자인 | 서승연
그림 | 유지선 (yudooong@naver.com)
출판등록 | 2009년 9월 11일 제313-2009-200호
주소 | 서울 마포구 어울마당로26 제일빌딩 5층
문의전화 | 070-4711-2241
전자우편 | glbabstory@naver.com

ISBN | 979-11-5727-128-3

정가 16,000원